U0083534

中國語言文字研究輯刊

二　編

許 錟 輝 主編

第3冊

殷卜辭中牢字及其相關問題研究

陳 冠 勳 著

花木蘭文化出版社

國家圖書館出版品預行編目資料

殷卜辭中牢字及其相關問題研究／陳冠勳 著 -- 初版 -- 新北市：花木蘭文化出版社，2012〔民 101〕

目 2+232 面；21×29.7 公分

（中國語言文字研究輯刊　二編；第 3 冊）

ISBN：978-986-254-859-2（精裝）

1. 甲骨文　2. 古文字學

802.08　　101003067

中國語言文字研究輯刊

二 編　第 三 冊　　ISBN：978-986-254-859-2

殷卜辭中牢字及其相關問題研究

作　者　陳冠勳

主　編　許錟輝

總 編 輯　杜潔祥

出　版　花木蘭文化出版社

發 行 所　花木蘭文化出版社

發 行 人　高小娟

聯絡地址　新北市永和區中正路五九五號七樓之三

電話：02-2923-1455／傳眞：02-2923-1452

網　址　http://www.huamulan.tw 信箱 sut81518@gmil.com

印　刷　普羅文化出版廣告事業

初　版　2012 年 3 月

定　價　二編 18 冊（精裝）新台幣 40,000 元

殷卜辭中牢字及其相關問題研究

陳冠勳　著

作者簡介

陳冠勳，1983年出生於臺灣桃園。臺北市立教育大學中國語文學系碩士，師承於許進雄教授，研究方向爲甲骨文與銘文。著有《殷卜辭中牢字及其相關問題研究》、〈從字樣角度試探甲骨相關問題〉及古文字相關論文數篇。

提　要

本文以殷卜辭中的牢、宰 二牲爲研究主題，透過不同於前輩學者的研究方法，討論牢、宰 二牲的內涵及其相關問題。共分爲五個部分：

第一章爲緒論，旨在說明研究之源起、材料及方法。

第二章則討論牢字的創意，並辨析與其字形結構相似之字，包括宰、寓、家、圂、寉、婞、騂 等字。將之分類爲祭牲與非祭牲二類，前者爲牢、宰 二字，後者爲寓、家、圂、寉、婞、騂 六字。可知牢牲與宰 牲爲兩種不同的祭牲，而寓 即爲後世之廄、家爲宗廟之處所、圂爲廁所寉 爲私名、婞 爲女巫之私名、騂 爲馬匹之私名，後六字皆非祭祀犧牲。

第三章分別從數量、性別、品種、毛色、年齡、豢養方式等面向，探討牢、宰 二字之內涵。經研究後可知：牢不等於二牲，亦非爲了不同性別、品種、毛色、年齡所造的專字。牢、宰 二字應爲殷人特別豢養的牛隻及羊隻，而特別飼養的原因則是爲了獻祭之用。

第四章分析以牢、宰 爲祭牲的祀典、受祭者、祭祀日期及時代性等問題，試圖更深入探討牢、宰、牛、羊四牲的尊隆高低，並比較其與花園莊東地所出土甲骨卜辭之異同，亦以卜辭來探討其與後世經典的承繼關係。經分析後可知牢、宰 二牲的尊貴度高於牛、羊牲，因爲其等級高於一般祭牲，故選擇使用牢、宰 牲與受祭對象爲何有關，而與所舉行的祀典或受祭日期無關；經統計數據後得知，第一、二期使用宰 牲比例較高，到了第三、四、五期則是使用牢牲的比例爲高，剔除新、舊派祀典與牲畜供應量的因素，推測造成此現象的原因爲早期時畜牧技術及配備不若晚期佳，故牢牲產量少，只能用於少數重要的受祭者，到了晚期技術等條件更臻完備，牢 牲的產量提高，故可受祭的對象範圍擴大。與《花東》卜辭比較，發現《花東》卜辭的用牲比例較接近於晚期的用牲習慣；後世經典多以爲太牢爲牛、羊、豕成套，少牢爲羊、豕成套，此一說法可能是因經師的注解錯誤而成定說，又《大戴禮記》中有「太牢爲特牛、少牢爲特羊」的說法，此說與商代牢、宰 牲爲「特別豢養的祭牲」較爲吻合。

第五章爲結論，除總結本文的研究結果外，更運用此成果於甲骨學的斷代上，部分學者主張王族卜辭與《花東》卜辭應屬於早期的卜辭，故本文以屬於制度層次的用牲習慣檢視之，發現王族卜辭與《花東》卜辭的用牲習慣與早期差異甚大，反而與第四期的用牲習慣較爲接近，故將王族卜辭與《花東》卜辭斷爲晚期較爲合理，由此也提供斷代新的思考空間。

目次

凡　例

一、本文所運用之材料，主要來源以《甲骨文合集》、《甲骨文合集補編》、《小屯南地甲骨》、《懷特氏等收藏甲骨文集》、《英國所藏甲骨集》、《東京大學東洋文化研究所藏甲骨文字》及《殷墟花園莊東地甲骨》等甲骨著錄專書爲主，並以《殷墟甲骨刻辭摹釋總集》以及《甲骨文合集補編》、《小屯南地甲骨》、《英國所藏甲骨集》、《東京大學東洋文化研究所藏甲骨文字》、《殷墟花園莊東地甲骨》等書之相關釋文爲輔，然文字釋讀、內容及標點則不在此限。

二、本文之分期採用董作賓之五期斷代法，董氏五期說是以在位帝王爲分期：第一期爲武丁、第二期爲祖庚及祖甲、第三期爲廩辛及康丁、第四期爲武乙及文丁、第五期爲帝乙及帝辛；歷組卜辭之統計資料歸屬於第四期，王族卜辭（𠂤、子、午組）之數據資料則獨立處理。

三、文中所使用卜辭材料，包括出土於安陽小屯村以及安陽花園莊東地的卜辭，兩者地位不同，前者性質爲王室、後者爲性質爲子。爲求行文方便，將前者權稱爲安陽卜辭或王室卜辭，後者出土於花園莊東地之卜辭則稱爲花東卜辭或子卜辭。

四、本文所引用的書名、題目，皆以原作之字形與名稱爲準；所引文章之內文，亦以原貌呈現，包括標點、訛字等，皆不妄自更易。

五、文中徵引卜辭內容時，除有必要或未能隸定者以甲骨上原形示之，餘者皆以現今通行隸定字形表之；另卜辭中確定僅闕一字者，作□；闕字不詳者則作〼，補字者作〔　〕，今字作（　），與一般甲骨學論著體例相同。

六、本文引用前人學者的專著、論文，爲求體例一致，除受業親師尊稱「先生」外，餘則無論時代先後、年紀長少，一概直稱其姓名，未備之處，懇請見諒。

第一章　緒　論

第一節　研究動機及目的

殷墟甲骨的發現已有百餘年的歷史，有賴於許多前輩學者在這方面的努力，使得甲骨學的發展從一開始的渾沌時期，至今已有豐碩的研究成果，讓甲骨學的研究由粗疏而愈趨精密，逐漸邁向另一個新的領域。甲骨材料的出土，使文字學的研究開始嶄新的一頁，讓我們對文字的本形以及創意有了更深刻的了解，亦使得載有商代歷史的書面資料，有了強力的佐證，然而甲骨文的研究，不應僅僅滿足於文字以及歷史的研究，更要從甲骨上所透露的訊息，擴展視野於古代社會中的文化、風俗、禮制等方面的實質內涵。

《左傳》有云：「國之大事，在祀與戎。」〔註1〕商代先民敬畏神靈，對商代的人而言，祭祀是非常重要的事，於是我們可以發現，在甲骨中的祭祀刻辭佔了很大的比例，對於商代的祭祀，雖已有些研究的專著，仍然有許多值得深究及探討之處，而本文所要探究的牢字，在祭祀卜辭中是常見的祭牲，除了商代，牢也是後世常常使用的祭牲。另從甲骨文字的字形來看，牢字主要有从牛的牢與从羊的宰兩種不同的字形，另外還有少量結構與牢、宰二字形似的寫（廄）、家、圂、寉、婞、騂字。

〔註 1〕《春秋左傳正義》（臺北：藝文印書館，1997 年 8 月，《十三經注疏》本），頁 460。

自羅振玉以來，對於牢字即稍有論述，其云：

> 牢爲獸闌，不限牛，故其字或从羊。或變作、或變作，遂與今隸同矣。〔註2〕

羅氏僅對於牢字字義提出意見，未對內涵深入分析，爾後有許多前輩學者也參與討論，雖然提出了各種不同的說法，但是到目前爲止，看法卻是莫衷一是，並沒有一個令人完全信服的結論，主要的原因在於對於牢字未能全面地檢視，在討論時，多僅從牢字的字形來釋字，或者只選擇部分的刻辭進行討論。這樣的結論當然不夠完備，也較無法經得起考驗。

近來不乏專門討論商代祭祀中牲品問題的文章，如潘佳賢《殷卜辭祭品研究》及秦嶺《甲骨卜辭所見商代祭祀用牲研究》〔註3〕兩篇學位論文，這兩篇文章所針對的是商代所有的祭牲或是祭品，但是對於牢、宰牲的討論，比例並不高，討論的內容也僅止於使用該祭牲時的數量多寡或是毛色，對於牢、宰牲的定義也只是整理前人的研究成果後，擇一採用，對於牲畜的實質內涵、祭祀對象，甚至是牲品地位尊卑等問題並無涉獵，甚爲可惜。即便是針對祭祀的專門論著，對於此點亦無深入的討論，如島邦男所著《殷墟卜辭研究》，只對人牲有較詳細的介紹，對於牢牲僅言爲祭牲的一種，對於其來源或內涵等等，並無其他說明；〔註4〕吳俊德先生《殷墟第四期祭祀卜辭研究》則是進一步將祭牲的來源分爲豢養、捕獵、進獻、俘獲等，並言明牢、宰牲爲特別圈養照顧之牛、羊，〔註5〕但是實際討論到牢、宰內涵的篇幅不多。若要深入的討論商代祭祀內涵時，對於牢、宰牲的實質意義是絕對無可避免的問題，但是如此重要且具關鍵性的問題，卻尚未找出解答，實爲遺憾。

當甲骨學的發展越臻完備，不論是新材料的出土或是工具書的出版，皆較

〔註2〕羅振玉：《殷虛書契考釋》（臺北：藝文印書館，1975年11月），卷中頁13。

〔註3〕潘佳賢：《殷卜辭祭品研究》（臺北：臺灣師範大學國文學系在職進修碩士班碩士論文，2002年）；秦嶺：《甲骨卜辭所見商代祭祀用牲研究》（上海：華東師範大學中國語言文學系碩士論文，2007年5月）。

〔註4〕島邦男著、濮茅左、顧偉良譯：《殷墟卜辭研究》（上海：上海世紀出版社，2006年8月），頁630、985。

〔註5〕吳俊德先生：《殷墟第四期祭祀卜辭研究》（臺北：國立臺灣大學出版委員會，2005年10月），頁204。

前人在研究上便利許多。也因爲這個論題尚未有定論，所以本文將在前人研究的基礎之上，採用新的研究方法：全面檢視卜辭中所有的牢牲與宰牲，並擴及牛與羊牲，然後通過各期卜辭的統計與其他祭牲的比較，進行深入的分析。

透過本文，預期能夠達到的成果有四：第一是確認牢、宰牲的實質意義，爲這個問題找出一個合理且完備的答案；第二是探求牢、宰牲的運用情況，可以看出商代祭祀中更加具體的內涵；第三是整理牢牲的承繼脈絡，比較歷代經典中所記錄的牢義異同；第四是應用牢、宰牲來強化斷代的探討。

第二節　前人研究成果

段注本《說文解字》曰：「牢，閑也。養牛馬圈也。从牛冬省，取其四周帀。」〔註6〕段玉裁引《周禮・充人》鄭注曰：「牢，閑也。必有閑者。防禽獸觸齧。牲繫於牢。故牲謂之牢。」〔註7〕大徐本《說文解字》「閑」字後無「也」字，作：「閑養牛馬圈也。」〔註8〕就段注本之說，即使禽獸於牢中仍能觸齧，除非是單獨的飼養。又王筠《說文釋例》云：

> 牢字會意兼象形，[illegible]乃古終字。而曰從冬省者，牛冬乃入牢，若夏日有汗入牢，則毛盡禿矣，故知爲從冬省。既爲閑養牛馬圈，則何必從牛。牛於六畜中最畏冷，北方牛牢，多以艸障蔽之，馬則不然也，云取其四周帀，即此之謂，亦兼指字形，[illegible]字周帀牛字外也。〔註9〕

王氏之說顯然有誤，六畜中最畏冷者爲豬牲，〔註10〕對於「從冬省」之說，朱駿聲則有不同的意見，其云：

> 按外象周而堅固形，一以閑之。古文終象絲束、牢象閑，皆象形指

〔註6〕東漢・許慎撰、清・段玉裁注：《說文解字注》（臺北：洪葉文化公司，2001年10月，經韻樓藏版），頁52。

〔註7〕東漢・許慎撰、清・段玉裁注：《說文解字注》，頁52。

〔註8〕東漢・許慎撰、宋・徐鉉校定：《說文解字》（北京：中華書局，2007年4月，清同治陳昌治刻本），頁29下。

〔註9〕丁福保：《說文解字詁林正補合編》（臺北：鼎文書局，1983年4月），頁1065～1066。

〔註10〕許進雄先生：《中國古代社會》（臺北：商務印書館，1995年2月），頁79。

事，非冬省也。〔註 11〕

朱氏之說較爲合理可信。若從牢字的甲骨文字形來看，象「柵欄中豢養的牛或羊之狀」，〔註 12〕亦有只作柵欄（[illegible]）之形，〔註 13〕所以《說文解字》中解釋牢爲「閑」義，〔註 14〕顯然接近於牢字的本義，即解釋爲圈養牛、羊的柵欄。

牢字爲祭牲，並且不同於牛牲或羊牲，是學者對這個問題普遍有的共識。一部分的學者認爲牢與𡧊無別，持此看法者如嚴一萍，其云：

綜上所論爰得其結論曰：一、卜辭之牢，从牛與从羊爲一字，其含義爲一牛一羊，曰：「牢又一牛」者，爲二牛一羊。〔註 15〕

嚴氏認爲牢與𡧊兩者應爲異體的關係，即牢等於𡧊；而牢的實質意義則採經典注疏之說，認爲大牢（𡧊）爲牛、羊、豕成一套，小牢（𡧊）爲羊、豕成一套；〔註 16〕認爲牢、𡧊字有別者如胡厚宣與李孝定，胡、李二位先生皆釋牢爲大牢、𡧊爲小牢或少牢，另外胡厚宣認爲牢是一牝一牡，〔註 17〕則是從數量及牲品的性別上來解釋，許進雄先生及姚孝遂、肖丁則認爲是特別圈養的祭牲。〔註 18〕整理所有學者對於牢牲與𡧊牲的意見，製成表格如下：

意　見	學　　者	備　　註
僅釋牢爲祭牲。	島邦男〔註 19〕	

〔註 11〕丁福保：《說文解字詁林正補合編》，頁 1066。

〔註 12〕許進雄先生：《簡明中國文字學》（北京：中華書局，2009 年 2 月），頁 68～69。

〔註 13〕該字形僅有一例，出現於《合》33631。

〔註 14〕《說文解字》曰：「閑，闌也。」段注曰：「引申爲防閑，古多借爲清閒字，又借爲嫻習字。」（東漢・許愼撰、清・段玉裁注：《說文解字注》，頁 595。）

〔註 15〕嚴一萍：〈牢義新釋〉，《中國文字》三十八期（臺北：國立臺灣大學中文系，1970 年），頁 14。

〔註 16〕嚴一萍：〈牢義新釋〉，頁 15。

〔註 17〕李孝定：《甲骨文字集釋》第二（臺北：中央研究院歷史語言研究所，1965 年），頁 316；胡厚宣：〈釋牢〉，《中央研究院歷史語言研究所集刊》第 8 本第 2 分（臺北：中央研究院歷史語言研究所，1939 年），頁 154。

〔註 18〕許進雄先生：《古文諧聲字根》（臺北：商務印書館，1995 年 9 月），頁 302；姚孝遂、肖丁：《小屯南地甲骨考釋》（北京：中華書局，1985 年 8 月），頁 88。

〔註 19〕島邦男著、濮茅左、顏偉良譯：《殷墟卜辭研究》，頁 985。

牢與宰使用有別， 牢爲大牢、宰爲少牢。	胡厚宣、李孝定	
牢與宰使用無別。	嚴一萍	嚴氏認爲牢（宰）是一牛一羊；大牢爲牛、羊、豕，小牢爲羊、豕。
牢爲一對牛。	張聰東、〔註 20〕胡厚宣	胡厚宣更進一步提出牢是一牝一牡之牛。
特別圈養的牛、羊。	孔德成、〔註 21〕許進雄先生、姚孝遂、肖丁、高嶋謙一、徐中舒〔註 22〕	

綜合上述意見，諸位學者較大的歧異點在於牢與宰字的使用是否相同，然後由這個意見出發，才進一步的討論牢字的其他問題。

第三節　研究材料及範圍

本文將檢視卜辭材料中所有刻有牢、宰字的卜辭，其材料來源爲：

《甲骨文合集》（簡稱《合》）
《甲骨文合集補編》（簡稱《合補》）
《小屯南地甲骨》（簡稱《屯》）
《英國所藏甲骨集》（簡稱《英》）
《東京大學東洋文化研究所藏甲骨文字》（簡稱《東》）
《懷特氏等收藏甲骨文集》（簡稱《懷》）
《殷墟花園莊東地甲骨》（簡稱《花東》）

在《甲骨文合集》編纂完成以前，從清末以來的甲骨片都散見於各種不同的著錄書中，而且有很多甲骨片是在被著錄後又轉手出售於他人，所以會有許多重複或是尚未綴合的情況，故在《甲骨文合集》出版後，經過整理、校重的工作，大致將可見的甲骨以收錄於此，然《合集》中未收《懷特氏等收藏甲骨

〔註 20〕摘錄自松丸道雄、高嶋謙一：《甲骨文字字釋綜覽》（東京：東京大學出版社，1993 年 3 月），頁 28。

〔註 21〕孔德成：〈釋牢宰〉，《臺灣大學文史哲學報》第十五期（臺北：國立臺灣大學臺大文史哲學報編輯委員會，1966 年 8 月）；收錄於《甲骨文獻集成》第 12 冊（成都，四川大學出版社，2001 年），頁 367。

〔註 22〕徐中舒：《甲骨文字典》（成都：四川辭書出版社，1988 年 11 月），頁 82～83。

文集》、《英國所藏甲骨集》、《東京大學東洋文化研究所藏甲骨文字》及《小屯南地甲骨》。而《甲骨文合集補編》則是補收了《懷特》、《英國》、《東京》等著錄書的甲骨，並整理學者綴合的成果。甲骨學發展至今，在《甲骨文合集》、《甲骨文合集補編》等大型著錄書以及《小屯南地甲骨》的出版，都讓後世的研究者在材料的取得上更爲便捷。

上面所列甲骨材料著錄專書的前六部，幾乎已經涵括了目前可見到的甲骨刻辭，而本文所探討的範圍爲王室之卜辭，所以材料也將以這六部著錄專書爲主；此外，宋鎮豪曾經指出花園莊東地甲骨卜辭研究的十五個課題，〔註 23〕其中第八項就是用牲的習慣問題，故本文亦檢閱《殷墟花園莊東地甲骨》中的卜辭，並討論王室與子用牲習慣是否相同；文中若使用到《花東》的材料時將特別註明。

第四節　研究方法

對於牢、宰字的討論，有許多學者已有著墨，即便是已經有許多不同的意見，但是對於此問題尚未有定論，故本文將在前人整理以及研究的基礎之上，以所有殷卜辭中的牢、宰等相關文字爲研究對象，採取下列的方法進行探討：

一、檢閱材料

過去學者在討論牢、宰問題時，較爲缺乏的部分就是未能全面搜索所有的卜辭材料，故不能提出較爲具體的數據。所以研究這個問題的第一步，就是要將目前所有可見的卜辭材料一一地檢視、羅列出，希望可以從較爲宏觀並且全面的角度來探討牢、宰二字的意義，並從卜辭中解讀分析出所有可能的原因。

二、分析內容

本文將從數量、性別、品種、毛色、年齡、飼養方式等可能的面向進行討論，再從刻辭的內容中討論更具體的內涵。

首先將從前輩學者的意見著手，學者研究的意見，歸納起來有數量、性別等原因，若從甲骨刻辭中可以找出可能的佐證或反證，將使結論更完整；再者，從學者未討論過的原因——年齡、品種及毛色，也以用同樣的方式，檢閱甲骨

〔註 23〕中國社科院歷史所網站：http://www.xianqin.org/xr_html/articles/jgyj/350.html。

刻辭、找出證據，以期能夠達到最全面的討論。

三、統計卜辭

（一）各期牢、宰使用統計

檢視所有的卜辭材料，會發現每一期使用牢或宰字有不同的習慣，概略地分析，會發現第一、二期使用宰字爲多，從第三期開始有了轉變，牢字的使用增多，到了第四、五期時則是牢字爲多。除了統計出比較詳實的數據資訊之外，也會針對各期的特殊用字來進行分析，加入不同時期的時間變向來分析，進而瞭解牢、宰字的眞正內涵。

（二）受祭者與牢、宰牲使用統計

在司馬遷《史記・殷本紀》與王國維等各家學者的考證下，我們對於商代的世系表有一定程度的認識，在祭祀卜辭中會發現，對於祭祀較爲重要的先王，所使用的祭牲數量或種類會有所不同。如《合》32384，其卜辭如下：

乙未酒系品：上甲十，報乙三，

報丙三，報丁三，示壬三，示癸三，大乙十，

大丁十，大甲十，大庚七，小甲三☐

從《合》32384一版可以清楚得知，此版祭牲分爲分爲三種等級，即「十、七、三」三等，使用十隻牲品的先王可視爲殷人最爲重視的，如上甲、大乙、大丁、大甲。其次爲使用七隻牲品的大庚，而使用祭牲最少的受祭者爲報乙、報丙、報丁、示壬、示癸、小甲。〔註24〕此外，卜辭中直系與旁系先王的地位亦有分別，所以除了統計牢、宰出現於卜辭的次數之外，若要更清楚地探求牢、宰、牛、羊的地位輕重高低，則要通過不同的統計方法來討論。使用與上述的例證相同的概念，透過祭祀對象與使用祭品的交叉比對，可以得知祭祀牲品實質的重要性爲何。

（三）祭牲品目與祀典統計

商代先民對於祭祀的處理非常謹愼，如許進雄先生所說：

〔註24〕此版先王中使用牲品等級最高者爲上甲、大乙、大丁、大甲四位。此結果與《殷卜辭先王稱謂綜論》中所統計的先王尊貴度大致相符。（見吳俊德先生：《殷卜辭先王稱謂綜論》（臺北：里仁書局，2010年3月），頁108。）

為了得到最佳效果，對於祭祀過程的細節都要一一卜得正確的答案。……是用宰殺的方式法，還是埋於地下、沈於河中，甚至要不要烹飪，用什麼烹飪法。幾乎沒有不考慮到的細節。〔註25〕

所以所選祀典的不同，也與牲品的重要與否有重大的關聯。通過祀典與所使用祭牲的比較，亦可以推敲出牢、宰的實際內涵。又如吳俊德先生在《殷墟第四期祭祀卜辭研究》一文中所發現，其云：

第四期尞祭所使用的祭牲有牢、牛、宰、羊……，尞祭之用牲仍以宰、牢、牛為主，其中又以宰為多，頗為特殊。〔註26〕

另外，用牲種類繁多的用、酒、卯三祭竟無宰牲之用，頗為特別。綜合觀之，第四期各祭宰牲之用普遍少見，獨尞祭例外，差異相當明顯。〔註27〕

由祀典與祭祀品目這兩個變項來觀察各期的使用情況，將有助於後世更加瞭解殷代的禮制。

〔註25〕許進雄先生：《中國古代社會》，頁567。

〔註26〕吳俊德先生：《殷墟第四期祭祀卜辭研究》，頁131。

〔註27〕吳俊德先生：《殷墟第四期祭祀卜辭研究》，頁212。

第二章　牢字創意辨析

牢字，从宀从牛，在甲骨文中作「」形，象牛牲在圈欄中。刻辭當中亦有从宀从羊的「宰」()、从宀从馬的「𡩜」(廄)()、从宀从豕的「家」()、建築中有雙豕的圂（）、从宀从隹的寉（）、从女从宰的「婞」（）與从馬从牢的「騂」()。

上述八字，皆爲「一建築物」，〔註 1〕加上「牲畜」的結構。其中婞、騂二字除了上述的結構外，還加上女、馬的偏旁。文字有時結構類似、構件性質相似而有相同的意義，如甲骨文中的埋字，即有、、等形，〔註 2〕表示在坑中埋牛、羊等動物。以下則探討諸多「建築物加上牲畜」的文字結構的文字是否爲同一字。這樣結構的文字，其內涵可以大致區分成與祭牲有關與無關兩種，無關者如婞、𡩜、騂、家、圂、寉等字，可以從部件从「」或从「」的差異以及卜辭的文例，判斷該字即使形似於牢，但是意義不作祭牲使用；相關者如牢、宰二字，其中的差異則討論於下。

第一節　結構爲建築加牲畜而爲祭牲之字

前輩學者對於牢字的意見，可以大致分爲兩種：一是牢、宰二字無別，只

〔註 1〕本文所稱的建築物是指「人爲的構造物」，故不論象圈欄的或象屋簷的皆屬之。

〔註 2〕埋字表現「埋牛、羊等犧牲於坑中」（許進雄先生：《簡明中國文字學》，頁 180），後世亦有埋牲之祀典。

是互為異體字，如嚴一萍即主張此意見；〔註3〕另一種說法是較多學者所採信意見，即認為牢、宰二字使用有別，如胡厚宣、李孝定、孔德成、姚孝遂、肖丁等學者的主張即為此。〔註4〕而要探究牢、宰的實質內涵，首要之務就是要解決从牛之牢與从羊之宰二字，在殷墟甲骨刻辭中所表示的字義為何。

一、「牢即宰」的意見商榷

牢與宰二字，嚴一萍認為牢即是宰，兩者是互為異體的關係。〔註5〕對於異體字的認定，諸家學者有不同的定義。裘錫圭所認定的異體字為「彼此音義相同而外形不同的字」。〔註6〕若更精確地對甲骨文異體字下定義，張亞初認為：

> 文字在早期晚期，形體上有變化。象形字、會意字等標音化以後，早晚字形結構也會發生變化。這些，都是指同一個字在不同時期所產生的形體變化。異體字則是指同一個時期內同一個字的幾種不同形體結構。〔註7〕

而施順生則更進一步將異體字定義為：

> 同一時期內同一個字的幾組不同的組成分子各別組合而成不同形體結構的字。〔註8〕

然而，在判斷甲骨文當中的異體字時，必須透過不同的面向來討論，僅就文字字形的角度來談異體字，可能涵蓋面不足。如以「偏旁通用」的例子而言，唐蘭認為：

> 在文字的型式沒有十分固定以前，同時的文字，會有好多樣寫法，

〔註3〕嚴一萍：〈牢義新釋〉，《中國文字》三十八期，頁14。

〔註4〕胡厚宣：〈釋牢〉，頁154；李孝定：《甲骨文字集釋》第二，頁316；孔德成：〈釋牢宰〉，《臺灣大學文史哲學報》第十五期，收錄於《甲骨文獻集成》第12冊，頁367；姚孝遂、肖丁：《小屯南地甲骨考釋》，頁88。

〔註5〕嚴一萍：〈牢義新釋〉，《中國文字》三十八期，頁14。

〔註6〕裘錫圭著、許錟輝校訂：《文字學概要》（臺北：萬卷樓圖書公司，2008年10月），頁233。

〔註7〕張亞初：〈古文字分類考釋論稿〉，《古文字研究》第十七輯（1989年6月），頁243。

〔註8〕施順生：《甲骨文異體字研究》（臺北：中國文化大學中國文學研究所碩士論文，1991年），頁2。

既非特別摹古，也不是有意創造新體，只是有許多通用的寫法，是當時人所公認的。〔註9〕

其中「」與「」這兩個偏旁相通，是學者們大致同意的看法。〔註10〕如劉釗提出許多與人形有關的偏旁可以互相替代而意義並不改變，並舉（即）與（即）、（鬼）與（鬼）通用爲例。〔註11〕以「即」字爲例，實際檢視卜辭中的「即」字：〔註12〕

	第一期	第二期	第三期	第四期	第五期	王族卜辭
	3	1	27	43	1	8
	0	193	0	0	0	0

即字在各期的字義較爲單純，從上表可以得知各期皆有「」形，而「」形僅在第二期的卜辭中出現。若再進一步檢視卜辭「」字的詞義，在第二期卜辭出現 193 例的「」字字形中，有 190 例爲貞人名，其中有三例爲殘缺不全之辭；〔註 13〕換言之，高達 98.45%的「」字字形，是當成貞人之私名使用，很明顯的與「」字字形有詞義的區別；鬼字亦同，表示鬼神之鬼作「」形（《合》17448），而方國之義的鬼字則作「」形（《合》8591）。可知即使兩字字形偏旁可以相通，但兩者的詞義並不相混，貞人即與方國鬼方就不等同於一般即字、鬼字，所以無法將之視爲異體字，換言之，在這樣的情況下，、兩字形已經具有不同的意義，故不將之視爲、兩字的異體字。

簡言之，即使字形結構相似，要判斷是否爲異體字則需結合其字義，用同樣的概念來檢視牢、宰二字，發現在卜辭當中，有爲數不少的卜辭是在同一版中同時出現牢、宰二字，而且這種現象並非集中在某一期，是各期皆有的普遍

〔註 9〕唐蘭：《古文字學導論》（濟南：齊魯書社，1981 年 1 月），頁 231。

〔註10〕諸如朱歧祥：《甲骨學論叢》（臺北：學生書局，1992 年 2 月）頁 29；劉釗：《古文字構形學》（福州：福建人民出版社，2006 年 1 月），頁 42；鄒曉麗、李彤、馮麗萍：《甲骨文字學述要》（長沙：岳麓書社，1999 年 9 月），頁 37 中皆有兩偏旁通用的論述。

〔註11〕劉釗：《古文字構形學》，頁 42。

〔註12〕此表的數據來源以《甲骨文合集》第一至十二冊爲主，且習刻之字未納入統計。

〔註13〕分別爲《合》26111、《合》26115、《合》26462 三版。

情況，各期牢、宰同版的卜辭茲列如下：

期　數	卜　辭　內　容	卜辭編號
第一期	貞：惟小宰？ 侑于丁〔註14〕牢？	《合》1921
	丁丑卜，賓貞：求年于上甲，燎三小宰、卯三牛？一月。 丁酉卜，賓貞：翌庚子酒母庚，牢？	《合》10109
	貞：翌庚子侑于母庚，牢？ 求年于目，[illegible]羊燎小宰、卯一牛？	《合》10130 正
第二期	□巳卜，□貞：五牢？ ⧄出貞：王⧄于母辛⧄百宰？	《合》23434
	戊辰卜，祝貞：翌辛未其侑于盟室，十大宰？七月。 戊辰卜，祝貞：翌辛未其侑于盟室，五大牢？七月。 己巳卜，祝貞：其叙于盟室惟小宰？	《英》2119
第三期	其五牢，王受祐？ 三牢？ 其五牢？ ⧄宰？	《合》27541
	牢？ 壬午卜：其侑歲于妣癸，惟小宰？ 牢？	《合》27572
	小宰？ 牢？	《合》29667
	小宰？ 其二大牢？	《合》30504
	惟宰有正？ ⧄一牢？用。	《合》30713
	惟大牢？ 其牢又一牛？ 壬辰卜：妣辛史其延妣癸惟小宰？	《屯》323
	己丑卜：妣庚歲二牢？ 三牢？ 己丑卜：兄庚酉二牢？ 三牢？ 壬午卜：母壬歲，惟小宰？	《屯》1011

〔註14〕丁與祊的字形相似，此字或可隸爲祊。

第四期	三小宰？ 惟大牢？ 甲辰卜：升二伐祖甲，歲二牢？用。 侑伐十五、歲小宰上甲？ 二小宰？ 歲十小宰？	《合》32198
	惟小宰？茲用。 丙寅卜：禱杏一牢？ 三牢？ 三牢？茲用。 甲午卜：高祖乙歲三牢？ 五牢？茲用。	《合》32453
	五牢？ 丁亥卜：妣己歲一小宰？ ⧄一小宰？	《合》32746
	□卯貞：求禾□岳，燎三小宰圂牢？ 乙卯貞：求禾于岳，燎三小宰圂三牛？ ⧄貞：求禾⧄沉三牛⧄圂大牢？	《合》33292
	癸卯歲其牢？ 惟小宰？	《合》34428
	惟小宰，王受祐？ 其侑子龘、競兄癸牢，王受祐？	《合》41495
	燎牢沉？ 岳燎小宰、卯牛一？	《屯》914
	辛卯貞：其求禾于河，燎二宰、沉牛二？ 河燎三牢、□牛二？	《屯》943
	小宰？ 丙午卜：禱歲二牢？	《屯》1060
	庚辰卜：其燎于[illegible]宰，辛巳酒？ 惟大牢？ 惟二牢？	《屯》3571
	⧄小宰⧄ ⧄貞：⧄五牢？	《懷》1564
	丙寅貞：侑于[illegible]，燎小宰卯牛一？ 丙寅貞：燎三小宰，卯牛□于⧄？ 丙寅貞：侑升歲于伊尹，二牢？	《合補》10639
	戊子貞：其燎于洹泉□三宰、圂宰？ 戊子貞：其燎于洹泉大三牢、圂牢？	《合補》10642

第五期	甲申卜貞：武乙祊，其牢？ 丙戌卜貞：武丁祊，其牢？茲用。 ⍁卜⍁祖甲祊，〔其〕牢？ ⍁卜貞：⍁其宰？	《合》35829
	甲辰卜貞：武乙祊，其牢？茲用。 丙午卜貞：武丁祊，其牢？茲用。 丙午卜貞：康祖丁祊，其牢？茲□。 ⍁卜貞：⍁乙祊，〔其〕牢？ ⍁卜貞：⍁祊，其牢？ ⍁貞：⍁宰？	《合》35837
	甲□卜貞：⍁上甲牢？茲用 甲戌卜貞：武乙祊，其牢？ □酉卜貞：⍁其牢？ 其牢又一牛？ 其牢又一牛？ 其牢又一牛？ 其牢又一牛？ 其牢又一牛？ 其牢又一牛？ 其牢又一牛？ □牢□一牛 惟小宰？茲用。 惟宰？ 惟宰？	《合》36032
	其牢又一牛？ 小宰？用。	《合》37300
王族卜辭	庚子子卜：惟小宰禦龍母？ 庚子子卜：惟小宰凥司？ 辛丑子卜貞：用小牢龍母？ 辛丑子卜貞：用小牢凥司？ 壬寅子卜：禦母小牢？ 惟豕用至凥司，宰？	《合》21805
	小宰？ 丁巳卜：禦三牢妣庚？ 己未卜貞：酒三牢，亡囚？	《合》22294

上述牢與宰字出現於同版的卜辭中，而且這樣的現象並非僅出現於特定某一個時期，可知應該是一個普遍的狀況。從這個現象來看，可以推知牢字與宰字二字並不是互爲異體的字；甚至在《合補》10642 一版的卜辭中，還有牢牲與宰

牲選貞，其云：

　　戊子貞：其燎于洹泉□三宰、俎宰？

　　戊子貞：其燎于洹泉大三牢、俎牢？

占卜日期都在戊子日，卜問內容爲「在洹泉舉行燎祭，使用何種祭牲會受到保佑？」牲品的選擇爲三宰或三牢，以及施行俎宰或牢，是很明確的選貞例證。從卜辭祭牲的選貞狀況來看，可以得知牢與宰所代表的實際內涵上應有不同。

除了牢、宰二字同版之外，甚至在第三期、第四期以及王族卜辭的刻辭中，會發現有牢、宰二字出現於同一條卜辭的情況，表列如下：

期　數	卜　辭　內　容	卜辭編號
第三期	▨河三宰、沉二牛、俎牢？	《合》31005
第四期	丁卯貞：王其爯珏，燎三宰、卯▨牢？	《合》32420
	丁卯貞：王其爯珏聯▨燎三宰、卯三大牢？	《合》32721
	▨求禾▨河，燎□小宰、沉三牛、俎牢？	《合》33276
	壬子貞：其求禾于河，燎三宰、沉三、〔註 15〕俎牢？	《合》33282
	□卯貞：求禾□岳，燎三小宰▨、俎牢？	《合》33292
	▨[illegible]燎小宰、卯牢？	《合》34277
	丁卯卜：燎三小宰、卯三大牢？	《合》34449
	丁亥貞：辛卯酒河，燎三宰、沉三牛、俎牢？ 丁亥貞：辛卯酒岳，燎三宰、俎牢？	《屯》1118
	甲戌卜：燎于河宰、沉三牢？	《屯》1120
王族卜辭	▨：惟▨祝用成▨歲祖乙二牢、匄牛、白豕▨示鼎三小宰卯于祝歲？	《合》19849
	庚申卜：至婦禦母庚牢、束小宰？	《合》22226

從這些卜辭來看，可以更進一步的確定，牢字與宰字的用法並不相同，而至於這兩個字的實際內涵則在後面的章節中會有更詳細的討論。

二、大、小之牢（宰）不同於牢（宰）

不論學者們認爲牢、宰二字是否相同，其對於大牢（宰）、小宰（牢）均有其解釋。如嚴一萍認爲牢等於宰，而牢就是大牢，宰即爲小宰，〔註 16〕胡厚宣

〔註 15〕卜辭隸定爲「沉三」，然在甲骨版上爲「沉」字與「牛」字之合文。

〔註 16〕嚴一萍：〈牢義新釋〉，《中國文字》三十八期，頁 14。

則認爲「牢定爲大牢、𡧱定爲小𡧱」，〔註17〕其註云：「卜辭中有大𡧱者，僅《藏》176.3 及《佚》208 兩例，乃字之誤也。」〔註18〕認爲「大𡧱」爲誤刻之辭。

當我們全面檢視卜辭，當然會發現「大𡧱」這樣的辭例，並非如胡氏所言僅有兩例而已；再者「牢就等於大牢、𡧱就等於小𡧱」之說而言，也是不合理的。因爲眞如嚴、胡二氏所言，判斷牢之大、小，只要看牢字是从牛或从羊即可，根本不需要加上大或小來辨別，辭例所刻上的「大」、「小」二字也失去其意義。

在本文上一節已經提出許多證明牢與𡧱爲二字的證據，在使用上有其分別。以下亦以同樣的方式檢視刻辭，也可以得知大、小之牢（𡧱）與不加大小之牢（𡧱）確爲不同，茲列卜辭如下：

1、同版中出現牢與小牢

第三期	小牢？ 牢？	《合》29630
第四期	⧄小牢⧄ ⧄貞：⧄五牢？	《合補》10470

2、同版中出現牢與大牢

第四期	惟大牢？ 甲辰卜：升二伐祖甲歲二牢？用。	《合》32198
	惟大牢？ 惟二牢？	《屯》3571

3、同刻辭中出現牢與大牢

第四期	□丑貞：日又戠其告于上甲⧄牢、𠬝大牢？	《合補》10428
	庚戌貞：侑河伐牢、𠬝大牢？茲用。	《合》32230

4、同版中出現𡧱與小𡧱

第一期	庚寅[illegible]一牛妣庚，𠕋十及、十𡧱、十㲋？ 侑于上甲十伐、卯十𡧱？ 上甲十伐又五、卯十小𡧱？ 貞：二十伐上甲、卯十小𡧱？上吉。 小𡧱？ 惟小𡧱？	《合》893 正
	貞：侑伐于上甲十又五、卯十小𡧱豭？上吉。 侑于祖乙𡧱，正？	《合》900 正

〔註17〕胡厚宣：〈釋牢〉，頁156。

〔註18〕胡厚宣：〈釋牢〉，頁156。

<table>
<tr><td rowspan="2">第一期</td><td>壬辰卜，設貞：呼子宩禦侑母于父乙，[illegible]宰、酉及三[illegible]、五宰？
貞：呼子宩禦侑母于父乙，[illegible]小宰、酉□三[illegible]、五宰？
翌乙未呼子宩祇父，[illegible]小宰酉及、三[illegible]、五宰，祟眉正？上吉。
乙巳卜，設貞：呼子宩侑于㞢祖宰？
貞：勿呼子宩侑于㞢祖宰？
貞：呼子宩侑于㞢祖宰？
貞：呼婦[illegible]于父乙宰、酉三宰、侑及？
貞：上甲惟王匚，用五伐、十小宰用？小吉。
上甲惟宰，用？
貞：勿宰？</td><td>《合》924 正</td></tr>
<tr><td>貞：侑妣己小宰？
⍁十宰？</td><td>《合》2404</td></tr>
<tr><td>第二期</td><td>戊戌卜，□〔貞〕：王賓大〔戊〕〔奭〕妣壬小宰，叙亡尤？
己亥卜，涿貞：王賓兄己歲宰，叙亡尤？
庚子卜，涿貞：王賓南〔庚〕歲宰，亡尤？</td><td>《合補》7049</td></tr>
<tr><td rowspan="2">第三期</td><td>貞：卯十宰？
貞：小宰？
貞：宰？
貞：二宰？
貞：三宰？
貞：五宰？</td><td>《合》26907 正</td></tr>
<tr><td>貞：其三宰？
戊午卜貞：其侑妣己宰？
貞：其小宰？</td><td>《合》27515</td></tr>
<tr><td>第四期</td><td>癸酉貞：帝五玉臣其三百四十宰？
癸酉貞：其三小宰？</td><td>《合》34149</td></tr>
<tr><td>第五期</td><td>惟小宰？茲用。
惟宰？
惟宰？</td><td>《合》36032</td></tr>
<tr><td rowspan="2">王族卜辭</td><td>庚子子卜：惟小宰禦龍母？
庚子子卜：惟小宰凥司？
惟豕用至凥司，宰？</td><td>《合》21805</td></tr>
<tr><td>妣庚宰束羊豖？
妣口宰妣庚束？
弜禦庚宰、中妣小宰、子小宰？
庚申卜：至婦禦母庚宰、束小宰？</td><td>《合》22226</td></tr>
</table>

<table>
<tr><td>王族卜辭</td><td>辛亥卜：酒禦妣庚寅宰？
辛亥卜：酒禦妣庚寅宰？
辛丑卜：中母禦小宰？</td><td>《合》22258</td></tr>
</table>

5、同版中出現宰與大宰

<table>
<tr><td>第二期</td><td>貞：父戊歲，惟宰？
貞：惟小宰
貞：惟大宰</td><td>《合》23300</td></tr>
</table>

6、同版中出現小宰與大宰

<table>
<tr><td rowspan="2">第二期</td><td>貞：父戊歲，惟宰？
貞：惟小宰
貞：惟大宰</td><td>《合》23300</td></tr>
<tr><td>戊辰卜，祝貞：翌辛未其侑于盟室，十大宰？七月。
己巳卜，祝貞：其宰于盟室，惟小宰？</td><td>《英》2119</td></tr>
<tr><td rowspan="2">第三期</td><td>庚寅卜，彭貞：其大宰？
庚寅卜，彭貞：其小宰？</td><td>《合》27543</td></tr>
<tr><td>惟大宰？
惟小宰？</td><td>《合》30779</td></tr>
</table>

由上列卜辭可知，牢、宰的意義有別，而牢、宰本身各字在五期當中字義都是一樣的，卜辭中冠有大小之牢（宰）與牢（宰）出現於同一甲骨上或出現於同一條刻辭當中，甚至《合》29630 有牢與小牢選貞、《屯》3571 中有大牢與二牢選貞、《合》36032 有宰與小宰選貞、《合》27543 與《合》30779 中有大宰、小宰選貞、《合》23300 有宰、大宰、小宰三牲選貞的情況，由此可以清楚的知道，牢（宰）字前面所冠之大小確實有實際的意義；我們可以從這些有大、小之牢（宰）的卜辭中，分析更多卜辭所傳達的訊息，而大、小牢（宰）的內涵則留待後面的章節討論之。

第二節　結構爲建築加牲畜而非祭牲之字

一、婞

婞字从女从宰，而且僅出現於第一期卜辭中，《甲骨文字詁林》中釋婞字云：「『婞』乃祭牲，亦以人爲祭牲之例。」〔註 19〕嚴一萍在〈牢義新釋〉一文中亦

〔註 19〕于省吾主編：《甲骨文字詁林》（北京：中華書局，1996 年 5 月），頁 495。

提及婞字。其曰：「烄婞兩辭皆與烄㚬對貞，是牢字爲聲符。」〔註20〕婞字與㚬選貞，應是一個的私名無誤。以下列出所有婞字的卜辭：

貞：烄〔註21〕婞，有雨？	《合》1121 正
勿惟婞，亡其雨？	《合》1122
甲申卜，賓貞：烄婞☒	《合》1123 正
貞：勿烄婞，無□？ 勿惟婞、無其雨？	《合》1124
☒惟婞烄？	《合》1125
☒惟婞☒	《合》1126
☒婞☒	《合》1127
☒婞☒	《合》1128
☒婞☒	《合》1129

從上述卜辭來看，除殘缺無法判別之辭以外，分析可識之卜辭中，皆出現烄字與雨字，這些卜辭皆是在占卜：「焚婞這個人可以求得雨？」或者是正反對貞曰：「不要焚婞，因爲無法求得雨？」故婞字應可更進一步確定爲巫師之名。此外，《甲骨文與殷商人祭》一書也提出類似的解釋，認爲婞乃人牲，其云：

> 人祭卜辭中有以「巫」作爲人牲的記錄。……在甲骨文中確實已經有焚燒女巫人牲以求雨的記錄，這些女巫都有自己的名字。〔註22〕

筆者認爲烄或𤎩應該修正爲一種焚巫祈雨之儀式，因爲如果這樣的儀式必須精確的占卜由哪位巫師來執行，這種儀式的愼重程度應不同於其他的祭祀儀式，而婞這位巫師亦應有別於其他儀式所使用的祭牲，因爲如果只是單純的獻牲祭祀，並不需要替祭祀的人牲命名。除第一期之外在其他時期也能見到同樣的儀式，如在第四期的卜辭中就有同樣類型的卜辭，其云：

戊辰卜，烄[illegible]于尊，雨？一（序數）

戊辰卜，烄曼[illegible]，雨？一（序數）

〔註20〕嚴一萍：〈牢義新釋〉，《中國文字》三十八期，頁8。

〔註21〕烄爲求雨的儀式，從創意來看，與𤎩、堇爲同一字，只是字形稍異。

〔註22〕王平、（德）顧彬：《甲骨文與殷商人祭》（鄭州：大象出版社，2007年11月），頁66。

癸酉卜，烄嬶□一（序數）　　【《合》32289】

在這些烄祭的卜辭當中，並無一條卜辭是加上牲品之數，從此點也可以知道烄祭後面所加的名詞並非一般的祭牲，應該是一私名，所指的是有魔力的巫師，同理，从女从宰之婞與牢、宰等祭祀犧牲，沒有文字造字創意的直接關係，婞字亦爲一私名。

二、寓

寓字不見於後世之字書，在甲骨刻辭中，寓字从宀（）从馬，其結構同於牢、宰，都是从一牲畜於圈欄內之形，目前所見之卜辭皆在第三期，且不當作祭祀犧牲之義，以下列出目前所見之四條卜辭：

王蓄馬在茲寓⧄母戊王受⧄　　《合》29415

⧄蓄馬在茲寓⧄　　《合》29416

⧄卜，王其乍僔�于寓⧄吉　　《合》30266

⧄茲寓⧄　　《寧滬》522

關於寓字的字義，陳夢家、嚴一萍等學者多有討論，陳夢家云：

> 甲骨文字中有牢、宰、寓，前兩者是牲品，乃指一種豢養的牛、羊。……卜辭寓疑是庿字，《廣雅・釋宮》：「庿，庵也」、「庵，廄，舍也」。〔註23〕

嚴一萍亦有相同看法：

> 契文有从从馬之，正象馬在牢中。見於卜辭者凡四條，無一用作祭祀之牲牢……《續甲骨文編》據《粹編》考釋隸定作廄，甚碻。〔註24〕

兩位看法頗爲一致，《甲骨文字詁林》中姚孝遂對於寓字按語亦云：

> 字當隸作「寓」，其義爲「廄」，但不得逕釋作「廄」，……卜辭皆用爲馬廄之義。〔註25〕

從卜辭之辭義來分析，寓字皆在茲或者是于字之後，可知「寓」爲一個地點，

〔註23〕陳夢家：《殷虛卜辭綜述》（北京：中華書局，1988年1月），頁556。

〔註24〕嚴一萍：〈牢義新釋〉，《中國文字》三十八期，頁7。

〔註25〕于省吾主編：《甲骨文字詁林》，頁1594。

且在卜辭中，馬牲皆不當爲祭祀犧牲使用，如吳俊德先生云：

> 羊、馬已爲人所豢養，而「孚羊」(《屯》4178)、「孚馬」(《屯》1078) 之用牲，表示該祭以戰場擄獲之羊、馬爲祭牲，意謂此等祭牲亦有部分來自擄獲。又，馬之價值效益高，一般不作祭祀用牲，此類用馬牲之卜問或與軍事盟誓有關。〔註 26〕

由此看來，前人釋「寓」爲「廄」之說確爲可從。

三、騂

騂字的字形从馬从牢。而騂字出現的次數與頻率，在目前可見的甲骨卜辭中並不多，僅見四條刻辭，將之羅列如下：

第三期	□買□狽騂□悔？	《合》29420
第五期	惟駉暨大騂，亡災？弘吉。	《合》36985
	惟小騂用？	《合》36986
	惟并騂，亡災？	《合》37514

騂字亦如同牢、宰一樣有大、小之分，字義不同於寓（廄），且目前所見之騂與寓字，僅出現於第三期之後，可以猜測騂字或許是爲了與寓字做區別而造的不同的字。再從卜辭辭義分析，騂字或許可以作爲祭祀所使用之犧牲，或者是王所乘的交通工具，而值得思考的是，在第五期的卜辭當中，出現了許多不同的从馬偏旁的字，且刻辭僅集中於某幾版之上，茲列如下：

惟[illegible]暨[illegible]用？

惟[illegible]暨大[illegible]，亡災？弘吉。　　【《合》36985】

惟[illegible]用？

惟小[illegible]用？　　【《合》36986】

惟并[illegible]？

□馬？　　【《合》36987】

辛未卜貞：豕□翌日壬王其比用□暨[illegible]用，亡災？在□

【《合》36988】

〔註 26〕吳俊德先生：《殷墟第四期祭祀卜辭研究》，頁 207。

戊午卜，在□貞：王其□大兕，惟[illegible]暨[illegible]，亡災？擒。

惟[illegible]暨[illegible]子，亡災？

惟左馬暨[illegible]，亡災？

惟[illegible]暨小[illegible]，亡災？

惟[illegible]暨[illegible]，亡災？

惟并[illegible]，亡災？　　【《合》37514】

惟[illegible]用，亡災？擒。

惟馬，亡災？　　【《合》37516】

上述這幾版皆爲田獵的卜辭，故卜辭中才會有驗詞「擒」字，來表示有所擒獲，以《合》10349 以及《英》2566 這兩版刻辭所載來佐證，其云：

壬申卜，㱿貞：甫擒麋？丙子阱，允擒二百又九。一〔月〕

【《合》10349】

其于七月射柳兕，亡災，擒？

弗擒？

丙午卜，才[illegible]貞：王其田柳，衣逐亡災，擒？

不擒？　　【《英》2566】

故有「擒」字出現的卜辭應爲田獵卜辭，而非祭祀卜辭，所以《合》36985、36986 等版上的从馬諸字，亦非祭祀犧牲。

另外從卜辭中也可以得知，馬最主要的功用於使役，不論是交通、戰爭、田獵都會使用到馬匹。另外從甲骨文字及考古出土的車馬坑遺跡當中，我們也可以瞭解到商代使用馬車的情形，從出土文物可以得知：

商代車馬坑中大都埋一車兩馬，說明商代的車大多爲兩馬駕輈。小屯 M20 中埋一車四馬，……用四匹馬駕車（兩服兩驂）在商代晚期已經出現。〔註 27〕

對於此意見，石璋如提出修正，其云：

〔註 27〕楊寶成：《殷墟文化研究》（武漢：武漢大學出版社，2002 年 2 月），頁 136。

其中的兩套輿飾，即兩個軓飾；兩個踵飾。兩套軸飾，即四個軎飾；四個轄飾。兩套衡飾，即四個衡端飾；四個衡中飾。兩套軛飾，即四個銅軛首：兩付銅軛腳；兩付木軛腳。以上各類所屬等件，不但它們的形制不同，而且紋飾也各歸各類。……乃是兩輈並列即兩車並存的實象。〔註28〕

簡言之，即小屯 M20 中有兩套包括銅轄、軓等等的車飾，故上文所言「一車四馬」應該更正爲「兩車四馬」，從上述的考古資料可以知道，商代大多數的馬車應該還是一車兩馬，以四馬駕車的車子應該晚到西周時期才出現。考古出土資料顯示商代爲「一車兩馬」，也印證了上述第五期的多版卜辭中多有「某暨某」之語，的確是一次選擇兩匹馬最佳佐證。

甲骨當中的田獵或軍事占卜，是爲了祈求此次活動能夠順利進行，所以當商王在占卜田獵或戰爭等活動時，首要考慮到的應當是安全問題，所以才有可能會卜問要以選擇步行的方式，或者是騎乘馬車馬匹的方式來進行活動，如在卜辭中所記載：

丙子卜，貞：翌日丁丑王其振旅延過，不遘大雨？茲御。

辛丑卜，貞：〔翌〕日壬王〔其〕田牢，弗御，亡災？癩【《合》38177】

在卜辭中可以看到有「茲御」〔註29〕或者「弗御」兩種交通方式，該版第一卜是因爲「不遘雨」，所以選擇以馬車爲進行田獵、軍事活動的交通工具；第二卜則是「弗御」，那麼可能是選擇以步行的方式進行田獵活動，該卜也記錄選擇步行的結果是勞累的。〔註30〕除了卜辭上的卜問之外，鍾柏生討論到商代的田獵卜辭時，也有這樣的論述，其云：

田獵時殷王的田車所駕用馬匹之良劣，馴服與否，影響田獵之成敗

〔註28〕石璋如：〈殷車復原說明〉，《歷史語言研究所集刊》第 58 本第 2 分（臺北：中央研究院，1987 年），頁 255～257。

〔註29〕此版御字作「[illegible]」形，爲駕車之義，與作爲祭名、方國名、官名的「[illegible]」形有別。見許進雄先生：〈釋御〉，《中國文字》十二期（臺北：國立臺灣大學中文系，1963 年），頁 1；又收錄於《許進雄古文字論集》（北京：中華書局，2010 年 2 月）。

〔註30〕許進雄先生：《The Menzies Collection of Shang Dynasty Oracle Bones: The Text》（多倫多：安大略省博物館，1977 年），頁 241。

或車上人員之安全，是故殷王在田獵前有擇馬之卜。〔註31〕

除此之外，在第一期卜辭中還有「甲午王往逐兕，小臣古車馬，硪馭王車，子央亦墜。」（《合》10405）的翻車記錄，所以商王占卜時所考慮的應該是馬匹在行進時的速度以及體能，狀況應是差不多的兩匹馬才能夠並用，否則對於商王行車交通的安全性有疑慮，甚至可能會有翻車之虞。對此劉一曼與曹定雲也有相同的意見，劉、曹二氏認爲：

> 如殷墟車馬車馬坑中，分置於輈左、右的兩匹馬，馬架的長度與寬度大多基本相近，表明原來馬的高度也大體相似。我們曾對一些車馬坑的馬的年齡作過初步的鑑定，同坑二馬的年齡大多接近。這些跡象表明，駕車的馬不是任意配置，而是經過選擇的。〔註32〕

可見卜辭所占卜的馬匹應該不是馬的毛色或種類，而應是馬匹的大小以及當時的體能狀況，才能確保王行車的安全。

又馬匹的馴養不若其他的家禽、家畜，不論是被馴化爲家畜的時間或者是馴化後的飼養方式，都有別於牛、羊等牲畜。許進雄先生云：

> 馬的性格不羈，很難馴服控制，故不論中外，在常見的家畜中，馬都是最晚被馴養的。……中國傳說在四千二百年前的夏禹時代，即用馬取代牛拉車。這個年代與發現馬家養的最早遺址，山東章邱城子崖的龍山文化年代相近。這傳說可能反映馬被馴服之遲，主因是人們要利用它的力氣拉車而非其皮肉的事實。〔註33〕

上述除了提到了馬匹被馴服較其他的牲畜爲晚，也說明了馬匹對於人類的功能不同於其他牲畜，也因爲馬匹的功用主要用於拉載重物、運輸或戰爭，不同於其他牲畜多當成祭祀時所獻祭的犧牲。另外，對於馬馴化後的飼養方式也不同於其他家畜，其他的家禽或家畜只要餵食飼料即可，而馬牲是飼主除了餵食飼料之外，還要親自替馬匹刷毛、溜馬等等與之培養感情，因爲馴養後的馬與未

〔註31〕鍾柏生：〈卜辭中所見殷代的軍禮之二——殷代的大蒐禮〉，《中國文字》新十六期（舊金山：美國藝文印書館，1992年4月），頁66。

〔註32〕劉一曼、曹定雲：〈殷墟花東H3卜辭中的馬——兼論商代馬匹的使用〉，《殷都學刊》2004年第一期（安陽：殷都學刊編輯部），頁10～11。

〔註33〕許進雄先生：《中國古代社會》，頁81。

馴養的馬個性差異甚大，甚至騎乘別人的馬匹，在上馬的時候，馬會原地打轉，以致久久無法騎上去。關於此點，許進雄先生亦認爲：

> 拉曳車子作快速的奔跑，並不是任何馬匹都可以勝任的。一定要受過長期訓練的精選良種才辦得到。有時甚至還要閹割以穩定馬的性情，消除其互相踢嚙，或使性子不肯跑動的不良習性。譬如魏文帝曹丕的乘馬，就因爲不喜歡主人身上的香味，咬嚙曹丕的膝蓋而遭處死。……貴族不光只重視馬的訓練與飼養，還得時時垂顧，與馬建立感情。乘馬成爲貴族的寵物，養馬的心情完全不同於其他供肉、負重的家畜。〔註 34〕

從馬匹的特性這點來推論，爲了商王的安全，商王的馬匹不可能是隨意的更換或者是捕捉到野生的馬，隨即用於拉車或騎乘。而商王也很有可能會有一些和馬匹培養親密度的行爲，如卜辭中有云：「王學馬無疾？」（《合》13705）可以看到商王對於馬匹訓練的重視。〔註 35〕

除此之外，在第三期的田獵卜辭中亦有一版是關於馬匹的選擇，但是其選擇方式與第五期不同，卜辭云：

> 戊其歸，呼騽（）王弗悔？　　【《合》41341】

在第三期當中，乙、戊、辛、壬四個干日爲固定的田獵日，〔註 36〕上述這條刻辭是卜問在戊日這天回去，因爲呼騽沒有災禍，所以不會後悔。比較值得細究的是「呼」字，因爲在甲骨文中的呼字，都是當成「呼召」之義，〔註 37〕且一般在呼字之後所加的詞彙皆爲名詞，或者可以說被呼召的對象都有被命令去執行某件事之義，如：「呼子漁」（《合》2972）、「呼雀」（《合》14453）、「呼眾戍」（《合》26898）等等，而《合》41341 所說的呼騽，應該將之解釋爲私名，而

〔註 34〕許進雄先生：《中國古代社會》，頁 82。

〔註 35〕王宇信、楊升南主編：《甲骨學一百年》（北京：社會科學文獻出版社，1999 年 9 月），頁 542。

〔註 36〕松丸道雄：〈殷墟卜辭中の田獵地について：殷代國家構造研究のために〉，《東洋文化研究所紀要》第三十一冊（東京：東京大學東洋文化研究所，1963 年 3 月），頁 70。

〔註 37〕于省吾主編：《甲骨文字詁林》，頁 3414。

非後世的字書所解釋「馬行貌」之義。〔註 38〕

綜合上述所論，透過考古文物的出土、卜辭詞彙系統的分析，加上豢養馬匹的特殊性質，以及結合卜辭中如「暨」、「呼」等字，這些从馬偏旁的形聲字，其字義應該與馬的毛色或者是馬種無關，主要是占卜馬匹的個體，是否適合用於駕車，所以這些字應是馬匹的私名或者是小名，而替這些馬匹取名字，是爲了能夠方便商王在占卜時，能夠選擇及識別；另卜辭中有「并騂」（《合》37514）之辭，即是卜問選擇大騂（《合》36985）及小騂（《合》36986）兩馬並行是否安全的卜辭。故騂字與牢、宰並不相同，並不只是當作祭祀犧牲，而是眾多馬名的其中之一而已。

四、隺

隺字从宀（）从隹，後世無此字，在卜辭中亦不多見，僅見於《合》10425及《合》33384 兩版，卜辭載：

戊〔寅〕☐歷狩☐三日庚辰☐暨隺☐獲兕☐一豕☐【《合》10425】

〔丙〕辰卜：王狩隺，弗擒？【《合》33384】

關於隺字字義，徐中舒認爲《合》10425 的「隺」字疑爲人名，〔註 39〕姚孝遂認爲《合》33384 的「隺」字爲地名。〔註 40〕由可見的卜辭分析，隺字皆與田獵有關，《合》10425 一卜殘缺，無法判讀整句卜辭的意義，然從「暨隺」一詞推知，隺字在第一期卜辭應爲一人名；〔註 41〕第四期卜辭較爲完整，「王狩隺」所表示的可能是王將前往的狩獵地，故姚孝遂將隺字則釋爲地名是合理的。綜上所述，隺字在卜辭中皆作專有名詞使用，並非祭祀犧牲的之一，意義亦不同於牢、宰二字。

五、家、圂

家字，甲骨文作「」或「」，《說文解字》曰：「家，居也。从宀豭省

〔註 38〕《教育部異體字典》網路版，http://140.111.1.40/yitic/frc/frc16682.htm。

〔註 39〕徐中舒：《甲骨文字典》，頁 824。

〔註 40〕于省吾主編：《甲骨文字詁林》，頁 1684。

〔註 41〕貝塚茂樹將字釋爲人名。（貝塚茂樹：《京都大學人文科學研究所藏甲骨文字・本文篇》（京都：京都大學人文科學研究所，1960 年 3 月）頁 198。）隺字在暨字之後，應亦可釋爲人名。

聲。」段注曰：「豢豕之生子最多，故人居聚處，借用其字，久而忘其本義。」〔註 42〕田倩君引徐承慶之言，認爲段氏假借之說是有不對的，並排除「家」之義與家庭無關，其云：

> 徐承慶氏謂「以穀圈養豕，圈乃豕居，若以家爲豕居，引伸假借以爲人之居，人畜齊等，造字者必不如是之悖亂。」倩君亦然其說。……也許爲士庶之人以少牢祭祀於家廟，後誤祭祀之所爲家庭之家了。〔註43〕

在甲骨刻辭中的「家」字的確不爲「家庭」之義，然田氏所云「爲士庶之人以少牢祭祀於家廟」之說，也許是受後世「少牢爲牛、羊、豕成套」的說法影響，而有此說。

單純以家字的文字構形而言，家字與牢字都象是牲畜在室內或柵欄之中，對於豬隻豢養於室內，許進雄先生有云：

> 豬由於調節體溫的性能不完善，最好避免過冷過熱的環境，飼養於通風良好的地方。……尤其是閹割後體格跟著衰弱，不便再飼養於露天任雨淋霜凍。故起碼從商代起，豬已習慣飼養於有遮蓋的地方。……說明在造字時代，豬已習慣被飼養在有遮蓋的地方，與人們日常的生活非常接近。〔註 44〕

故由家字字形來看，可以知道是與人類生活密切相關的建築。從字義分析之，在目前可見的甲骨中，出現家字的卜辭共有四十三條，以下茲列出部分卜辭：

期　數	卜　辭　內　容	卜辭編號
第一期	己酉貞：于上甲家？	《合》13580
	貞：其匚于上甲家，其▨	《合》13581
第二期	▨貞：母辛歲，于宂家以東？十月。	《合》24951
第三期	▨卜，彭貞：其延蒸穧▨饗父庚、父甲家？止	《合》30345
第四期	丁巳卜：非弗入王家？	《屯》332
王族卜辭	乙丑卜：鄉家艱于下乙五牢，鼎用？	《合》22091 甲

〔註 42〕東漢・許慎撰、清・段玉裁注：《說文解字注》，341 頁。

〔註 43〕田倩君：〈說家〉，原載於《中國文字》二十三期（臺北：國立臺灣大學中文系，1967 年 3 月），收錄於宋鎮豪、段志洪主編：《甲骨文獻集成》第十二冊，頁 401～402。

〔註 44〕許進雄先生：《中國古代社會》，頁 79～80。

從可見卜辭分析，家字從第一期到第四期皆有，在一到四期的卜辭中都不當成祭祀犧牲之義來使用在，而是多作「我家」或者「某先王家」等辭例，《甲骨學一百年》中亦云：「家即室家，與宗、室義同。」〔註45〕可知家字之字義的確爲一宗廟之處所，然宗廟等行政處所不養豬，由養豬爲家引申爲宗廟，家字可能非高等的宗廟建築，家、宗、室之實質意義還有待考察。

在甲骨卜辭中還有圂字（[illegible]、[illegible]），象豬隻於一屋舍中之形。《說文解字》云：「圂，豕廁也。从囗，象豕在囗中也。會意。」〔註46〕許進雄先生認爲：

> 甲骨文有作兩豬在有屋頂的豬圈中，也說明因其排泄物與人一樣，都是很好的有機肥料，故飼養於家中，鄰近廁所。〔註47〕

姚孝遂則提出[illegible]、[illegible]二字字義不同之說，其云：

> 「[illegible]」與「[illegible]」形義皆有別，不能混同。「[illegible]」有可能爲「家」之異體；「[illegible]」可能爲「[illegible]」之異體，但均難以確指，只能存疑待考。〔註48〕

綜上所述，家字與圂字的甲骨字形雖然相似，但意義應不同，一爲宗廟之名、一爲後世的廁所。

再比較家字與牢、宰字，雖隸定後的字形皆从「宀」部，然二者「宀」部的甲骨字形卻有差異，家字的「宀」在甲骨刻辭中是象宗廟之形（[illegible]），而牢、宰字的「宀」則是象圈養動物的柵欄之形（[illegible]）。以下表列出家家與牢、宰、寓字，並選擇兩個與建築有關的字一併比較之：

从（[illegible]）之字	家	宗	室
	[illegible]	[illegible]	[illegible]
从（[illegible]）之字	牢	宰	寓
	[illegible]	[illegible]	[illegible]

從上述的說明可以得知，雖然家字形似於牢字，然以豬隻豢養的性質而言，

〔註45〕王宇信、楊升南編：《甲骨學一百年》，頁572。

〔註46〕東漢．許慎、清．段玉裁：《說文解字注》，頁281。

〔註47〕許進雄先生：《簡明中國文字學》，頁129。

〔註48〕于省吾主編：《甲骨文字詁林》，頁2003。

在商代已經是普遍豢養的牲畜，與牛、羊不同，又其字形是从，而非牢、宰字的从，其字義應該與宗、室同。故不論從卜辭中的字義或是從本身的字形來分析，家字都與祭祀時所用的犧牲無關，意義也不同於牢、宰二字。

綜上所論，牢、宰、寓、家、圂、寉、騂、婞等八個字形結構相似的字，僅有牢、宰二字爲祭祀犧牲，且牢字與宰字所代表的實質意義各有不同，其餘六字則與祭牲無關。

第三章　牢字實質內容探討

牢、宰與牛、羊不外是數量、性別、品種、毛色、年齡或飼養的方式之間有所差異，以下針對這幾個論點進行論述，可以更深刻瞭解牢、宰的內涵。

第一節　二牲爲牢的商榷

二牲爲牢之說爲胡厚宣所提出。其在〈釋牢〉一文提出說明，認爲牢爲一對牛，因爲卜辭中只言「牢又一牛」，絕無言「牢又二牛」者；〔註 1〕文中又舉《粹》910 一版爲例，〔註 2〕該版卜辭云：

其蒸新鬯惟二牛用卯？

惟牢用？

胡氏認爲以「牢」與「二牛」選貞，表示兩者仍當有別，故更進一步的說明牢應爲一牡一牝之牛。

關於牢爲一牡一牝之說，張秉權在〈祭祀卜辭中的犧牲〉一文中提及這個問題，其言：

卜辭中卻有牝牡的合文，爲什麼不稱爲牢？此外，卜辭中用「二牛」「三牛」之辭很多，難道這些都是牡的或牝的？況且卜辭中用四牛

〔註 1〕胡厚宣：〈釋牢〉，頁 153。

〔註 2〕即《合》30977，此版與《合》34594 重片。

以上，如「十牛」「廿牛」「卅牛」「四十牛」「五十牛」「百牛」「三百牛」乃至「千牛」的例子多不勝舉，難道那麼多的牛群中，就沒有一牡牛與一牝牛？〔註3〕

對於張氏的論述，筆者認爲理由不夠充份，因爲在甲骨卜辭中的祭牲選擇，有時卜問的是數量、有時卜問的是牲畜的牡牝，張氏所言的卜辭選貞是重於數量的卜問，與是否爲牡或牝無關。

如果依照胡氏之邏輯，在甲骨卜辭中祭牲的選擇上，的確可以看到許多支持他論述的刻辭，如《合》27573、《合》29607、《合》33675 與《屯》296、《屯》657、《屯》2315，這幾版的卜辭皆是以「牢、牢又一牛、二牢」遞增的方式來卜問。

另外胡厚宣在文章裡提到，甲骨刻辭中未有「牢又二牛」的刻辭。在《殷墟甲骨刻辭摹釋總集》中《合》27525 及《合》36351 兩版，被隸定爲「牢又二牛」，然這兩版漫漶不清，無法確定上面的刻辭是否眞的爲牢又二牛；但《合補》13385 中有三牢又三牛一辭，以下附上該版摹本及隸定的卜辭。

☐伐于☐□丁羌☐三十，卯三牢又三牛？

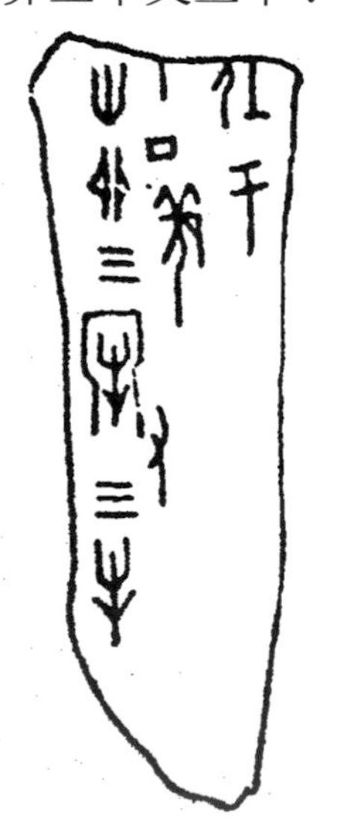

此版的出處是胡厚宣所編《蘇德美日所見甲骨集》，〔註4〕後收入《甲骨文

〔註3〕張秉權：〈祭祀卜辭中的犧牲〉，《歷史語言研究所集刊》第 38 本（臺北：中央研究院歷史語言研究所，1968 年 1 月），頁 214。

〔註4〕胡厚宣編：《蘇德美日所見甲骨集》（成都：四川辭書出版社，1988 年 3 月），頁 104。

合集補編》當中，此版的「又」字雖然不像其他牢又一牛的卜辭，行款非常整齊的插入三牢與三牛之間，但是與其他的卜辭也沒有任何關聯性，故隸爲「三牢又三牛」實爲可信；如果以胡厚宣所言，此條卜辭應刻爲「四牢又一牛」，或是「九牛」會更爲簡要，從這樣的邏輯推衍下來，胡氏所說的牢等於二牛並不正確。

此外在許多刻辭當中，可以看到牢與二牛以上的犧牲在同一條刻辭出現。以下詳列出這些卜辭：

⍁貞：燎于河五牢，沉十牛、圂牢又羌十⍁　【《合》326】

□午卜：⍁燎于⍁三牛⍁三牢？　【《合》15626】

⍁河三宰，沉二牛、圂牢？　【《合》31005】

河燎三牢、沉牛三？　【《合》34247】

河燎三牢⍁牛二？　【《屯》943】

丁亥貞：辛卯酒河，燎三宰、沉三牛、圂牢？　【《屯》1118】

如果牢即爲二牛，在同條卜辭中所使用的祭牲名稱應該是相同的才是。換言之，若牢即是二牛，上述幾版卜辭所刻的句子應該會以下列的方式呈現：

編　號	卜　辭　原　文	若牢為二牛的卜辭句子
《合》326	⍁貞：燎于河五牢，沉十牛、圂牢又羌十⍁	⍁貞：燎于河五牢，沉五牢、圂牢又羌十⍁
《合》31005	⍁河三宰，沉二牛、圂牢？	⍁河三宰，沉牢、圂牢？
《屯》943	河燎三牢⍁牛二？	河燎三牢⍁牢？

然而卜辭並非以此種方式呈現。除此之外，還有許多是牢與二牛以上的犧牲選貞的卜辭，如：

其蒸新鬯，惟二牛用卯？

惟牢用？　【《合》30977】

這一版卜辭是胡厚宣所言牢爲二牛的證明，然實爲二牛與牢牲的選貞，可以得知二牛不等於牢牲，又如：

惟牢？

三牛？　【《合》27061】

□卯貞：求禾□岳，燎三小宰□𠭯牢？

乙卯貞：求禾于岳，燎三小宰𠭯三牛？　　　　【《合》33292】

這兩版都是牢與三牛的選擇，如果牢即二牛，然而三牛卻不刻成常見的「牢又一牛」，所以卜辭上所呈現一卜以刻牢、一卜刻牛的情形是不合理的，再如：

岳燎三牢？

岳𠭯四牛？　　　　【《合》34208】

此版的牛隻數量爲雙數，若將「四牛」刻成「二牢」，應該較爲合理，又如：

惟宰有正？

惟牛有正？

惟一牛用？

惟二牛用？

惟三牛用？

□一牢用？　　　　【《合》30713】

從這一版來看，商王在占卜時是先卜問牢或牛的選擇，選定爲牛牲後，再選擇數量，這些數量亦從一牛開始卜問起，卜問至二牛、三牛之後，即卜問一牢，可以得知牢牲爲牛牲的一種，但是意義並非二牛，是兩種有區別的祭牲，若牢（宰）爲二牛（二羊），則不會有這樣的卜問方式。又《屯》3673 這條刻辭云：

癸酉貞：多宁其延侑升歲于父丁，牢又一牛？

其三牛？

依胡厚宣之說，「牢」爲「二牛」，那麼「牢又一牛」應該就是「三牛」，但從這條卜辭可以很清楚的看出「牢又一牛」與「三牛」選貞，可見得「牢又一牛」並不等同於「三牛」，當然牢也不等於二牛。

在宰牲方面，《屯》651 有宰與羊兩種犧牲選貞的卜辭，其云：

惟三羊用有雨？大吉

惟小宰有雨？吉

這條卜辭是三羊與小宰選貞，以上述的概念檢視之，如果宰即二羊，宰應該刻成二羊，或是將三羊刻成宰又一羊，然而卜辭並非如此呈現，故可以得知羊、宰的關係應同於牛、牢的關係，牢、宰與牛、羊的差別並非是牲品數量的問題；而且有爲數不少宰與多牛選貞或是出現在同一條卜辭的甲骨片，這些刻辭大多出現在第一、四期，有零星幾版出現在第二期，以下茲舉幾例：

壬辰卜，㱿：侑于示壬宰？

侑于示壬二牛？　　　　　　　　　　　【《合》776 正】

此版是卜問是否向示壬施行侑祭，祭牲則是二牛與宰的選貞選擇，又如：

丁亥卜，侑于河二牛二宰？　　　　　　　　【《合》14509】

辛卯貞：其求于河燎二宰沉牛二？　　　　　【《合》33283】

☐六宰卯六牛？　　　　　　　　　　　　　【《合》34659】

辛卯貞：其求禾于河燎二宰沉牛二？　　　　【《屯》943】

以上四版都在同一句刻辭中出現了多牛及多宰的情況，且牛牲都爲偶數，可以刻爲牢或三牢，然卜辭並不是這樣呈現，再如

貞：侑于黃尹宰？

貞：侑于黃尹三牛？　　　　　　　　　　【《合》3467 正】

癸亥貞：其侑升于示壬卯三牛？

癸亥貞：其侑升于示壬燎三小宰？　　　　　【《合》32397】

以上兩版卜辭也是多牛與多宰的選貞，卻都不作常見的「牢又一牛」，都可以將上述這些卜辭視爲牢、宰並非二牛或二羊的間接證據，又這些刻辭多出現於一、四期，可能與各期的祭祀習慣有關係。

在卜辭中有熟語「牢又一牛」者，但有些刻辭僅作「牢一牛」、「三牢三牛」、「宰牛」、「宰牝」、「宰牡」，〔註 5〕疑是將「又」字省略；在甲骨卜辭中，「又」字有許多不同的字義，對於這個字用法，郭沫若、吳其昌、嚴一萍等學者也都提出諸多意見，陳佩君在《甲骨文「又」字句研究》一文中，已經整理了諸多前輩學者的說法，歸納出「又」字四種常用的用法，將之簡化如下表：〔註 6〕

〔註 5〕「牢一牛」如《合》27444、「三牢三牛」如《合》34496、「宰牛」如《合》15061、「宰牡」如《合》22996 及《合》23214、「宰牝」如《合》721 及 22996。

〔註 6〕陳佩君：《甲骨文「又」字句研究》（臺中：靜宜大學中國文學研究所碩士論文，

用　　法	辭　　例	出　　處
1. 表「復」之義。	牢又一牛？	《合》29628
2. 表有無之「有」。	惟小宰有雨？	《合》29656
3. 祭名。	侑于祖乙五宰？	《合》190 正
4. 表詞頭。	呼子漁侑于又祖？	《合》2973

陳文雖對於侑祭的實質內容沒有太多的著墨，然已經針對又字的字句結構進行了分析；牢又一牛有幾版作牢又牛一，也有少量的卜辭作牢又牛，〔註 7〕其中的「又」字表示「再、復」之義，其說甚確，然「牢一牛」、「宰牛」、「宰牝」等刻辭所表達的意義爲何？針對「牢一牛」、「宰牝」等詞彙進行分析，這幾種詞彙與牢又一牛或宰又一牛的差異有兩種可能性：

第一，牢與宰混用無別。

以「宰牝」、「宰牡」等辭例而言，若宰牝、宰牡並非省略「又」字，而宰字从羊、牝牡从牛，就可以將之解讀成：宰牡是使用公的牢（宰）牲、宰牝是使用母的牢（宰）牲，牢等於宰，兩者混用無別。然在上一節已經提出各期的卜辭，證明牢與宰有其各別所指稱的牲品，並非混用無別的異體字，所以我們可以將這個可能性排除。

第二，又字省略。

即「牢一牛」等於「牢又一牛」、「三牢三牛」等於「三牢又三牛」、「宰牛」等於「宰又一牛」、「宰牡」與「宰牝」等於「宰又牡」與「宰又牝」。卜辭當中原本就有牢又一牛、三牢又三牛、宰又一牛、宰又牝等詞彙，故此項推論較爲合理。

由上述兩點分析，可以得知「牢一牛」、「宰牝」等卜辭應該是省略「又」字無誤。另外在《合》321 這版的卜辭也可以看出一些端倪，〔註 8〕該版卜辭云：

貞：卅羌卯十牢又五？

若將此句解讀爲「十牢又五牢」，那麼從刻字的角度觀察，若牢即爲二牛，此版

2004 年 6 月），頁 31～32。

〔註 7〕「牢又牛一」如《合》32505、《合》33673；「牢又牛」如《合》29607、《合》37095、《合》37227、《合》37274。

〔註 8〕詳參本文頁 137，附圖一。

或許可以刻成「貞：卅羌卯卅牛」。將卜辭刻成「卅牛」只需刻兩個字，較「十牢又五」易刻、省事，且「十牢又五」一詞前的祭牲數量亦爲「卅」，或許從這版可以反證牢的內涵不在於數量上的問題，即牢不是二牛。

綜合以上論述，雖然卜辭中無「牢又二牛」，然而卻有「三牢又三牛」、「三牢三牛」，甚至是偶數的「二牛二宰」（《合》14509）的刻辭。而且在祭品的選擇上，有牢與多牛、宰與多羊、牢又一牛與三牛的選貞，甚至是出現在同一條卜辭上；從此可證牢字的意義絕非胡厚宣所言牢是兩頭牛，更不會是牡牛與牝牛的合稱了。

第二節　性　別

在甲骨的祭祀刻辭當中，趙誠認爲所使用的犧牲與其所祭的對象，有「男性受祭者用公牲，女性受祭者用母牲」的狀況，其云：

> 在比較多數的情況下，對於已死的男性長輩基本上用公羊或公豬，對已死的女性先輩基本上用母羊或母豬。如：「侑大丁羝」（《合集》19817）、「燎大甲羝」（《合集》22421 正）、「侑妣己羊匕」（《合集》22214）、「求生于……庚妣丙……羊匕豕匕」（《合集》34081）、「辛未卜，卯于祖羝豭」（《合集》22101）、「惟牛豭父戊」（《合集》22045）、「癸酉卜，禘母己惟豝」（《合集》27454）等等。〔註 9〕

秦嶺亦認爲：

> 就現在所掌握的情況看，牡牛既可以祭祀先王又可以祭祀先妣，但是牝牛的使用似乎更多傾向于用以祭祀女性祖先，相對而言，用牝牛祭祀男性先祖的例子非常少。〔註 10〕

然而在卜辭中可以發現仍有牡牲用於先母先妣、牝牲用於王公先王的例子，以下茲舉數例：

一、牡牲用於先母先妣

〼暨妣己一羝？　　　　　　　　《合》2425

〔註 9〕趙誠：《甲骨文字學綱要》（北京：中華書局，2009 年 5 月），頁 244。

〔註 10〕秦嶺：《甲骨卜辭所見商代祭祀用牲研究》，頁 15。

庚子卜，行貞：其侑于妣庚牡？	《合》23347
己亥卜，行貞：其侑于母辛、母己牡？	《合》23411
貞：母歲惟羒？	《合》23464
壬申卜：母戊歲惟牡？	《合》27583
己亥卜：母己歲惟牡？	《合》27596
辛巳貞：其求生于妣庚、妣丙，牡、羒、白豖？	《合》34082

二、牝牲用於先公先王

侑于祖辛豼觳？	《合》655 甲正
貞：豼觳侑于父乙？	《合》2263 正
貞：豼㞢于祖乙？	《合》5808
▨大甲白牝？	《合》7399 反
己丑卜：歲父丁戊牝？	《合》22073
□辰卜：王▨翌辛巳𢦏于祖辛牝一？	《合》23006
貞：父丁歲牝？	《合》23225

從上述的例子可以知道，如果要討論殷人所用祭牲牝牡與祭祀對象之間的關係，必須檢閱全部的卜辭，統計出較爲精密的比例數據會較爲公允，而非看到片面的材料就下結論。

如以牛、羊二牲以及其受祭者的性別爲例，以簡表示之：

【數據來源請參本文頁 122、123】

	男性先祖以牡牲祭祀	男性先祖以牝牲祭祀	女性先妣以牝牲祭祀	女性先妣以牡牲祭祀
次數	42（72.41%）	16（27.59%）	13（32.50%）	27（67.50%）
總合	58（100%）		40（100%）	

	男性先祖以牡牲祭祀	男性先祖以牝牲祭祀	女性先妣以牝牲祭祀	女性先妣以牡牲祭祀
次數	42（42.86%）	16（13.27%）	13（16.33%）	27（27.55%）
總合	98（100%）			

從上表可以看出，以牡牲祭男性先祖的比例爲最高，佔了四成，其次是以牡牲祭女性先妣，佔了將近三成；以牝牲祭男性先祖及女性先妣的比例，則各

佔一成五左右。

綜合上表所呈現的資訊，以牡牲祭男性先祖的比例爲 72.41%，的確較牝牲祭男性先祖的 27.59%爲高，但是以牝牲祭祀先妣的比例爲 32.50%，卻低於以牡牲祭祀先妣的 67.50%，並不如學者所言「男性多以牡牲祭祀、女性多以牝牲祭祀」的結論。然而從另一個角度觀察，若不論受祭者的性別，以牡牲獻祭的比例高達七成，而以牝牲祭祀的比例只佔三成，即祭祀時選擇牡牲的次數遠高於選擇牝牲，也可以從此表可以歸結出受祭者的性別與選擇牲畜或牡或牝的關聯性較低，應該只是殷人在祭祀時習慣用某一種性別的牲畜。

另外可以從這些牲畜的用字發現商代的語義系統有別於後世的語義系統，而現代漢語與東漢的語義系統亦不同。在《語言學綱要》中云：

> 隨著社會生活的變化（例如以畜牧業爲主的社會過渡到以農業爲主的社會）和認識的發展，捨棄對現實現象的一些不必要的區分，精簡詞語，這自然會減輕人們記憶的負担，使語言工具更經濟、簡易，便於運用；如要表達同類事物或現象的不同的小類，可以用詞語的組合來實現。〔註 11〕

在現代漢語當中，人類爲了方便的指稱複雜且大量的事物，語言的習慣已經變成了「形容詞加牲畜」的使用方式，諸如公牛、公馬、母羊之類。而東漢的《說文解字》中除了公、母之外，還有表示牲畜性別的專字，如羝、羒、牂、豭、豝等字。〔註 12〕然就實際的使用狀況而言，很少使用這些專字，如《史記》中有「馬行用一青牡馬」、「以差出牝馬天下亭」，〔註 13〕《漢書》中有「昭王二十年牡馬生子而死」之語，〔註 14〕仍以「性別加牲畜」的用法爲多。比較二者，可以知道每個時代有其特定的語言系統，商代所使用的詞彙系統與漢代的詞彙

〔註 11〕葉蜚聲、徐通鏘：《語言學綱要》（臺北：書林出版公司，1994 年 12 月），頁 276。

〔註 12〕甲骨文與《說文》中性別專字的比較如下：

	公牛	母牛	公羊	母羊	公馬	母馬	公豬	母豬
（商）甲骨文	牡	牝	⿰羊土	⿰羊匕	X	⿰馬匕	⿰豕土	⿰豕匕
（東漢）《說文解字》	X	X	羝／羒	牂	騭	騇	豭	豝

〔註 13〕西漢・司馬遷：《史記》（臺北：鼎文書局，1986 年 3 月），頁 1368、1439。

〔註 14〕東漢・班固：《漢書》（臺北：鼎文書局，1979 年 2 月），頁 1469。

系統則是大大的不同。

在甲骨文的語言系統中，因爲祭祀的需求，所以殷人對於牲畜的公、母有創造一個專門的字，如公牛爲「牡」、母羊爲「⿰羊匕」、公豬爲「⿰豕土」等等。此一現象不同於後世，如《說文解字》中云：「牡，畜父也。」〔註 15〕可知到了漢代的牡字已經不再是表示公牛的專稱，而是所有公牲的泛稱，⿰羊土、⿰羊匕、⿰豕土、⿰豕匕等字也消失。既然殷人的語義系統是以「牲畜名」加上「士」或「匕」這兩種固定的符號，用以表示牲畜性別的專字，那麼進一步的推論，牢、𡧊二字應該不是表示牲畜性別的專字。

而牢與𡧊或是牢、𡧊與牛、羊之間的差別不在性別的不同，最主要的原因是因爲甲骨刻辭中已經有指稱公牛、母牛、公羊、母羊的專字了，且在「數量」一節已經辨析過，「𡧊牝」等等刻辭應該是「𡧊又牝」，「𡧊牝」的意義並非母𡧊，而是在卜辭中省略了「又」字。可惜在安陽地區的甲骨刻辭當中，並沒有較直接的證據。然檢視《殷墟花園莊東地甲骨》的刻辭，其中可以發現一條以公𡧊爲祭祀犧牲的卜辭，其云：

乙亥：歲祖乙小⿱宀⿰羊土，子祝？ 【《花東》354】

⿱宀⿰羊土字是以「𡧊」加上「士」，所以可知此條卜辭是以「小公𡧊」歲祭祖乙，透過這條卜辭，再加上上述對於商代指稱牲畜的語義系統簡析，我們可以知道，對於殷人而言，牢、𡧊的意義是類似於牛、羊的，即這四個名詞皆爲牲畜的一種，而牢與𡧊其分別並不在於性別的不同，故牢或𡧊也可以用加上「士」或「匕」的方式來表示公、母，此點也證明牢、𡧊牲與其他的牲畜的語義系統是相同的。

第三節　品種及毛色

牢（𡧊）字的字義與牛（羊）之間的差異也許是品種或牲畜毛色的不同，換言之即牢、𡧊所指稱的是特定毛色或者是特定種類的牛、羊。

以品種而言，據古生物學家楊鍾健分析，安陽殷墟所出土的牛骨中，有牛（*Bos exiguus*）與聖水牛（*Bubalus mephistopheles*）兩種，〔註 16〕分別屬於牛屬

〔註 15〕東漢・許愼撰、清・段玉裁注：《說文解字注》，頁 51。

〔註 16〕楊鍾健、劉東生：〈安陽殷墟之哺乳動物群補遺〉，《中國考古學報》第四冊（上海：商務印書館，1949 年 12 月），頁 147。

（*Bos*）與水牛屬（*Bubalus*），一般所說的黃牛即屬於牛屬（*Bos*），毛色以黃色居多，黑、褐和紅色也不少；〔註 17〕而水牛的基本毛色爲灰色或黑色，〔註 18〕這兩種牛的基本毛色雖無白色，然生物都會因爲基因的突變產生白毛色的後代。

在甲骨文中有黑、白、黃、赤、幽、戠、勿、〔註 19〕羊等來形容牲畜的毛色或是種屬，以牛牲爲例，牛有黑、白、黃、幽、戠、勿六種種類，對照上述所言牛屬的毛色，黃、黑、戠、羊應爲牛屬（*Bos*），幽牛、勿牛則應爲水牛屬（*Bubalus*），白牛則爲突變的情況。

雖然現在的生物科技足以辨別牲畜種屬之間的差異，但是殷人並無後世的科學技術，若說殷人如後世一樣，可以用精密的科技來分析生物的種屬，則是以今律古了。所以對商代的人而言，其區分品物的不同，應該是從外在如牲畜的毛色、公母、體型的特徵與大小所呈現出的不同來區分，所以牢、宰應非特指某種品種的牛或羊。

以牲畜的毛色或種屬論之，如上面所言，甲骨文中有八個形容牲畜毛色或種屬的字，以下以七種家畜爲例，並茲舉數例表列如下：

	白	黑	赤	黃
牛	白牛惟二，有正？【《合》29504】惟白牛燎？【《屯》231】	惟黑牛？【《合》29508】惟黑牛？吉【《懷》1407】	X	惟黃牛？【《合》29507】惟黃牛？大吉【《屯》2326】
羊	惟白羊用？【《合》30719】惟白羊用于之，有大雨？【《屯》2623】	求雨，惟黑羊用？有大雨。【《合》30032】弜用黑羊，無雨？【《屯》2623】	X	X

〔註 17〕謝成俠：《中國養牛羊史》（北京：農業出版社，1985 年 2 月），頁 26；邱懷主編：《中國黃牛》（北京：農業出版社，1992 年 12 月），頁 3。

〔註 18〕莊壁華：《台灣白水牛毛色基因之探討》（花蓮：國立東華大學生物技術研究所碩士論文，2007 年 12 月），頁 I。

〔註 19〕趙誠、徐中舒等學者以爲雜色牛（趙誠：《甲骨文簡明詞典》（北京：中華書局，1990 年 2 月），頁 274、徐中舒：《甲骨文字典》，頁 82～83。）此字象一把犁及翻起的土塵　（許進雄先生：《簡明中國文字學》，頁 73。）證明商代即有牛耕，而用以耕田的勿牛爲水牛，說明對於商人而言，其判斷牛牲不同的方式是從其外在的特徵或是功用。

馬	甲辰卜，設貞：奚不其來白馬五？【《合》9177 正】	X	癸丑卜，暊貞：左赤馬其𤚕不𡆥？【《合》29418】	X
豕	惟白豕？【《合》21599】乙丑卜：燎白豕？【《合》29545】	庚寅卜貞：其黑豕？【《英》438】	X	X
犬	辛巳貞：其求生于妣庚、妣丙，牡、羒、白犬？【《合》34082】	惟黑犬，王受祐？【《合》29544】	X	X
牢	X	X	X	X
宰	X	X	X	X

	勿	幽	𢆶	戠
牛	辛酉卜大貞：勿牛三？【《合》23584】	惟幽牛？【《合》33606】	X	▢祖辛祭，戠牛亡尤？【《合》23000】
羊	X	X	X	X
馬	惟勿馬？【《合》27631】	X	X	X
豕	X	X	X	X
犬	X	X	X	X
牢	丁酉卜，來乙巳酒升歲伐十五、十㸬？【《屯》2308】	X	丙子卜貞：康祖丁其牢，𢆶？茲用。【《合》36080】	X
宰	辛酉卜，爭貞：今日侑于下乙一牛、𠬝十㸬？【《合》6947 正】	X	X	X

可以從表格中清楚的看到，黑、白、勿是較多牲畜共有的毛色，又並非每一種牲畜都有所有的毛色。

文字用以承載語義，又一個時代當中，應該有該時代的一個語言詞義體系，這個體系所反映的是當時社會的文化背景，只有在社會環境越複雜，所需要承載這些文化的社會語言才會隨著更加繁複，換言之，語義系統應有時間性的區分。在《語言學綱要》中亦舉了馬字爲例子，並說明語言有其詞彙系統，其云：

> 在上古，漢族人對某些現實現象的劃分很細，同類的事物或現象稍

有不同就給以不同的名稱。例如馬這種牲畜，只要膚色、年齡、公母不同就有不同的稱呼：公馬叫「騭」（zhì），母馬叫「騇」（shè），後左腳白的叫「馵」（zhù），四條腿膝以下都白的叫「驓」（zēng），四隻蹄子都白的叫「騚」（qián），前兩腳都白的叫「騱」（xi）……馬在詞彙系統中作這樣的區分不是孤立的，其他牛、羊、豬……也有跟馬相應的區分。〔註20〕

從葉、徐二氏所舉的字例可以知道，所言上古乃是指漢代的語言，可以說明一個時代有一個時代的詞彙系統，又同一個時代的詞彙系統的區分應該都是相應的。而商代使用勿、赤、白、黑、幽等顏色字來形容牲畜的顏色，並不像後世有使用專字來特指某種毛色的牲畜的詞義系統。如以牛牲而言，即便牛牲有其他的動物所沒有的黃色或幽色，但殷人也不會造一個指稱牛牲顏色詞的專字。所以《說文》中有赤、白、黑、黃等詞彙，用以形容牲畜毛色，也有「犥」、「犖」、「犡」、「犥」等字來指稱特定毛色的牲畜，可以自成一套語言詞彙系統。而甲骨文的詞彙系統則僅用顏色詞加上牲畜名來表示，而不會另造專字，從甲骨文字與《說文》的比較，也可以發現其語義系統有明顯的差異，而我們也可以從這點看出漢語的變動、文化背景的累積與痕跡。

又第五期卜辭中常見「牢𦍌」之辭例，以下茲舉數例：

丙子卜貞：康祖丁祊其牢，𦍌？茲用。　　【《合》35975】

丙戌卜貞：康祖丁祊其牢，𦍌？茲用。　　【《合》35986】

丙午卜貞：康祖丁祊其牢，𦍌？　　【《合》36003】

丙午卜貞：康祖丁祊其牢，𦍌？茲用。　　【《合》36004】

上述幾版都是「在丙日卜問，以祊祭祭祀康丁並使用牢𦍌是否會受到保祐？」的內容，𦍌字在第五期的卜辭中出現的頻率最高，殷人喜歡將之與勿牛選貞，有少數例子與黑牛選貞，例如：

祝上甲𦍌☐？

惟勿牛？　　【《合》27060】

〔註20〕葉蜚聲、徐通鏘：《語言學綱要》，頁275。

丙辰☐？

牢？

惟黑牛？

☐犅　　【《合》29508】

惟黑？

惟犅？　　【《合》29516】

丁丑卜：妣庚史惟黑牛，其用隹？

惟犅？

惟幽牛？

惟黃牛？大吉。　　【《屯》2363】

惟勿牛？

惟犅？茲用　　【《合》35818】

惟犅？

惟勿牛？茲用　　【《合》35931】

關於犅字，此字在《說文解字》中未收，然羅振玉、王國維等學者在解釋犅字都認爲是騂的本字，如羅振玉云：

> 《說文》無犅字，角部：「觲，用角低昂便也，从牛羊角。《詩》曰：『觲觲角弓。』」土部：「垶，赤剛土也。從土觲省聲。」按，「觲觲角弓」，今《毛詩》作「騂騂」。赤剛土之垶，《周禮・草人》亦作騂，（故書作挈形，與犅近，殆犅字之譌。）知犅者即騂之本字矣。〔註21〕

羅氏認爲甲骨刻辭中的犅字應爲赤色毛色的牲畜，然而在卜辭中沒有「犅牛」之辭例，與其他「顏色詞加牲畜」的辭例稍有不同；從卜辭來看，牢牲的選擇有「勿」與「犅」兩種，又在第五期卜辭中常常有「牢、牢又一牛、犁牛、犅」的選擇，這種卜問方式，可能是先問是要以「一隻牢牲」或是「一隻牢牲加上一隻牛牲」，再選擇「勿」或「犅」。從牢牲的選擇僅「勿」、「犅」兩種的情況

〔註21〕于省吾主編：《甲骨文字詁林》，頁1525。

來推測，「勿」所指的是水牛、「羊」則指黃牛，是牛的種類。所以甲骨刻辭中的黑、白、黃、幽、戠、赤是顏色，「勿」、「羊」則是牛的種類，然在祭祀選擇牲畜時，亦能指稱顏色。

綜合上面所論，除了牲畜所呈現的各種顏色能夠合於其種屬應有的毛色範圍外，商代形容祭祀犧牲毛色的語義系統是以顏色詞再加上牲畜名，並不會另外創造專字。而「勿」、「羊」二字爲牛的種類，亦指稱顏色，卜辭中也以有不同的牢或宰牲選擇（如《屯》2308 的物或《合》6947 正的犅），就可以知道牢或宰字並非是牲畜的毛色或品種。

第四節　年　齡

刻辭中有□、□、□、□、□等字，嚴一萍、李孝定、白玉崢認爲這些字是指牛的年齡而言，即爲一歲牛、三歲牛、三歲牡、四歲牡及六歲牡，而孫海波、姚孝遂則認爲只是數字與牛牲的合文。〔註 22〕然除嚴一萍有依據卜辭的內容辭例來釋字之外，其餘學者的說法並無提出任何依據，如孫海波云：

> □，《乙》七二八四，此一牛合文。舊釋牛，謂一象角箸橫木，非是。
>
> 〔註 23〕

又姚孝遂云：

> 「□」乃一牛的合文，孫海波之說是正確的，其余諸說皆非是。〔註 24〕

這樣的認定並沒有提出其證據，恐怕會讓人覺得意見過於主觀。

後世字書中皆有收錄關於牛隻年齡的一些用字，如《說文解字》有云：「犕，二歲牛。」除了二歲牛外，還有「犙，三歲牛」、「牭，四歲牛」等字。〔註 25〕又《玉篇》云：「犕，又牛六歲。」《集韻》、《類篇》、《四聲篇海》皆云犕字之義指的是八歲之牛。〔註 26〕所以針對□、□、□、□、□這些字的字義，嚴一萍連結後代的字書，並提出了數條卜辭說明他的看法，其云：

〔註 22〕于省吾主編：《甲骨文字詁林》，頁 1534～1537。

〔註 23〕孫海波：《甲骨文編》（京都：中文出版社，1982 年 9 月），頁 613。

〔註 24〕于省吾主編：《甲骨文字詁林》，頁 1535。

〔註 25〕東漢・許慎撰、清・段玉裁注：《說文解字注》，頁 51。

〔註 26〕《教育部異體字典》網路版，http://dict.variants.moc.edu.tw/yitib/frb/frb02485.htm。

> 卜辭曰：「貞我☒界☒令☒吉　告☒于丁☒[牛一]」藏一二・七「告☒一牛　二牛　三[牛一]」戩二四・八「貞求于河氏[牛一]　☒河勿氏[牛一]☒示」乙七・二八「□□囗王貞氏其十[牛一]」前五・四六・一「☒惟[牛二]」前五・四六・二「☒惟[牛四]」京津一二二……余謂即牛齡之標識，亦即《說文》訓二歲牛、三歲牛、四歲牛之初文，此點可以卜辭自證之。《乙》五三一七版有一辭曰：「貞于王吳呼雀用[牛二]二牛」此「[牛二]」字用於「二牛」之前，其非牛之通名而爲牛之專名可知，蓋卜所用者爲三歲牛二隻也。〔註27〕

嚴氏的說法非常合於邏輯，此說似可成立，其中「告☒一牛　二牛　三[牛一]」（《戩》二四・八）、「貞于王吳呼雀用[牛二]二牛」（《乙》五三一七）二條卜辭都排除了合文的可能，是強而有力的證據。若再次檢視甲骨拓片會發現，《戩》二四・八〔註28〕這一版卜辭上的「三牛」之辭，雖有些漫漶不清，然還是可以看出牛字上並無一橫筆。而《乙》五三一七〔註29〕一版中「貞于王吳呼雀用[牛二]二牛」一辭，的確在牛字的角上有兩橫筆，從語法的角度來解釋，卜辭中已言明二牛，所以「[牛二]」字應該是一專有名詞而非二牛之合文，故嚴氏之說可信。除此之外，《合》2214一版中亦有「一[牛一]」之辭例，〔註30〕所以[牛一]、[牛二]、[牛三]、[牛四]、[牛四]等字，所指應是牲畜的年齡。

而牛牲的年齡判別，可以從其外貌、角輪來斷定；〔註31〕然而較爲精準的方式是從牛的牙齒來鑒定：成年牛的牙齒共有32枚，〔註32〕除此之外，門牙的磨損與更換也可以鑒別牛隻的年齡，邱懷指出：

> 一般犢牛在出生時就1對乳鉗齒，有時是3對。生後5～6天或半月

〔註27〕嚴一萍：〈《說文》犻犙牭𤛓四字辨源〉，《中國文字》第二期（臺北，國立臺灣大學中文系，1961年）頁1-5：3-4。

〔註28〕即《合》30597，詳參本文頁137，附圖二。

〔註29〕即《合》1051正。

〔註30〕詳參本文頁137，附圖三。

〔註31〕從外貌判別牛齡，只能以身軀脊瘦、毛粗硬乾燥等特徵斷定爲老牛，無法確定其確實的年齡；角輪僅出現於母牛上，除非是公牛或閹牛的飼養條件高度不良，才會出現角輪，其形成原因較爲複雜，應用價值亦不大，只能作爲參考。

〔註32〕邱懷主編：《中國黃牛》，頁67。

左右出生最後一對乳隅齒。3～4 月齡時，乳隅齒發育完全，全部乳門齒都已長齊而呈半圓形。從 4～5 月齡開始，乳門齒齒面逐漸磨損，……所以由門齒的更換和磨損，就可以較準確地判斷牛的年齡。〔註 33〕

詳細的牛齒變化如下圖所示：〔註 34〕

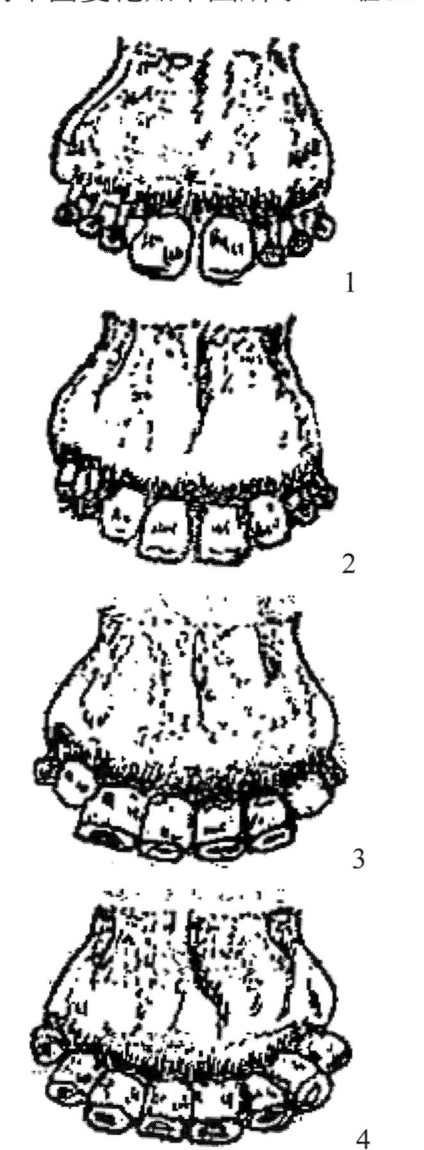

編號 1 是 1.5 歲到 2 歲時，門齒換了永久齒，稱爲「對牙」。

編號 2 爲 2.5 歲到 3 歲時，內中乳齒脫落，換生永久齒，稱爲「四牙」。

編號 3 爲 3.5 歲，外中乳齒脫落，換生永久齒，稱爲「六牙」。

編號 4 爲 4.5 歲，全部門齒已更換齊全，稱爲「齊口」。〔註 35〕

牛齒需要專業的人員或是牛開口才能鑒定，較爲方便的方式是從外貌及牛

〔註 33〕邱懷主編：《中國黃牛》，頁 68。

〔註 34〕邱懷主編：《中國黃牛》，頁 68。

〔註 35〕邱懷主編：《中國黃牛》，頁 69；牛隻到 5 歲前門齒即已換齊，年齡更大的牛牲則是以牙齒磨損的狀況來判別其年齡。

角，在〈牆盤〉中有史牆對於其亞祖祖辛的稱讚，其云：「𢦚明亞祖祖辛，堙毓子孫，繁髮多孷，栗角熾光，義其禋祀。」〔註 36〕其中對於字的解釋有不同的說法，一般學者皆將字隸爲櫅（齊），〔註 37〕僅伍士謙隸爲「栗」。在甲骨文當中栗字作「」形，趙誠認爲此字「象樹上結有毛栗之形」，〔註 38〕而櫅字作「」形，从木从齊，於卜辭中作地名使用。如隸爲栗字，此句即可解釋爲：「其亞祖祖辛，有如角栗的幼牛般秉質優良，可當爲重要祭祀的牲品一樣能授予高職」之義。《禮記．王制》中有云：「祭天地之牛，角繭栗。宗廟之牛，角握。賓客之牛，角尺。」亦可證明伍氏之說是合理的，故本文從之。從金文及《禮記》中所透露的訊息，可知甲骨卜辭中的「」、「」、「」等字在牛字的角上加上橫劃，很有可能就是用牛角判斷牛牲年齡的事實呈現。

「」、「」、「」等字背後所透露商代的文化意義，即強化了商代豢養牛牲的說法，以及殷人或許可以從牛隻的外貌、牛角的角輪或牙齒，仔細辨別牛隻的年齡，並且有意識的記錄將以用於祭祀。而亦可以從這幾個字知道，商代標記牛牲年齡的專字是在牛字的角上加上橫筆，故牢字並非爲記錄牛牲年齡的專字。

第五節　豢　養

歸結前面所述，牢、宰牲與牛、羊牲的差異並非是二牛（二羊）稱之爲一牢（一宰）的數量問題，也非指稱特殊品種而特造新字、亦非指稱公母或者是特殊的毛色，也不是牲畜年齡的專用字。所以將問題回歸到牢、宰、寓字的字形來看，寓字从从馬，是養馬之處；而牢、宰亦从从牛或羊，本義應該爲圈養牛、羊之處，也可以從「」、「」等字知道，殷人畜牧技術的發達，在殷商時代已經可以仔細辨別牲畜的年齡。

〔註 36〕伍士謙：〈微氏家族銅器群年代初探〉，《古文字研究》第五輯（北京：中華書局，2005 年 6 月）。

〔註 37〕諸如高明（《中國古文字學通論》（北京：北京大學出版社，1996 年 6 月），頁 389）、趙誠（〈牆盤銘文補釋〉，《古文字研究》第五輯，頁 17～25）、連劭名（〈史牆盤銘文研究〉，《古文字研究》第八輯（北京：中華書局，2005 年 6 月），頁 35）等學者，皆將字隸爲「櫅」。

〔註 38〕趙誠：《甲骨文簡明詞典》，頁 207。

又因先民對於神鬼、祖先的敬畏，所以在祭祀的禮節上會特別重視，相對的在祭祀犧牲的準備上也會非常謹慎小心，如今日的臺灣在舉行祭祀儀式時，會以特別飼養的神豬來祭祀。在《公羊傳・宣公三年》中亦有載：

> 三年春王正月，郊牛之口傷改卜牛，牛死乃不郊，猶三望，其言之何？

又《左傳・成公七年》：

> 七年春王正月，鼷鼠食郊牛角，改卜牛。鼷鼠又食其角，乃免牛。

在書中所載是對於祭牲挑選的重視，即使只是因爲牛口傷或牛角被鼷鼠所啃囓，但仍改卜牛，顯示其對於祭牲或者是其他祭祀的任何一個小細節都是非常謹慎注意的。

此外，從牛、羊與其他牲畜的飼養方式考察之：如豬隻是雜食性的動物，也會由於調節體溫的功能不完善、閹割後體格跟著衰弱等原因，〔註 39〕而必須飼養於室內，而且早從商代之前，豬隻已飼養於有遮蓋的地方，所以對於殷人來說，即使在室內豢養豬隻已是司空見慣之事，但還是有是否爲特別飼養之分別。牛、羊是草食性的牲畜，一般都飼養於戶外，如果不是將之豢養於室內亦可適應，若將牛、羊飼養於室內，必須花費多餘的物力與人力，如特別建造倉廄或是以專人特別照顧，可能所吃的草都有別於一般的牲畜，甚至會像豢養馬匹一樣擦拭牲畜的身體等等，由此推斷，牢、宰二字是指特別豢養於室內或牢內的牛、羊，而特別照顧的原因當然就是專門用於祭祀。

綜上所述，將數量、性別、品種、毛色、牛齡等可能性一一剔除後，剩下特別於室內或牢內豢養牲畜的可能，牲畜的特別豢養也再再透露出對於祭牲選擇的謹慎程度，卜辭中亦會卜問是要選擇特別豢養的水牛「物」或是黃牛「牢羊」，從祭祀犧牲的飼養到獻祭，皆不能受到任何的損傷；對於祭祀不同的對象也有不同的獻牲選擇，甚至是將可以適應室外環境的牛、羊，特別養於室內，所以牢、宰之義即指稱專門飼養用於祭祀之牛、羊的專字。

〔註 39〕許進雄先生：《中國古代社會》，頁 79。

第四章　牢、宰、牛、羊牲尊隆度分析

牢、宰牲是殷人特別豢養用以祭祀的牲畜，既然是特別豢養的祭祀犧牲，在使用上亦有所不同，其尊隆高低反映於以下各方面。

第一節　祭祀種類分析

「國之大事，在祀與戎」，殷人崇尚鬼神，故在處理祭祀典禮時，會針對其卜問的事件挑選祭祀對象，或者對於舉行祭典細節一一卜問。前者如生育即多問先妣、求年求雨則多問河、岳，後者如舉行的祀典種類、舉行的地點、過程，甚至是牲品種類以及其數量都會經過詳細的考慮;而本文將統計所以使用牢、宰牲爲牲品的祀典，並進行分析，進一步推敲出牢、宰二牲之間的異同及其實質的內涵。

而甲骨中祭祀卜辭所呈現的祀典種類繁多，島邦男、孫叡徹等前輩學者已對此問題多有著墨。〔註1〕而吳俊德先生更進一步將卜辭中的祭名及祭儀作了更清楚的定義，即依卜辭中祭牲的有無將祀典分爲祭名以及祭儀，其云：

祭名、祭儀的界定，應從卜辭實際內容入手。盱衡甲骨刻辭所載之祭祀活動，有些祭祀名稱常伴有牲品的出現，有些則無，顯然其中

〔註 1〕詳參島邦男：《殷墟卜辭研究》（臺北：鼎文書局，1975年12月）、孫叡徹：《從甲骨卜辭來研討殷商的祭祀》（臺北：國立臺灣大學中國文學研究所碩士論文，1980年6月）。

有所區別，常理度之，伴有牲品的祭祀名稱應表示該卜問欲採用的牲品處理方法，簡言之，即是實際用牲之法，此當爲祭儀，相對的，如無涉牲品之處理，則該祭祀名稱可謂祭名。祭名有時兼爲祭儀，有時可從伴隨的祭儀而知其活動情形，但有時祭名的實際儀式內容並不易推求。〔註2〕

又將卜辭中所呈現出的祭祀種類、祭祀對象、祭祀犧牲，簡化爲下表：〔註3〕

（A 爲祭祀種類、B 爲祭祀對象、C 爲祭祀牲品；★表全部隸屬、☆表部分隸屬）

		明確祭名	可定祭名	待商祭名
（I）于 B	ⓐ A 于 B+C	★		
	ⓑ A+C 于 B	★		
	ⓒ 于 B+A+C	★		
	ⓓ C+A 于 B	★		
	ⓔ C 于 B+A	★		
	ⓕ A 于 B		★	
	ⓖ 于 B+A		★	
（II）自 B	ⓐ A 自 B+C	★		
	ⓑ A+C 自 B	★		
	ⓒ 自 B+A+C	★		
	ⓓ C+A 自 B	★		
	ⓔ A 自 B		★	
	ⓕ 自 B+A		★	
（III）B	ⓐ A+B+C		★	
	ⓑ A+C+B		★	
	ⓒ B+C+A		★	
	ⓓ C+A+B		★	
	ⓔ C+B+A		★	
	ⓕ A+B		☆	☆
	ⓖ B+A		☆	☆

然本文是以祭祀犧牲牢、宰二字爲蒐集卜辭材料的關鍵字，而上表中（I）于 B 中的ⓕ、ⓖ及（II）自 B 中的ⓔ、ⓕ以及（III）B 中的ⓕ、ⓖ，皆不涉及

〔註 2〕吳俊德先生：《殷墟第四期祭祀卜辭研究》，頁 68。

〔註 3〕吳俊德先生：《殷墟第四期祭祀卜辭研究》，頁 75。

祭祀牲品的討論，故不在本文的論述範圍之內；換言之，本文所使用卜辭材料中所出現的祭典名稱均可視爲祭名兼祭儀。

以下則分爲單一祀典以及複合祀典進行討論，單一祀典情況較爲單純，即依據上表（I）及（III）所示，認定爲祭名兼祭儀。本文所稱複合祀典即在祭祀中會有連續施祭的狀況，如：

丙子貞：丁丑侑父丁伐三十羌、歲三宰？茲用。　【《合》32054】

癸卯貞：王侑升歲三宰、羌十又五？　【《合》32057】

丁丑貞：侑升伐自上甲五羌、三宰？　【《合》32090】

第一卜的貞問內容爲：是否在丁丑日侑祭父丁（康丁），施行伐三十羌及歲三宰的儀式，此卜中的祭名爲侑祭、祭儀爲歲祭及伐祭，但是因爲施用伐祭的祭牲爲羌牲，而非本文所討論的宰牲，故不會將該卜的伐祭列入統計之中；第二卜貞問內容爲：以侑、升、歲連祭時，施行升三宰、歲十五羌的儀式。此卜中的祭名爲侑祭、祭儀爲升祭及歲祭，施用歲祭的祭牲並非宰牲，亦不列入統計中；第三卜貞問是否以侑、升、伐連祭時，施行升五羌、伐三宰，統計時會將侑祭作爲祭名，升、伐二祭視爲祭儀，而非使用宰牲的升祭亦不列入統計數據當中。

下圖爲各期舉行單一祀典及複合祀典的比較圖：

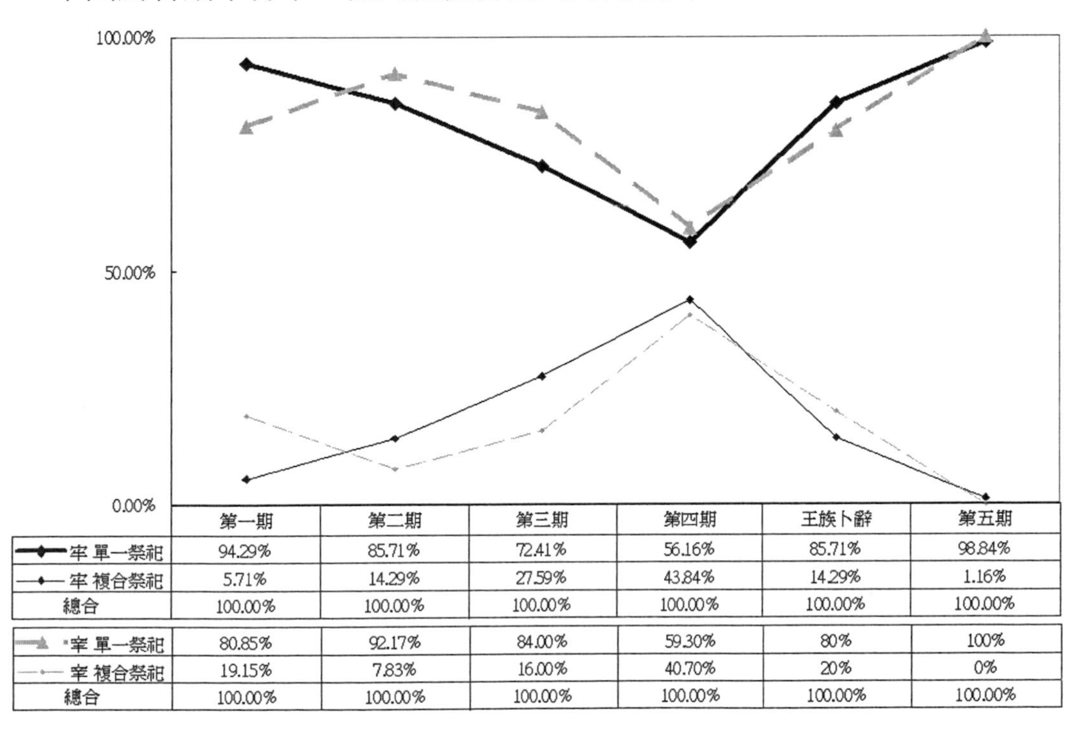

	第一期	第二期	第三期	第四期	王族卜辭	第五期
牢 單一祭祀	94.29%	85.71%	72.41%	56.16%	85.71%	98.84%
牢 複合祭祀	5.71%	14.29%	27.59%	43.84%	14.29%	1.16%
總合	100.00%	100.00%	100.00%	100.00%	100.00%	100.00%
宰 單一祭祀	80.85%	92.17%	84.00%	59.30%	80%	100%
宰 複合祭祀	19.15%	7.83%	16.00%	40.70%	20%	0%
總合	100.00%	100.00%	100.00%	100.00%	100.00%	100.00%

如表所示，就使用牢、宰二牲的單一祀典與複合祀典來比較，各期皆以單一祀典的比例爲高，甚至有高達 50%的差距，唯第四期使用牢牲的單一祀典與複合祀典相差甚，僅約 15%的差距，以下表列並分析各期使用牢、宰牲單一祀典及複合祀典的施祭狀況：

一、單一祀典

【數據來源請參本文頁 121、122】

1、第一期

牢	祭典	侑	卯	燎	其他〔註 4〕	總合
	次數	17	6	3	7	33
	比例	51.52%	18.18%	9.09%	21.21%	100%

宰	祭典	侑	燎	酉	卯	其他	總合
	次數	134	44	28	26	121	325
	比例	41.23%	13.54%	8.65%	8.00%	37.23%	100%

雖在第一期中，牢、宰二牲的使用比例有很懸殊的差距，然透過統計可以知道，其所使用的祀典是雷同的，即侑祭、卯祭、燎祭及酉祭四種祀典的總合，所佔比例在七成以上。

2、第二期

牢	祭典	侑	求	歲	[illegible]	總合
	次數	3	1	1	1	6
	比例	50%	16.67%	16.67%	16.67%	100%

宰	祭典	歲	侑	卯	其他	總合
	次數	98	27	16	12	153
	比例	64.05%	17.65%	10.46%	7.84%	100%

第二期的祭祀情況略同於第一期，在第二期中，歲祭、侑祭兩種祀典的總合，其比例在七成之上。

〔註 4〕此處的表格僅列出次數前三多的祀典，若次數前三多的祀典比例未超過一半，則會列出其他祀典至少累積至百分之五十。未列入的祀典以「其他」表示。

3、第三期

牢	祭典	歲	卯	侑	祰	其他	總合
	次數	18	13	12	11	30	84
	比例	21.43%	15.48%	14.29%	13.10%	35.71%	100%

宰	祭典	侑	歲	祰	卯	其他	總合
	次數	16	9	5	4	9	42
	比例	38.10%	21.43%	11.90%	9.52%	21.43%	100%

第三期使用牢、宰二牲的比例相差不多，而其使用的祀典亦是雷同，如比例前四高者皆爲歲祭、卯祭、侑祭及祰祭，四種祀典的總合比例皆佔六成以上。

4、第四期

牢	祭典	卯	侑	燎	歲	其他	總合
	次數	33	30	25	24	43	155
	比例	21.29%	19.35%	16.13%	15.48%	27.74%	100%

宰	祭典	燎	求	卯	其他	總合
	次數	38	4	3	6	51
	比例	74.52%	7.84%	5.88%	11.76%	100%

第四期常使用牢牲爲犧牲的祀典有卯祭、侑祭以及燎祭、歲祭，佔全體近七成五的比例，而值得關注的是，此期使用宰牲的祭典高達八成的比例是使用燎祭，其他時期常見的侑、歲二祭於此期則較少舉行。

5、第五期

牢	祭典	祊	卯	總合
	次數	161	9	170
	比例	94.71%	5.29%	100%

宰	祭典	祊	總合
	次數	1	1
	比例	100%	100%

第五期之後，使用宰牲爲祭牲的情況越來越少，而牢牲則多用祊祭，比例高達九成以上。

6、王族卜辭

牢	祭典	侑	禦	用	其他	總合
	次數	14	12	6	10	42
	比例	33.33%	28.57%	14.29%	23.81%	100%

宰	祭典	侑	禦	用	燎	酒	其他	總合
	次數	7	7	3	3	3	9	32
	比例	21.86%	21.86%	9.38%	9.38%	9.38%	28.13%	100%

王族卜辭所使用的祀典較其他卜辭特別，除了侑祭之外，則多了禦祭及用祭。這三種祀典總合所佔的比例也至少在五成以上；由舉行祀典的種類來看，王族卜辭的性質明顯的與王室差異甚大，王室常舉行的歲祭、卯祭卻未見於王族卜辭當中。

綜合各表所述，各期使用牢或宰牲的單一祀典，其主要舉行的祭典差異不大，如第一、四期皆爲侑祭、燎祭、卯祭及酉祭，值得一提的是第四期的宰牲多用燎祭；第二、三期則以歲祭、侑祭、卯祭爲多，第三期除了侑、歲、卯三祭外，有一項較爲特別的祏祭；第五期則以祊祭爲主；王族卜辭則以侑、禦、用三祭爲多。

除此之外，可以發現最特別的是第五期的祭祀情況，皆以祊祭來祭祀，比例高達近 95%，〔註 5〕與前面四期以及王族卜辭有多種單一祀典進行祭祀的情況不同，常玉芝更認爲「祊其牢」卜辭是對世系較近的直系祖先的一種特祭卜辭。〔註 6〕

二、複合祀典

1、第一期

祭　牲	祭　名	祭　儀	次　數	總　計
牢	燎	圅	1	1
	求	燎	1	1
總　　計				2

〔註 5〕在第五期的祊祭當中，常有「牢、牢又一牛、勿牛、羊」等選擇，如《合》35818、《合》36032。

〔註 6〕常玉芝：〈說文武帝——兼略述商末祭祀制度的變化〉，《古文字研究》第四輯（北京：中華書局，1980 年），頁 205～233。

祭牲	祭名	祭儀		次數	總計
宰	侑	卯		10	19
		冊		5	
		升		2	
		酒		1	
		用		1	
	酒	卯		8	12
		沉		1	
		升		1	
		禦		1	
		匚		1	
	燎	卯		5	13
		埋		4	
		圅		3	
		冊		1	
	禦	卯		4	13
		冊		3	
		[illegible]		3	
		食		1	
		[illegible]	冊	1	
		侑	[illegible]／冊	1	
	求	燎		7	9
		圅		2	
	冊	卯		2	3
		侑		1	
	禫	卯		2	2
	餗	卯		2	2
	尊	歲	卯	2	2
	[illegible]	卯		1	1
	師	侑		1	1
總計					77

第一期舉行複合祀典的祭名有 11 種、次數為 77 次，平均例數為 7（11／77），超過平均例數者有侑祭、酒祭、燎祭、禦祭及求祭。如以祭儀來看，以卯祭祭祀的次數最高，共 36 次，佔 45.75%，其次為冊（14.29%）為多。

2、第二期

祭牲	祭名	祭儀	次數	總計
牢	升	歲	1	1
總計				1

祭牲	祭名	祭儀		次數	總計
宰	歲	卯		2	5
		弘		2	
		伐		1	
	侑	升	歲	1	3
		伐	卯	1	
		歲		1	
	升	歲		2	3
		卯		1	
	劦	卯		1	2
		升		1	
總計					13

第二期的複合祀典在比例上較單一祀典少，其祭名計有 4 種、共 14 次，平均例數為 3.5（4／14），高於平均例數者有歲祭及升祭。而後面施用的祭儀則以卯祭（35.71%）及歲祭（28.57%）為多。

3、第三期

祭牲	祭名	祭儀		次數	總計
牢	侑	歲		8	18
		升		7	
		升	歲	1	
		升	卯	1	
		歲	禱	1	
	禱	歲		1	4
		杏		1	
		杏	弘	1	
		燎	杏	1	
	祏	歲		1	2
		冊		1	
	冊	用		1	2

牢		凡		1	
	福	歲		1	1
	升	歲		1	1
	登	燎		1	1
	燎	用		1	1
	𠚤	燎		1	1
	閔	燎		1	1
總　　計					32

祭　牲	祭　名	祭　儀	次　數	總　計
宰	侑	歲	3	7
		升	2	
		𥙊	1	
		丁	1	
	[illegible]	歲	1	1
總　　計				8

第三期複合祀典的祭名計有 11 種、共 40 次，平均例數為 3.6（11／40），高於平均例數者有侑祭及禫祭。以侑為首祭者為大宗，佔了 62.5%；以祭儀論之，則首祭後面多搭配歲祭（42.5%），其次是升祭（22.5%），再者為燎祭（7.5%）。

4、第四期

祭　牲	祭　名	祭　　儀		次　數	總　計
牢	侑	歲		33	64
		升	歲	25	
		燎		2	
		㞢		2	
		杏	禫	1	
		歲	酒	1	
	升	歲		10	19
		㞢		5	
		燎		2	
		禦	燎	2	
	酒	升		5	12
		伐		4	
		升	歲	3	

牢	禫	歲		6	12
		杏		4	
		伐		1	
		杏	弘	1	
	求	囟		5	7
		燎		1	
		弘		1	
	告	囟		1	1
	燎	囟		1	1
	沉	燎		1	1
	寧	燎		1	1
	伐	卯		1	1
	尋	卯		1	1
	䡈	歲		1	1
總　　計					121

祭　牲	祭　名	祭　　儀		次　數	總　計
宰	求	燎		18	18
	侑	歲		4	11
		囟		3	
		燎		2	
		伐		1	
		升	燎	1	
	酒	燎		2	3
		禦	燎	1	
	禦	燎		2	2
	燎	囟		1	1
總　　計					35

第四期複合祀典的祭名計有 13 種、共 156 次，是各期中舉行複合祀典比例最高的一期，其平均例數為 12（13／156），高於平均例數者有侑祭、求祭、升祭、酒祭及禫祭，其中侑祭更是佔了總數的 48.08%；搭配的祭儀以歲祭為最多，有 52.56%，以燎祭所佔 21.15%為次多，第三為囟祭，佔 11.54%。

5、第五期

<table>
<tr><th>祭　牲</th><th>祭　名</th><th>祭　儀</th><th>次　數</th><th>總　計</th></tr>
<tr><td rowspan="2">牢</td><td>侑</td><td>升</td><td>1</td><td>1</td></tr>
<tr><td>祒</td><td>祊</td><td>1</td><td>1</td></tr>
<tr><td colspan="4">總　　計</td><td>2</td></tr>
</table>

第五期使用牢、宰牲的複合祀典大量減少，目前沒有在複合祀典中使用宰牲的例子，而牢牲亦僅兩見。

6、王族卜辭

<table>
<tr><th>祭　牲</th><th>祭　名</th><th colspan="2">祭　　儀</th><th>次　數</th><th>總　計</th></tr>
<tr><td rowspan="5">牢</td><td rowspan="2">侑</td><td>歲</td><td></td><td>3</td><td rowspan="2">4</td></tr>
<tr><td>升</td><td>歲</td><td>1</td></tr>
<tr><td>祝</td><td>侑</td><td></td><td>1</td><td>1</td></tr>
<tr><td>禦</td><td>鼎</td><td>用</td><td>1</td><td>1</td></tr>
<tr><td>析</td><td>侑</td><td></td><td>1</td><td>1</td></tr>
<tr><td colspan="5">總　　計</td><td>7</td></tr>
</table>

<table>
<tr><th>祭　牲</th><th>祭　名</th><th colspan="2">祭　　儀</th><th>次　數</th><th>總　計</th></tr>
<tr><td rowspan="7">宰</td><td rowspan="3">酒</td><td>禦</td><td></td><td>2</td><td rowspan="3">4</td></tr>
<tr><td>其</td><td></td><td>1</td></tr>
<tr><td>酉</td><td></td><td>1</td></tr>
<tr><td>升</td><td>屮</td><td></td><td>1</td><td>1</td></tr>
<tr><td>禦</td><td>用</td><td></td><td>1</td><td>1</td></tr>
<tr><td>弘</td><td>侑</td><td>酉</td><td>1</td><td>1</td></tr>
<tr><td>侑</td><td>歲</td><td></td><td>1</td><td>1</td></tr>
<tr><td colspan="5">總　　計</td><td>8</td></tr>
</table>

王族卜辭中複合祀典祭名計有 7 種、共 15 次，平均例數爲 2.14（7／15），高於平均例數者有侑祭及酒祭，搭配的祭儀以歲祭爲最多，有 33.33%，其次以侑祭（13.33%）及酉祭（13.33%）爲次多。

綜上所述，以祭名論之，除了第二期之外，各期祭名皆以侑祭爲最多，可見得侑祭是殷人最常舉行的祀典之一；以祭儀論之，第一、二期用牲皆以施行卯祭爲主到了三、四期，甚至是王族卜辭，用牲則多施以歲祭。

比較各期單一及複合祀典舉行次數的多寡，會發現各期的差異不大。

	單一祀典			複合祀典		
	排序 1	排序 2	排序 3	排序 1	排序 2	排序 3
第一期	侑祭	燎祭	卯祭	侑祭	燎祭	禦祭
第二期	歲祭	侑祭	卯祭	歲祭	升祭	
第三期	侑祭	歲祭	卯祭	侑祭	禱祭	
第四期	燎祭	卯祭	侑祭	侑祭	求祭	升祭
第五期	祊祭	卯祭		侑祭	祒祭	
王族卜辭	侑祭	禦祭	用祭	侑祭	酒祭	

如表所示，不論單一或複合祀典，皆以侑祭爲最主要舉行的祀典，其餘則如歲祭、卯祭、燎祭，也是重要的祀典之一。如第一、二期時，卯祭並不常被當爲首祭，然常被當成處理祭牲的祭儀，然到了三、四期出現於複合祀典的次數開始減少，多出現於單一祀典中，另外值得注意的是第五期，第五期的複合祀典比例極低，而以牢牲爲祭牲的祀典，多以單一祀典中的祊祭爲主要祀典。

如以第四期爲例，在第四期的單一祀典中，舉行燎祭的次數爲次多，侑祭的舉行次數排序爲第三，卯祭舉行的次數則爲第五，〔註 7〕而以牢、宰牲爲祭牲所舉行的祀典以燎祭最多，卯祭、侑祭的排序分別爲第二、第三。而在第四期的複合祀典中，以侑祭爲首祭的次數爲最多、其次爲酒祭，排序第三者爲升祭，〔註 8〕而本文的統計結果爲侑祭爲最、升祭爲第三，酒祭的排序爲第四。由此可知，在殷卜辭中所施行何種單一祀典或是複合祀典，與各期的習慣有比較大的關聯性，所以使用牢、宰牲爲祭品與舉行何種祀典，並無直接的關聯性，即牢、宰牲不是舉行某種的主要牲品。而第四期的宰牲多用燎祭、第五期牢牲多用祊祭等情形，亦可視爲是各期的特別習慣。

此外，第一、二期複合祀典中，以牢牲獻祭的狀況極少，此一現象也許與適用牢牲的受祭者有關係，此點待後文說明。

第二節　受祭對象分析

在甲骨的祭祀刻辭當中，常常會因爲當時執政者與祭祀對象的親疏遠近，

〔註 7〕吳俊德先生：《殷墟第四期祭祀卜辭研究》，頁 175～177。

〔註 8〕吳俊德先生：《殷墟第四期祭祀卜辭研究》，頁 180～182。

而在使用祭祀犧牲的選擇上或是數量上有所不同，最著名的一版爲《合》32384，卜辭云：

> 乙未酒系品：上甲十，報乙三，
>
> 報丙三，報丁三，示壬三，示癸三，大乙十，
>
> 大丁十，大甲十，大庚七，小甲三☐

上甲、大乙、大丁、大甲的祭祀品項較多，是較重要的先王，其次是大庚，再者爲三報二示及小甲，很明顯的就可以從卜辭上看出先王的尊貴程度。〔註 9〕故本節欲統計所有以牢爲祭牲的對象，觀察這些對象在殷人心中的地位爲何，進而可以推論出牢、宰牲的重要性。

因爲使用牢、宰牲的先公、先王妣、舊臣的受祭者甚多，又各期對於受祭者的稱謂不同且複雜，故以下將分別從單獨受祭及合併受祭兩種情況討論，獨祭的部分將其分爲自然神祇、先公、先王、先妣及其他受祭者五類、合祭的部分則分爲示類、〔註 10〕先王、先妣及其他四類。

以下商代諸先王、先妣的名號是根據周祭的記錄排列，而爲了行文方便，所稱先王後面加的數字，爲其繼位順序，如武丁期稱小辛爲父辛、小乙妣庚爲母庚，會以「父辛（25）」、「母庚（26）」的方式來表示。

〔周祭先王受祭次序〕

[1]上甲 →[2]報乙 →[3]報丙 →[4]報丁 →[5]示壬 →[6]示癸 →[7]大乙 →[8]大丁

→[9]大甲 →[11]大庚 →[12]小甲

[10]外丙　　[13]大戊 →[15]中丁 →[17]戔甲 →[19]祖辛 →[21]祖丁 →

[14]雍己　[16]外壬　[18]祖乙　[20]羌甲 →[22]南庚

→[23]陽甲

[24]盤庚

〔註 9〕將此版的先王尊貴度作排序，重要的先王有上甲、大乙、大丁、大甲。此排序與《殷卜辭先王稱謂綜論》中所統計的先王尊貴度大致相同。（見吳俊德先生：《殷卜辭先王稱謂綜論》（臺北：里仁書局，2010 年 3 月），頁 108；或參本文頁 69。）

〔註 10〕示字象「血親神靈所寄住的神位形」（許進雄先生：《簡明中國文字學》，頁 147。）在卜辭當中，常有「某示」之刻辭，爲多位先王的合稱，本於將此類的卜辭歸於示類。

25小辛
26小乙 → 27武丁 → 28祖己
29祖庚 （廩辛）
30祖甲 → 31康丁 → 32武乙 → 33文丁 → 34帝乙
→ 35帝辛

一、獨　祭

（一）先　王

1、牢

對　　象	期　數　及　次　數						總數
	一	二	三	四	五	王	
上甲（1）			3	6	1		10
示壬（5）			1	5			6
示癸（6）				1			1
大乙、高祖乙（7）	1		6	25		1	33
大丁（8）				2			2
大甲（9）			1	1		2	4
大庚（11）		1		1		1	3
大戊（13）		1		2		2	5
中丁、三祖丁（15）			1	5			6
祖乙、下乙（18）	3	1	10	28	7	6	55
祖辛（19）			2	5		1	8
羌甲（20）				1			1
祖丁、丁（21）	7	1	8	1	6		23
南庚、祖庚（22）	1						1
陽甲、祖甲（23）			3				3
盤庚（24）						1	1
小辛（25）						1	1
小乙、毓祖乙、父乙（26）	1		4	6		3	14
武丁、小丁〔註11〕（27）			1		44		45

〔註11〕《甲骨學一百年》中認爲小丁指小乙之父祖丁。（見王宇信、楊升南主編：《甲骨學一百年》，頁441）；吳俊德先生則認爲小丁之稱會隨時代不同而有不同的內涵。（《殷卜辭先王稱謂綜論》，頁 183～184。）本文採用吳俊德先生之說。上表小丁出現於第三期（《合》27326），該期所稱小丁應指武丁。

祖己、父己（28）			5				5
祖庚、父庚（29）			2		1		3
祖甲（30）			7	1	30		38
廩辛				1			1
康丁、康祖丁（31）				21	55		76
武乙（32）				1	64		65
文丁、文武丁（33）					20		20
總　　計	13	4	54	113	228	18	430

上表合計先王有26人、共430例，平均例數爲16.54（26／430），而超過平均例數者如下（次數多排至少）：康丁、武乙、祖乙、武丁、祖甲、大乙、祖丁、文丁。吳俊德先生指出第一期至第五期的重要先王如下：

第一期（11人）：祖丁、祖乙、小乙、大乙、祖辛、上甲、大甲、南庚、羌甲、象甲、兄丁。

第二期（12人）：武丁、祖乙、小乙、祖辛、上甲、祖庚、大乙、大戊、祖丁、中丁、大庚、大甲。

第三期（10人）：祖丁、祖甲、大乙、祖乙、上甲、小乙、祖己、祖庚、武丁、中己。

第四期（7人）：康丁、祖乙、上甲、大乙、小乙、大甲、祖丁。

第五期（11人）：武乙、祖甲、康丁、武丁、文丁、上甲、祖丁、象甲、戔甲、大甲、小甲。〔註12〕

牢牲的使用，在第三期的卜辭後才開始大量的增加，如以上表與吳文的結論來對比，可以進一步得知，以牢牲來祭祀的對象，如康丁、武乙、祖乙、武丁、祖甲、大乙等先王，皆爲第三期到第五期中重要程度排序爲前五的先王，換言之，用來祭祀這些重要先王的牢牲，其貴重程度自然比其他祭祀犧牲來得高。

若分別以各期諸王以牢牲受祭的次數來看，可以歸納成下表：

期 數	以牢牲祭祀次數排序	先王重要性排序
第一期	祖丁、祖乙、小乙、大乙、南庚	祖丁1、祖乙2、小乙3、大乙4、南庚8
第二期	祖乙、大戊、祖丁、大庚	祖乙2、大戊8、祖丁9、大庚11

〔註12〕吳俊德先生：《殷卜辭先王稱謂綜論》，頁108。

第三期	祖乙、祖丁、祖甲、大乙	祖丁 1、祖甲 2、大乙 3、祖乙 4
第四期	祖乙、大乙、康丁	康丁 1、祖乙 2、大乙 4
第五期	武乙、康丁、武丁、祖甲、文丁	武乙 1、祖甲 2、康丁 3、武丁 4、文丁 5

將各期先王以牢牲祭祀及先王重要性的順序比對，可以發現各時期先王的重要性與以牢牲來祭祀的次數呈現高度相關，如第一期的祖丁受祭 7 次、祖乙受祭 3 次，而祖丁、祖乙兩位先王，也是在第一期中重要性排序中的一、二名；再如第五期中武乙受祭 64 次、康丁受祭 55 次、武丁受祭 44 次、祖甲受祭 30 次、文丁受祭 20 次，這五位先王也是在第五期的重要先王排序中的前五名，〔註 13〕由此可以再次印證牢牲的貴重度應高於其他祭牲。

2、宰

對　　象	期　數　及　次　數						總數
	一	二	三	四	五	王	
上甲（1）	18	1	3	3			25
匚乙（2）		1					1
示壬（5）	3			1			4
大乙、高祖乙、成、唐（7）	11	1				2	14
大甲（9）	13	1		1			15
大庚（11）	1						1
大戊（13）	2	5					7
雍己（14）	1	1					2
祖乙、下乙（18）	38	11		1		3	53
祖辛（19）	14	4					18
羌甲（20）	2	1					3
祖丁、丁、小丁（21）	53	7	1		1	3	65
南庚（22）	3						3
陽甲、象甲、祖甲（23）	1	2	2				5
盤庚（24）	2	1				1	4
小辛（25）	1	1					2
小乙、毓祖乙、父乙（26）	37	9					46

〔註 13〕各期中祖乙皆是重要性很高的先王，惟第五期不在排序中，最主要的原因是第五期祭祀多祭至上五世的先王，故祖乙顯得重要性不如近世的先王。

武丁、父丁（27）		33					33
祖己、兄己、父己（28）		3	1				6
祖庚、兄庚、父庚（29）		1	1				2
祖甲、帝甲〔註14〕（30）			1				1
康丁、康祖丁、父丁（31）				4			4
總　　計	200	83	9	10	1	9	311

上表計22位先王、共311次，平均例數爲14.14（22／311），超過平均例數者如下：祖丁、祖乙、小乙、武丁、上甲、祖辛、大甲，而大乙亦在平均値左右。

若分別以各期諸王以㸴牲受祭的次數來看，可以歸納成下表：

期 數	以㸴牲祭祀次數排序	先王重要性排序
第一期	祖丁、祖乙、小乙	祖丁1、祖乙2、小乙3
第二期	武丁、祖乙、小乙	武丁1、祖乙2、小乙3
第三期	上甲、陽甲、祖丁、祖己、祖庚、祖甲	祖丁1、祖甲2、上甲5、祖己7、祖庚8、陽甲0〔註15〕
第四期	康丁、上甲、示壬、大甲、祖乙	康丁1、祖乙2、上甲3、大甲6、示壬0
第五期	祖丁	祖丁7

相較於牢牲，㸴牲在第三期之後，使用的頻次大幅度下降，然仍可以從第一期及第二期較爲重要的先王來比較，發現使用㸴牲超過平均例數的先王，幾乎都是第一、二期中尊隆排序爲前五名者，如第一期中祖丁受祭53次、祖乙受祭38次、小乙受祭37次，而祖丁、祖乙、小乙也分別爲第一期的先王重要性排序前三名，即㸴牲使用頻次多寡與先王重要程度是吻合的；但是第三期之後，使用㸴牲的受祭者則出現了重要度排序在五名之後的先王，甚至不在排序之內。

將重要性排序前五名的先王，所使用牢或㸴牲總數，所佔全體先王的百分比表列如下：

	牢	㸴
第一期	92.31%	76.50%
第二期	25.00%	69.88%

〔註14〕陳夢家認爲帝甲是武丁之子祖甲，見陳夢家：《殷虛卜辭綜述》，頁408。

〔註15〕以0表示不在排序當中。

第三期	62.96%	55.56%
第四期	76.11%	80.00%
第五期	93.42%	0.00%

從上表可以得知，在第一期重要性排序前五名先王的牢牲使用量，即佔了九成，而宰牲使用的比例只佔七成六，顯示還有兩成五是用於重要性排序前五名外的先王；第二期中以牢牲祭祀的受祭先王僅四例，故與宰牲比例非常懸殊；到了第三期，重要性排序前五名先王的牢牲使用量高於宰牲，但是兩牲的比例皆較第一期的情況下降了兩成至三成，此一現象顯示出在重要性五名後的先王可以享受到用牢牲或宰牲的比例增加了。而第四期時，排序前五名的先王使用兩牲的比例僅些微的差距，到了第五期就只以牢牲祭祀重要的先王。

再加入重要性排序前五名的先王，使用牛、羊牲總數所佔全體先王的百分比，表列如下：

	牛	羊
第一期	69.23%	41.18%
第二期	69.32%	18.18%
第三期	62.69%	11.11%
第四期	79.74%	64.29%
第五期	66.67%	0.00%

從早期到晚期，牛牲用於祭祀重要先王的比例大約都在六成至七成左右，惟第四期高達了近八成；而羊牲用於祭祀重要先王則從第一期的四成，到了第二期則降至兩成，到了第三期又降到了一成、第五期則未用羊牲向先王致祭，而第四期亦不同於其他時期，用於重要先王的比例高達近六成五。

各期相同的情況是，用於重要先王排序前五名的牛牲比例皆高於羊牲，表示用於祭祀重要先王的牛牲較多、羊牲較少；換言之，羊牲所祭祀的先王對象較多，受祭者也較爲普遍，不若牛牲六成以上當用於祭祀當期中要的先王，亦可以從此表知道，牛牲的尊貴度是高於羊牲的。

比較牛牲與牢牲，在第一期中，祭祀先王的牢牲中有 92.31%是用於致祭「祖丁、祖乙、小乙、大乙、祖辛」等重要性前五名的先王，而祭祀先王的牛牲中有 94.87%是用於致祭「祖丁、祖乙、小乙、大乙、祖辛、上甲、大甲」等重要性爲前七名的先王，表示牢牲常用於祭祀較爲重要的先王，但是到了第三、第四期，牢牲用以祭祀重要先王的比例下降、牛、宰二牲用於重要性排序前五名先王的比例差距較小，表示牢牲在晚期可以用來祭祀的對象變多、範圍變大。

比較牢、宰二牲，筆者認爲是牢牲在殷人心中的重要性是高於宰牲的。但是在殷代早期，也許應該豢養的環境或是技術不如晚期，所以多用尊貴度次高的宰牲，而能夠使用牢牲祭祀的時機或是對象都是非常重要的，所以在第一、二期時多用宰牲、少用牢牲；到了晚期，因爲飼養環境及技術的改良，特別豢養的牢牲產量增加，所以使用的數量大大增加，且所祭祀的對象範圍亦擴大，但大致上還是用於祭祀重要性較高的先王，而宰牲則改爲祭祀重要性較低的先王或是先妣。此種擴大祭祀對象的情形在後世亦有，在《清史稿·志五十七》中有載：

> 天神、地祇、太歲、日、月、星辰、雲、雨、風、雷、社稷、嶽鎮、海瀆、太廟、先農、先蠶、先師、帝王、關帝、文昌用太牢。太廟西廡，文廟配哲、崇聖祠、帝王廟兩廡，關帝、文昌後殿，用少牢。光緒三十二年，崇聖正位改太牢。直省神祇、社稷、先農、關帝、先醫配位暨群祀用少牢。〔註16〕

如上文所言，在光緒前崇聖祠用少牢，光緒三十二年後，崇聖正位則改用太牢，即同樣的牲品，但有擴大祭祀對象的情形。

（二）先　妣

殷卜辭中，對母輩或妣輩的稱呼較爲複雜，如辭例中僅有「妣某」之稱，未附上夫名，那麼可能性就會變得很多，如第一期卜辭中稱呼「妣己」（《合》2427），即有可能是祖丁、祖乙或中丁之配偶，第四期卜辭中的「妣庚」（如《合》32740）則有可能是示壬、祖乙、祖丁或小乙之配偶，故下列的資料皆爲卜辭中有明確附上夫名或是可以推論的方式判斷者，若無法判斷的先母、妣則置於最下面的粗框內。

1、牢

對　象	期數及次數						總數
	一	二	三	四	五	王	
祖乙奭妣己（18）					1		1
祖辛奭妣甲（19）					1		1

〔註16〕趙爾巽、柯劭忞等：《清史稿》（臺北：鼎文書局，1981年9月）。

小乙奭妣庚、母庚（26）	4						4
文丁奭妣癸、母癸（33）					1		1
帝乙奭妣庚、母庚（34）					1		1
妣　己			1	1		1	3
母　庚						5	5
妣　庚			1	2	1	3	7
妣　辛			4			2	6
妣　癸			2				2
總　　計	4	0	8	3	5	11	31

上表計 10 位先妣、共 31 次，平均例數爲 3.1（10／31），超過平均例數者有妣庚、妣辛、母庚、小乙奭妣庚，大致可以判別以牢牲致祭的對象爲各王的母輩，且就一般的理解，母輩相較於其他的先妣是較爲重要的；此外受祭次數最多及次多的妣庚及妣辛，因沒有附夫名，故無法討論。

2、宰

對　　象	期　數　及　次　數						總數
	一	二	三	四	五	王	
示壬奭妣庚（5）	1						1
示癸奭妣甲（6）	1						1
大乙奭妣丙（7）			1				1
大丁奭妣戊（8）		2					2
大甲奭妣辛（9）		3					3
大戊奭妣壬（13）		1					1
中丁奭妣己、高妣己（15）	1						1
中丁奭妣癸（15）	1						1
祖乙奭妣己（18）			1				1
妣甲（19）	1						1
羌甲奭妣庚（20）		1					1
母丙〔註 17〕	8						8
母己	3						3
小乙奭妣庚、母庚（26）	3						3
武丁奭妣辛、母辛（27）		11					11

〔註 17〕母丙及母己出現於第一期卜辭中，故應該爲陽甲、盤庚或小辛之配，然而是如何配對則無法得知。

母壬〔註18〕			1				1
帝乙奭妣庚、母庚（34）					3		3
妣　戊			1				1
妣　己	8	1	2	1			12
妣　庚	8	11	3			8	22
妣　辛			4				4
妣　癸			3				3
總　　計	35	30	16	1	3	8	93

上表計22位先妣、共93次，平均例數爲4.23（22／93），超過平均列數者有妣庚、妣己、武丁奭妣辛、母丙，宰牲受祭者的情況亦同於牢牲，即母輩受祭次數多，然受祭次數最多、次多的妣庚及妣己，皆無附記夫名，亦無法判斷分析。

綜合上面兩表，可以歸結出高於時王一輩的先母，常會是致祭的對象，值得觀察的是「妣庚」，此先妣以牢、宰牲祭祀的受祭次數爲最多，如以牲品的重要性而言，此先妣可能是祖乙或祖丁之配。因爲牢、宰多祭先王，用於先妣的數量較少，且就如上述所言，太多受祭的先妣無附記夫名，未能確定身份，故於此只列出作爲參考，不多作討論。

然而就總數來看，祭祀先妣時多用宰牲，而所使用牢牲的數量只有宰牲數量的三分之一；且使用宰牲受祭的對象範圍也較廣，不論尊貴高低的先妣皆可用宰牲祭祀，此一現象也反映出了牢牲的尊貴度高，宰牲尊貴度較低。

（三）先公、自然神及其他

1、牢

（1）自然神〔註19〕

對　　象	期			數			總數
	一	二	三	四	五	王	
河	2	1	2	23			28
岳	1		3	11			15
宅土				1			1
總　　計	3	1	5	35	0	0	44

〔註18〕母己一辭出現於第三期卜辭中，故可能爲祖庚之配。

〔註19〕先公與自然神之分目前尚未有定論，故本文暫從王國維之說。

上表計3位自然神、共44次，平均例次爲14.67（3／44）。超過平均值者爲河及岳，除了受祭者的平均次數外，從分期亦可看出各期中以第四期用牢牲來祭祀自然神的比例最高。

（2）先　公

對　　象	期		數				總數
	一	二	三	四	五	王	
土〔註20〕			2	9			11
𡆥				5			5
夒				2			2
總　　計	0	0	2	16	0	0	18

上表計3位先公、共18次，平均例次爲6（3／18）。超過平均值者爲土。先公狀況同於自然神，即第四期用牢牲來祭祀先公的比例最高。

（3）其　他

對　　象	期		數				總數
	一	二	三	四	五	王	
小㓝		1					1
兄庚			3			1	4
兄己			1				1
兄辛			1				1
兄癸			1				1
兮				1			1
伊尹				4		1	5
子[illegible]				1			1
兄丁						3	3
龍母						3	3
㞍司						2	2
受工						1	1
龜載						1	1
帝						2	2
總　　計	0	1	6	6	0	12	25

〔註20〕本文從王國維之說，將土視爲相土，與亳土或宅土等社神不同。

上表計 14 位受祭者、共 25 次，平均例次爲 1.79（14／25）。超過平均值者爲伊尹、兄庚、兄丁、龍母、戻司及帝。

總合來看，在第一、二期使用牢牲來祭祀先公、自然神及其他的受祭者的次數偏低，到了三、四期才增加。在祭祀對象中，這些受祭者的地位本來就不如先王、妣，可知牢牲是重要的祭牲，而較不重要的受祭者則少用牢牲祭祀。

2、䆏

（1）自然神

對　　象	期		數				總數
	一	二	三	四	五	王	
河	21			12			33
岳	15			14			29
東	2						2
出日、入日〔註 21〕	1						1
亳土			2				2
總　　計	39	0	2	26	0	0	67

上表計 5 種自然神、共 67 次，平均例次爲 13.4（5／67）。超過平均值者爲河及岳，從分期來看，第一期及第四期慣於用䆏牲來祭祀自然神。

（2）先　公

對　　象	期		數				總數
	一	二	三	四	五	王	
王亥	2						2
王夨	2						2
土	9			2		1	12
夒	1			1			2
[illegible]	1			8			9
[illegible]	1						1

〔註 21〕李宗焜、黃天樹兩位學者認爲出日、入日應爲時間詞。（見李宗焜：〈卜辭所見一日內時稱考〉，《中國文字》新十八期（舊金山：美國藝文印書館，1994 年 1 月），頁 191；黃天樹：〈殷墟甲骨文白天時稱補說〉，《中國語文》2005 年 5 期（總 308 期），頁 452。）然此例出自《合》6572 一版，此卜卜辭內容爲：「戊戌卜，內貞：呼雀于軾出日、于入日䆏？」仍應將出日、入日視爲受祭對象。

戛				1			1
總　計	16	0	0	12	0	1	29

上表計 7 位先公、共 29 次，平均例次爲 4.14（7／29）。超過平均值者爲土及[illegible]；在各期當中，以第一期及第四期用宰牲來祭祀先公的機率較高。

（3）其　他

對　象	期		數				總數
	一	二	三	四	五	王	
兄丁	8					1	9
婦	1						1
目	1						1
子商	1						1
黃尹	3						3
伊尹				2			2
[illegible]亏				1			1
帝五玉臣				1			1
兮				1			1
中母						1	1
龍母						3	3
凥司						3	3
余母						1	1
兄甲					1	1	2
總　計	14	0	0	5	1	10	30

上表計 14 位受祭者、共 30 次，平均例次爲 2.14（14／30）。超過平均值者爲兄丁、黃尹、龍母、凥司。

綜合上述所示，第一期所祭祀的先公及自然神對象最爲紛雜、其次爲第四期；第二、三期及王族卜辭祭祀只有少數幾例以牢、宰牲祭祀先公以及自然神祇；第三期則常以牢牲祭祀已故之兄、第一、四期及王族卜辭會以牢、宰牲祭祀重要的舊臣，到了第五期則完全不以牢牲祭祀先公及自然神，且僅一例以宰牲祭祀兄甲。

若比較各類受祭者的受祭次數，以先王以牢、宰牲受祭的總數最多，共 741 次，其次爲先妣及自然神，各 124 次及 111 次，受祭次數最少的是先公神，僅

47 次，可以知道在殷人的心中，先王的地位是最崇高的，其次爲自然神，而先公則爲最下。

（四）受祭對象比較

將受祭對象分成自然神、先公、先王、先妣以及其他等五類，並加入牛、羊二牲，分析各期使用牢、宰、牛、羊用牲的狀況：

第一期		先　王	先　妣	自然神	先　公	其　他	合　計
牢	次數	13	4	3	0	0	20
	比例	65%	20%	15%	0%	0%	100%
小牢	次數	0	0	0	0	0	0
	比例	0%	0%	0%	0%	0%	0%
大牢	次數	0	0	0	0	0	0
	比例	0%	0%	0%	0%	0%	0%
總　數		13	4	3	0	0	20
比　例		65%	20%	15%	0%	0%	100%

第一期		先　王	先　妣	自然神	先　公	其　他	合　計
宰	次數	182	25	26	14	6	253
	比例	71.94%	9.88%	10.28%	5.53%	2.37%	100%
小宰	次數	20	8	13	4	8	53
	比例	37.74%	15.09%	22.64%	7.55%	15.09%	100%
大宰	次數	0	0	0	0	0	0
	比例	0%	0%	0%	0%	0%	0%
總　數		202	33	39	18	14	306
比　例		66.01%	10.78%	12.75%	5.88%	4.58%	100%

第一期使用宰牲多於牢牲，然不論是牢或者是宰牲，皆是以先王爲主要的祭祀對象，其次則爲先妣或自然神。

第一期		先　王	先　妣	自然神	先　公	其　他	合　計
牛	次數	195	18	73	39	26	351
	比例	55.56%	5.13%	20.80%	11.11%	7.41%	100%
羊	次數	34	10	20	5	12	81
	比例	41.98%	12.35%	24.69%	6.17%	14.81%	100%

不論使用牛牲或是羊牲，皆以用於祭祀先王的比例最高，而自然神次之，但相較於牢、宰二牲的比例，則低了 10%至 15%；以諸子、舊臣等其他受祭對

象而言，在使用宰牲比較不超過 0.5 成，甚至使用牢牲的次數爲 0，但使用羊牲的比例卻高於先妣與先公，可知羊牲的重要性應爲最低，所以重要性排序由高至低是牢牲→宰牲→牛牲→羊牲，而從各類神祇的受祭狀況亦可再次印證，殷人最重視先王，其次是自然神，最後是先公。

第二期		先　王	先　妣	自然神	先　公	其　他	合　計
牢	次數	4	0	1	0	0	5
	比例	80%	0%	20%	0%	0%	100%
小牢	次數	0	0	0	0	0	0
	比例	0%	0%	0%	0%	0%	0%
大牢	次數	0	0	0	0	0	0
	比例	0%	0%	0%	0%	0%	0%
總　數		4	0	1	0	0	5
比　例		80%	0%	20%	0%	0%	100%

第二期		先　王	先　妣	自然神	先　公	其　他	合　計
宰	次數	86	26	0	0	0	112
	比例	76.79%	23.21%	0%	0%	0%	100%
小宰	次數	2	4	0	0	0	6
	比例	33.33%	66.67%	0%	0%	0%	100%
大宰	次數	0	0	0	0	1	1
	比例	0%	0%	0%	0%	100%	100%
總　數		88	30	0	0	1	119
比　例		73.95%	25.21%	0%	0%	0.84%	100%

第二期牢、宰二牲使用比例的概況同於第一期，然此期皆將牢、宰用於先王、妣，僅一例用於祭祀自然神，此一情況反映出祭祀的習慣起了變化，或許與新舊派祀典有關。

第二期		先　王	先　妣	自然神	先　公	其　他	合　計
牛	次數	88	33	1	1	2	125
	比例	70.40%	26.40%	0.80%	0.80%	1.60%	100%
羊	次數	11	3	0	2	6	22
	比例	50.00%	13.64%	0%	9.09%	27.27%	100%

此期使用牛、羊牲的比例，亦以先王最高，然皆低於使用牢、宰牲的比例；使用牛、羊牲的比例次高者分別爲先妣及其他受祭者。

第三期		先　王	先　妣	自然神	先　公	其　他	合　計
牢	次數	55	8	5	2	6	76
	比例	76.37%	10.53%	6.58%	2.63%	7.89%	100%
小牢	次數	1	0	0	0	0	1
	比例	100%	0%	0%	0%	0%	100%
大牢	次數	0	0	0	0	0	0
	比例	0%	0%	0%	0%	0%	0%
總　數		56	8	5	2	6	77
比　例		72.73%	10.39%	6.49%	2.60%	7.79%	100%

第三期		先　王	先　妣	自然神	先　公	其　他	合　計
宰	次數	11	5	0	0	0	16
	比例	68.75%	31.25%	0%	0%	0%	100%
小宰	次數	4	11	3	0	0	18
	比例	22.22%	61.11%	16.67%	0%	0%	100%
大宰	次數	0	0	0	0	0	0
	比例	0%	0%	0%	0%	0%	0%
總　數		15	16	3	0	0	34
比　例		44.12%	47.06%	8.82%	0%	0%	100%

第三期使用牢牲的比例略勝於宰牲。牢牲主要祭祀先王，而宰牲主要是祭祀先妣；相較於前兩期宰牲皆約七成祭祀先王，在第三期則降至四成；而殷人對於先王的重視程度高於先妣，亦可由此推知多祭先王的牢牲重要性高於多祭先妣的宰牲。

第三期		先　王	先　妣	自然神	先　公	其　他	合　計
牛	次數	68	22	4	4	8	106
	比例	64.15%	20.75%	3.77%	3.77%	7.55%	100%
羊	次數	9	2	3	1	9	24
	比例	37.50%	8.33%	12.25%	4.17%	37.50%	100%

此期使用牛牲比例最高的依然是先王，先妣次之；然在羊牲的使用情況上，

先王與其他受祭者的比例是一樣的，可知使用羊牲祭祀先王的比例，較前兩期降低許多。

第四期		先　王	先　妣	自然神	先　公	其　他	合　計
牢	次數	118	3	33	10	5	169
	比例	69.82%	1.78%	19.53%	5.92%	2.96%	100%
小牢	次數	0	1	0	0	0	1
	比例	0%	100%	0%	0%	0%	100%
大牢	次數	6	1	2	6	0	15
	比例	40%	6.67%	13.33%	40%	0%	100%
總　數		124	5	35	16	5	185
比　例		67.03%	2.70%	18.92%	8.65%	2.70%	100%

第四期		先　王	先　妣	自然神	先　公	其　他	合　計
宰	次數	4	0	15	2	2	23
	比例	17.39%	0%	65.22%	8.70%	8.70%	100%
小宰	次數	7	1	11	10	0	29
	比例	25%	3.57%	39.29%	35.71%	0%	100%
大宰	次數	0	0	0	0	0	0
	比例	0%	0%	0%	0%	0%	0%
總　數		11	1	26	12	2	52
比　例		21.15%	7.69%	50%	23.08%	8.70%	100%

第四期使用牢牲的比例勝於宰牲，牢牲最主要用於祭祀先王，其次爲自然神。宰牲主要的祭祀對象爲自然神，其次爲先公，再其次才是先王，以宰牲祭祀先王的比例又降至兩成。從牢牲受重視的程度高於宰牲來看，此期多以牢牲祭先王、宰牲祭祀自然神祇，可以知道先王的重要性高於自然神。

第四期		先　王	先　妣	自然神	先　公	其　他	合　計
牛	次數	159	6	60	20	7	252
	比例	63.10%	2.38%	23.81%	7.94%	2.78%	100%
羊	次數	14	2	6	0	4	26
	比例	53.85%	7.69%	23.08%	0%	15.38%	100%

此期使用牛、羊牲比例最高者爲先王，其次皆爲自然神，第三則分別爲先公及其他受祭者。

第五期	先　王	先　妣	自然神	先　公	其　他	合　計

牢	次數	165	5	0	0	0	170
	比例	97.06%	2.94%	0%	0%	0%	100%
小牢	次數	0	0	0	0	0	0
	比例	0%	0%	0%	0%	0%	0%
大牢	次數	0	0	0	0	0	0
	比例	0%	0%	0%	0%	0%	0%
總　數		165	5	0	0	0	170
比　例		97.06%	2.94%	0%	0%	0%	100%

第五期		先　王	先　妣	自然神	先　公	其　他	合　計
窐	次數	1	0	0	0	1	2
	比例	50%	0%	0%	0%	50%	100%
小窐	次數	0	0	0	0	0	0
	比例	0%	0%	0%	0%	0%	0%
大窐	次數	0	0	0	0	0	0
	比例	0%	0%	0%	0%	0%	0%
總　數		1	0	0	0	1	2
比　例		50%	0%	0%	0%	50%	100%

第五期牢、窐牲的使用比例相當懸殊，以牢牲祭祀先王的比例高達 97%，其餘的 3%是祭祀先妣。

第五期		先　王	先　妣	自然神	先　公	其　他	合　計
牛	次數	12	0	0	0	0	12
	比例	100%	0%	0%	0%	0%	100%
羊	次數	0	18	0	0	0	18
	比例	0%	100%	0%	0%	0%	100%

第五期以牛牲受祭的皆爲先公，而以羊牲受祭的皆爲先妣，而且受祭者僅有母癸一人，是相當特殊的情況，由此可知，女性受祭者的資格更進一步的受限，僅限於生母而已。

王族卜辭		先　王	先　妣	自然神	先　公	其　他	合　計
牢	次數	23	10	0	0	10	43
	比例	53.49%	23.26%	0%	0%	23.26%	100%
小牢	次數	3	0	0	0	4	7
	比例	42.86%	0%	0%	0%	57.14%	100%
大	次數	1	1	0	0	0	2

牢	比例	50%	50%	0%	0%	0%	100%
總　數		27	11	0	0	14	52
比　例		51.92%	34.38%	0%	0%	26.92%	100%

王族卜辭		先　王	先　妣	自然神	先　公	其　他	合　計
宰	次數	9	9	0	1	6	25
	比例	36.00	36.00	0%	4.00	24.00	100%
小宰	次數	1	2	0	0	3	6
	比例	16.67	33.33	0%	0%	50.00	100%
大宰	次數	0	0	0	0	0	0
	比例	0%	0%	0%	0%	0%	0%
總　數		10	11	0	1	9	31
比　例		32.26	35.48	0%	3.23	29.03	100%

王族卜辭使用牢牲祭祀的比例略高於宰牲，牢牲的主要受祭對象依序爲先王、其他及先妣；宰牲的主要受祭者爲先妣、先王及其他；從這樣的結果亦能看出先王的受重視度大於先妣。

王族卜辭		先　王	先　妣	自然神	先　公	其　他	合　計
牛	次數	28	12	0	2	28	70
	比例	40.00%	17.14%	0%	2.86%	40.00%	100%
羊	次數	7	23	0	0	19	49
	比例	14.29%	46.94%	0%	0%	38.78%	100%

在王族卜辭中，使用牛牲最多者爲先王及其他受祭者，使用羊牲最多者爲先妣及其他受祭者，可看出牛的尊貴度高於羊。

一般來說，殷人對於先王最爲重視，自然神次之、先公又次之，以這樣的概念比較五期當中此四牲受祭者的排序情況，表列如下：

	第一期	第二期	第三期	第四期	第五期	王族卜辭
牢	王／妣／自	王／自	王／妣／其	王／自／公	王／妣	王／其／妣
宰	王／自／妣	王／妣／其	妣／王／自	自／公／王	王／其	妣／王／其
牛	王／自／公	王／妣／其	王／妣／其	王／自／公	王	王／其／妣
羊	王／自／其	王／其／妣	王／其／自	王／自／其	妣	妣／其／王

在各期當中，不論是牢或宰牲，受祭對象比例最高者大多是先王類，如在第二期使用宰牲致祭先王有四分之三強、第五期以牢牲祭祀先王者更高達 97%

以上，表示牢、宰二牲確爲殷人心中價值較高的祭牲種類；又如上面所述，牢牲的受祭者皆爲各期重要先王，可以知道牢牲的尊貴度又高於宰牲。

另外值得探討的現象者有三，首先，以宰牲祭祀先王的比例從第一、二期的七成降至第三期的四成，到了第四期只剩兩成，第五期幾乎都用牢牲來祭祀；其次是第二、三期的小宰，受祭者以先妣爲多；最後是第四期的宰牲，受祭者比例最高者爲自然神祇，佔了 50%。

若加入牛、羊牲比較，大致上也是以先王類受祭的比例最高，其次大約是先妣或是自然神，然後使用牢、宰牲比例最低的其他類受祭者，在羊牲的排序多爲第二、偶有第三，表示羊牲的尊貴度應該是四牲中最低的。

系聯四牲的尊貴度，牢、宰牲高於牛、羊牲，又牢牲高於宰牲，羊牲爲四牲中最低者，所以四牲的尊貴度由高至低應爲：牢→宰→牛→羊。

在上面論述中，可知牢、宰的尊隆度不同，牢牲的尊隆度高於宰牲，而各期中仍有小宰牲與大宰牲，惟出現的次數比例較低，王族卜辭爲出現小宰的比例最高者，但也只有 13.21%（53／7），且較少列出受祭者；而大宰牲多與小宰牲一起選擇，如《合》23300、27543、30779 等版。

以目前可以看到的卜辭來分析，使用大宰牲的受祭對象爲父戊（《合》23300，第二期），以第二期的卜辭而言，父輩的即位先王應該爲父親武丁，故父戊應爲武丁的兄弟。

再分析小宰牲的卜辭，在前兩期中幾乎不見列出受祭者的完整卜辭，在第三、四期則有以小宰爲祭牲的合祭卜辭，受祭對象爲妣己、妣庚兩位先妣及自上甲的多位先王；以小宰獨祭者皆在王族卜辭中，對象有父戊、帝、龍母、戸司四位。

將上面所述化爲簡表如下：

		先　王	先　妣	自然神	先　公	其　他	合　計
小宰	次數	3	1	0	0	7	11
	比例	27.27%	9.09%	0%	0%	63.64%	100%
大宰	次數	0	0	0	0	1	1
	比例	0%	0%	0%	0%	100%	100%

從上表可大致推論，小牢可以用來祭祀先王、先妣及其他，〔註 22〕而大宰只用於祭祀其他對象，故兩者的尊隆度應是小牢高於大宰；總結所有的祭牲，可知其尊隆度由高至低的排列如下：大牢→小牢→大宰→小宰。

二、合　祭

（一）牢

1、示　類

對　　象	期數						合計
	一	二	三	四	五	王	
[illegible]示				1			1
大示				2			2
大示／下示／小示				1			1
大示／下示				1			1
總　　計	0	0	0	5	0	0	5

2、先　王

對　　象	期數						合計
	一	二	三	四	五	王	
大甲／丁	1						1
大乙／祖乙			1				1
祖丁／中丁				1			1
自上甲／大示				1			1
自上甲				5			5
自上甲大示				1			1
自上甲大示／小示				1			1
羌甲／戔甲				1			1
二示				1			1
自祖乙				1			1
大乙／大丁／大甲／☐				1			1
四祖						1	1
自大乙九示						1	1
總　　計	1	0	1	13	0	2	17

3、先　妣

對　　象	期　　數	合計

〔註 22〕此 7 例皆在王族卜辭中，或許可以視爲特殊情況再另行討論。

	一	二	三	四	五	王	
妣己／妣庚			1				1
妣庚／妣丙				1			1
總　　計	0	0	1	1	0	0	2

4、其　他

對　　象	期		數				合計
	一	二	三	四	五	王	
自黃尹	1						1
兄庚／兄己			1				1
子彙／兄癸				1			1
河／王亥／上甲				1			1
總　　計	1	0	1	2	0	0	4

以牢爲祭牲的合祭卜辭中，受祭對象以合祭先王的次數爲最多，示類、先妣及其他則佔少數；如以個別對象來看，亦無特別突出者。而從整體的受祭數字來看，牢牲用於合祭的頻率較少，多用於個別的祭祀。

（二）宰

1、示　類

對　　象	期		數				合計
	一	二	三	四	五	王	
大示	4						4
[illegible]／它示	1						1
總　　計	5	0	0	0	0	0	5

2、先　王

對　　象	期		數				合計
	一	二	三	四	五	王	
唐／大甲／大丁／祖乙	1						1
三父	1						1
三示：大乙／大甲／祖乙	1						1
大庚——仲丁	1						1
自成	1						1
大甲／祖乙	3						3
大乙／大甲	1						1

大甲／丁	1						1
五毓		1					1
父丁／祖丁		3					3
父丁／大丁		3					3
小乙／祖乙		2					2
上甲／祖丁		1					1
父丁／匚丁		1					1
羌甲／象甲		1					1
自上甲		1		1			2
自上甲六大示				2			2
總　　計	10	13	0	3	0	0	26

3、先　妣

對　　象	期　　數						合計
	一	二	三	四	五	王	
妣辛／妣癸			1				1
妣壬／妣癸				1			1
總　　計	0	0	1	1	0	0	2

4、其　他

對　　象	期　　數						合計
	一	二	三	四	五	王	
河／王亥／上甲	1						1
[illegible]暨[illegible]			1				1
二子			1				1
中妣／子						1	1
總　　計	1	0	2	0	0	1	4

以宰爲祭牲的合祭卜辭中，受祭對象與牢牲的情況相同，即以合祭先王的次數爲最多，示類、先妣及其他類亦只佔個位數；以個別的祭祀對象來看，亦無特別突出之處。

合祭卜辭與獨祭卜辭的祭祀對象之間並無太大的差異，所祭的對象大抵以先王爲多，所以舉行獨祭或者合祭應爲各期的習慣，如比例最高的第四期，多有大示、下示、小示等多王祭祀的情形，如「己亥貞：卯于大〔示〕其十牢、下示五牢、小示三牢？」(《屯》1115)；其他如第一期則是以大乙、大甲、祖乙爲主的重要先王再搭配其他先王的合祭，如「□亥卜，貞：三示禦大乙、大甲、祖乙五宰？」（《合》14867），此一現象亦顯示出這三位先王的地位較高。而第二期則是習慣將兩位同干名的先王在同一日合祭，如「丁卯卜，行貞：王賓父丁歲宰暨祖丁歲宰，亡尤？」（《合》23030），到了第五期則完全沒有多位受祭者以牢牲爲祭牲的現象。

綜合牛、羊、牢、宰等牲畜與受祭者論之，首先對比牛牲與羊牲，發現牛、羊二牲的使用情況與牢、宰二牲差異甚大：

<table>
<tr><th></th><th>牛</th><th>羊</th><th>牢</th><th>宰</th></tr>
<tr><td rowspan="2">第一期</td><td>1114（80.09%）</td><td>277（19.91%）</td><td>74（8.57%）</td><td>789（91.43%）</td></tr>
<tr><td colspan="2">1391（100%）</td><td colspan="2">863（100%）</td></tr>
<tr><td rowspan="2">第二期</td><td>284（86.32%）</td><td>45（13.68%）</td><td>12（3.48%）</td><td>333（96.52%）</td></tr>
<tr><td colspan="2">329（100%）</td><td colspan="2">345（100%）</td></tr>
<tr><td rowspan="2">第三期</td><td>424（79.85%）</td><td>107（20.15）</td><td>479（71.60%）</td><td>190（28.40%）</td></tr>
<tr><td colspan="2">531（100%）</td><td colspan="2">669（100%）</td></tr>
<tr><td rowspan="2">第四期</td><td>480（83.92%）</td><td>92（16.08%）</td><td>710（82.27%）</td><td>153（17.73%）</td></tr>
<tr><td colspan="2">572（100%）</td><td colspan="2">863（100%）</td></tr>
<tr><td rowspan="2">第五期</td><td>837（96.32%）</td><td>32（3.68%）</td><td>795（96.95%）</td><td>25（3.05%）</td></tr>
<tr><td colspan="2">869（100%）</td><td colspan="2">820（100%）</td></tr>
<tr><td rowspan="2">王族卜辭</td><td>133（50.00%）</td><td>133（50.00%）</td><td>102（54.55%）</td><td>85（45.45%）</td></tr>
<tr><td colspan="2">266（100%）</td><td colspan="2">187（100%）</td></tr>
</table>

牢、宰二牲在各期有顯著的差距，大致上是殷商早期使用宰牲多於牢牲、晚期使用牢牲多於宰牲；然而牛、羊的使用比例則是五期都相同，都是使用牛牲的比例高於羊牲，而使用牢、宰與使用牛、羊的比例在第三、四、五期時較爲一致。

在第一期中，使用牢牲的次數雖然少，但是有85%的比例是祭祀先王、妣，且沒有向先公或其他對象祭祀的情況，宰牲雖使用比例高，然祭祀對象多且雜；到了第三、四期後，牢牲才有較多向自然神、先公即其他對象致祭的情況，而牢牲的主要致祭對象則是從第三期開始，從先王、妣漸漸變爲自然神祇及先公。但是各期牛、羊的使用比例並無改變，所以與牛、羊的來源並無關係。然牢、宰不同於牛、羊，是專門豢養用於祭祀的犧牲，早期多用宰牲而少用牢牲的原因，很有可能是因爲飼養的環境的關係，牛隻的體型大於羊隻，同樣大小的廄倉，所圈養的羊牲數量會多於牛牲，所以在早期圈養的環境、技術、規模等等原因還在發展的雛型之前，宰牲的產量自然高於牢牲，也由於早期牢牲數量較少，所以使用牢牲來祭祀的對象自然是殷人心中認爲最重要的先王、妣，而非自然神、先王或者諸兄、舊臣等其他對象。然這樣的情況到了晚期，豢養的環境、技術較爲成熟，規模也有一定的組織後，牢牲自然產量增加，所以可以使用牢牲祭祀的人數也隨著增加、祭祀對象也隨之擴大。

第三節　祭祀日期分析

殷人以干支來記日，十干爲一旬，甚至以天干做爲殷代先王先妣的廟號。而刻辭中占卜祭祀或者田獵等事項既繁且雜，故在某些特定的事務上會有其系統性的規劃。如在田獵方面，松丸道雄即所考察出從第二期開始，田獵日限定於乙、戊、辛日，第三期又增了壬日，到了第五期田獵日變爲五日，又增加了丁日；〔註 23〕或如每十日就會在癸日占卜下一旬吉凶的卜旬辭，都可以看出商人在這些占卜方面的規律性，又干支當中，殷人干日之作用相對於支日爲重，故支日可以省略不論。以下嘗試分析各期使用牢、宰牲的卜日與祭日，並試圖找出其規律。

一、卜　日

1、第一期

牢	甲	乙	丙	丁	戊	己	庚	辛	壬	癸	總合
次數	3	1	2	1	0	0	0	0	0	2	9
比例	33.33%	11.11%	22.22%	11.11%	0%	0%	0%	0%	0%	22.22%	100%

宰	甲	乙	丙	丁	戊	己	庚	辛	壬	癸	總合
次數	17	9	14	31	5	7	12	11	11	14	131
比例	12.98%	6.87%	10.69%	23.66%	3.82%	5.34%	9.16%	8.40%	8.40%	10.69%	100%

第一期以牢爲祭牲的次數較少，卜日爲甲、乙、丙、丁、癸五日；以宰爲祭牲的卜日則以丁日爲多、甲日次之，再者則爲庚、癸二日。

2、第二期

〔註 23〕松丸道雄：〈殷墟卜辭中の田獵地について：殷代國家構造研究のために〉，《東洋文化研究所紀要》第三十一冊，頁 70。

牢	甲	乙	丙	丁	戊	己	庚	辛	壬	癸	總合
次數	0	0	0	0	1	1	0	0	1	0	3
比例	0%	0%	0%	0%	33.33%	33.33%	0%	0%	33.33%	0%	100%

宰	甲	乙	丙	丁	戊	己	庚	辛	壬	癸	總合
次數	12	19	9	19	9	11	11	12	0	5	107
比例	11.21%	17.76%	8.41%	17.76%	8.41%	10.28%	10.28%	11.21%	0%	4.67%	100%

第二期以牢爲祭牲的比例亦少，卜日爲戊、己、壬三日，然次數各爲一次。宰牲的卜日則以乙、丁日爲最多，甲、辛日次之，己、庚日再次之。

3、第三期

牢	甲	乙	丙	丁	戊	己	庚	辛	壬	癸	總合
次數	4	3	2	4	4	8	5	1	1	11	43
比例	9.30%	6.98%	4.65%	9.30%	9.30%	18.60%	11.63%	2.32%	2.32%	25.58%	100%

宰	甲	乙	丙	丁	戊	己	庚	辛	壬	癸	總合
次數	3	3	3	2	4	2	7	1	3	9	37
比例	8.11%	8.11%	8.11%	5.41%	10.81%	5.41%	18.92%	2.70%	8.11%	24.32%	100%

第三期使用牢牲的卜日以癸日爲最多，己日次之，甲、庚二日再次之；宰牲的祭祀日期亦爲癸日最多，庚日次之。

4、第四期

牢	甲	乙	丙	丁	戊	己	庚	辛	壬	癸	總合
次數	33	15	38	27	5	14	16	20	5	19	192
比例	16.67%	7.81%	19.79%	14.06%	2.60%	7.29%	8.33%	10.62%	2.60%	9.90%	100%

宰	甲	乙	丙	丁	戊	己	庚	辛	壬	癸	總合
次數	6	5	4	12	2	1	8	3	3	9	53
比例	11.32%	9.43%	7.55%	22.64%	3.77%	1.89%	15.09%	5.66%	5.66%	16.98%	100%

第四期以牢爲祭牲之卜日以丙日最多，再者爲甲日與丁日；宰牲則是丁日爲多，癸日、庚日次之。

5、第五期

牢	甲	乙	丙	丁	戊	己	庚	辛	壬	癸	總合
次數	73	4	111	4	0	1	2	0	1	23	219
比例	33.33%	1.83%	50.68%	1.83%	0%	0.46%	0.91%	0%	0.46%	10.50%	100%

第五期使用宰牲的卜辭沒有卜日的記錄，而以牢爲祭牲的卜日以丙日比例爲最高，甲日次之，再次之爲癸日。

6、王族卜辭

牢	甲	乙	丙	丁	戊	己	庚	辛	壬	癸	總合
次數	8	4	0	0	2	5	2	4	2	7	34
比例	23.53%	11.76%	0%	0%	5.88%	14.71%	5.88%	11.76%	5.88%	20.59%	100%

宰	甲	乙	丙	丁	戊	己	庚	辛	壬	癸	總合
次數	3	2	5	3	1	0	0	4	1	4	23
比例	13.04%	8.70%	21.74%	13.04%	4.35%	0%	0%	17.39%	4.35%	17.39%	100%

王族卜辭中，占卜使用牢牲的干日以甲、癸二日爲多，宰牲則以丙日、辛日、癸日三日爲多。

綜觀五期，卜問是否要使用牢、宰牲的日期大致集中在甲、丁、庚、癸四日，其次爲乙日及辛日；另外可以知道，第一、二期的占卜日期較爲分散，不若第四、五期是集中於某幾天占卜。然而這樣的統計結果與使用牢、宰牲並無關聯，似乎沒有特殊的意義。

二、祭　日

1、第一期

牢	甲	乙	丙	丁	戊	己	庚	辛	壬	癸	總合
次數	0	3	0	2	0	0	3	0	0	0	8
比例	0%	37.50%	0%	25.00%	0%	0%	37.50%	0%	0%	0%	100%

宰	甲	乙	丙	丁	戊	己	庚	辛	壬	癸	總合
次數	7	31	0	20	1	2	2	15	0	1	79
比例	8.86%	39.24%	0%	25.31%	1.27%	2.53%	2.53%	18.99%	0%	1.27%	100%

第一期使用宰祭牲的祭日以乙、丁、辛三日爲主，其餘日期則有零星的施祭記錄。

2、第二期

牢	甲	乙	丙	丁	戊	己	庚	辛	壬	癸	總合
次數	0	0	0	0	0	0	0	0	0	1	1
比例	0%	0%	0%	0%	0%	0%	0%	0%	0%	100%	100%

宰	甲	乙	丙	丁	戊	己	庚	辛	壬	癸	總合
次數	3	9	0	7	1	1	5	5	0	0	31
比例	9.68%	29.03%	0%	22.58%	3.23%	3.23%	16.13%	16.13%	0%	0%	100%

第二期施祭的日期與第一期相似，亦以乙、丁、辛三日爲主，然則較第一期多了庚日。

3、第三期

牢	甲	乙	丙	丁	戊	己	庚	辛	壬	癸	總合
次數	0	0	0	2	0	0	0	3	0	1	6
比例	0%	0%	0%	33.33%	0%	0%	0%	50%	0%	1.67%	100%

宰	甲	乙	丙	丁	戊	己	庚	辛	壬	癸	總合
次數	2	0	0	0	1	0	0	3	0	1	7
比例	28.57%	0%	0%	0%	14.29%	0%	0%	42.86%	0%	14.29%	100%

第三期在卜辭上記錄施祭日期的比例較低，如上表所示僅 13 例，然其中有 6 例集中於辛日舉行祀典。

4、第四期

牢	甲	乙	丙	丁	戊	己	庚	辛	壬	癸	總合
次數	8	19	0	7	0	0	5	7	0	5	51
比例	15.69%	37.25%	0%	13.73%	0%	0%	9.80%	13.73%	0%	9.80%	100%

宰	甲	乙	丙	丁	戊	己	庚	辛	壬	癸	總合
次數	1	2	0	2	0	0	1	3	0	0	9
比例	11.11%	22.22%	0%	22.22%	0%	0%	11.11%	33.33%	0%	0%	100%

第四期牢牲的施祭日期以乙日爲最多，其次爲甲日、丁日、辛日。記錄何日使用宰爲祭牲的例子非常的少，最多爲辛日，亦僅有三例而已。

5、王族卜辭

牢	甲	乙	丙	丁	戊	己	庚	辛	壬	癸	總合
次數	2	2	0	1	1	0	3	1	0	0	10
比例	20%	20%	0%	10%	10%	0%	30%	10%	0%	0%	100%

宰	甲	乙	丙	丁	戊	己	庚	辛	壬	癸	總合
次數	0	1	0	1	0	0	2	0	0	0	4
比例	0%	25%	0%	25%	0%	0%	50%	0%	0%	0%	100

王族卜辭中，記錄施祭日期的卜辭數據較少，最多不超過十例，其中則以庚日祭祀的比例爲高，到了第五期的卜辭則沒有祭日的記錄。

如果將卜日、祭日與祭祀對象交叉比較，會發現兩者是高度相關的，如第一、二、日期所祭祀的先王、妣以乙、丁日爲最多，祭祀日期亦以乙、丁兩者爲多，再進一步對比第一、二期的重要先王，第一期重要先王有「祖丁、祖乙、小乙、大乙、祖辛」五位，第一期的祭日亦以乙、丁、辛三日爲主。而第五期雖無祭日的紀錄，然卜辭大致上符合在「卜日後一日祭祀該干日之先王」的規律，換言之，即在癸日卜是否祭祀甲日先王、甲日卜是否祭祀乙日先王、丙日卜是否祭祀丁日先王，如：

甲子卜貞：武乙祊，其牢？茲用。

丙寅卜：武丁祊，其牢？

癸亥卜貞：祖甲祊，其牢？　　【《合》35818】

甲辰卜貞：武乙祊，其牢？茲用。

丙午卜貞：武丁祊，其牢？茲用。

丙午卜貞：康祖丁祊，其牢？茲□。

癸丑卜貞：祖甲祊，其牢？茲用。　　【《合》35837】

上舉兩版的卜辭，就是在甲日卜問是否要舉行祊祭，以牢牲祭祀武乙、丙日卜問是否要舉行祊祭，以牢牲祭祀武丁或康丁、癸日卜問是否要舉行祊祭，以牢牲祭祀祖甲。同樣對比第五期重要的先王，第五期中的卜日以丙、甲、癸三日爲多，而重要先王的前五位爲「武乙、祖甲、康丁、武丁、文丁」，由此可知，重要先王與卜日、祭日的關係密切，所以各使用牢、宰牲爲祭祀犧牲，所以可以看出大致上有某些干日爲多，然與受祭先王、妣的干名互相比對，則會發現祭牲與占卜、施祭日期沒有太直接的關係；簡言之，使用牢、宰牲這種較貴重的祭牲是因爲受祭對象較爲重要的關係，而非是在某個特定的干日施用。

第四節　牢、宰牲使用的時代性問題

檢閱所有的甲骨卜辭，會發現每一期使用牢牲或是宰牲的多寡並不相同，以下列出各期牢、宰牲使用的次數及百分比：〔註24〕

【數據來源請參本文頁123～229】

	牢			宰		
	大牢	小牢	牢	大宰	小宰	宰

〔註24〕此數據是《甲骨文合集》、《甲骨文合集補編》、《小屯南地甲骨》、《懷特氏等收藏甲骨文集》、《英國所藏甲骨集》、《東京大學東洋文化研究所藏甲骨文字》等甲骨著錄書的總合，再扣掉綴合、重版及校正過所得之數字。另《屯南》中，斷代爲康丁——武乙及無法斷代之卜辭則未納入統計。

<table>
<tr><td rowspan="4">第一期</td><td>0</td><td>2</td><td>72</td><td>1</td><td>128</td><td>660</td></tr>
<tr><td>0%</td><td>2.70%</td><td>97.30%</td><td>0.13%</td><td>16.22%</td><td>83.65%</td></tr>
<tr><td colspan="3">74（8.57%）</td><td colspan="3">789（91.43%）</td></tr>
<tr><td colspan="6">863（100%）</td></tr>
<tr><td rowspan="4">第二期</td><td>1</td><td>0</td><td>11</td><td>3</td><td>15</td><td>315</td></tr>
<tr><td>8.33%</td><td>0%</td><td>91.67%</td><td>0.90%</td><td>4.50%</td><td>94.59%</td></tr>
<tr><td colspan="3">12（3.48%）</td><td colspan="3">333（96.52%）</td></tr>
<tr><td colspan="6">345（100%）</td></tr>
<tr><td rowspan="4">第三期</td><td>24</td><td>10</td><td>445</td><td>2</td><td>103</td><td>85</td></tr>
<tr><td>5.01%</td><td>2.09</td><td>92.90%</td><td>1.05%</td><td>54.21%</td><td>44.74%</td></tr>
<tr><td colspan="3">479（71.60%）</td><td colspan="3">190（28.40%）</td></tr>
<tr><td colspan="6">669（100%）</td></tr>
<tr><td rowspan="4">第四期</td><td>34</td><td>6</td><td>670</td><td>2</td><td>85</td><td>66</td></tr>
<tr><td>4.79%</td><td>0.85%</td><td>94.37%</td><td>1.31%</td><td>55.56%</td><td>43.14%</td></tr>
<tr><td colspan="3">710（82.27%）</td><td colspan="3">153（17.73%）</td></tr>
<tr><td colspan="6">863（100%）</td></tr>
<tr><td rowspan="4">第五期</td><td>0</td><td>0</td><td>795</td><td>0</td><td>16</td><td>9</td></tr>
<tr><td>0%</td><td>0%</td><td>100%</td><td>0%</td><td>60.87%</td><td>39.13%</td></tr>
<tr><td colspan="3">795（96.95%）</td><td colspan="3">25（3.05%）</td></tr>
<tr><td colspan="6">820（100%）</td></tr>
<tr><td rowspan="4">王族卜辭</td><td>4</td><td>8</td><td>90</td><td>0</td><td>21</td><td>64</td></tr>
<tr><td>3.91%</td><td>7.84%</td><td>88.24%</td><td>0%</td><td>24.71%</td><td>75.29%</td></tr>
<tr><td colspan="3">102（54.55%）</td><td colspan="3">85（45.45%）</td></tr>
<tr><td colspan="6">187（100%）</td></tr>
</table>

將數據簡化爲圖表如下：

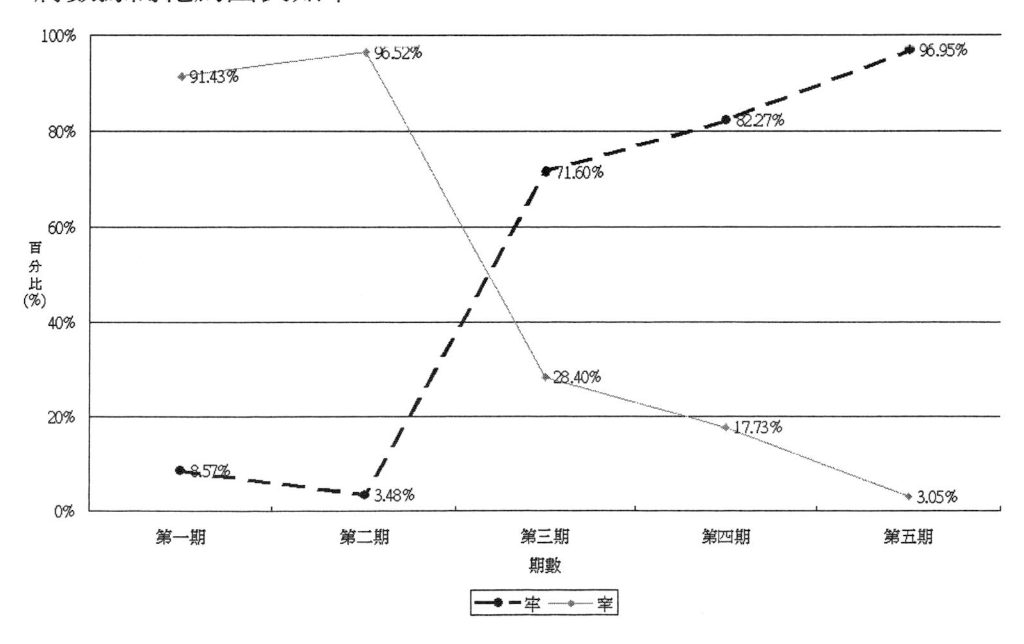

從圖表中可以很明顯的看出，在一、二期的時候使用宰牲爲多，兩期使用宰牲的比例都高達 90%以上，而第三期是一個轉變的時期，從此期開始，使用牢牲的數量開始增加，但仍有一定的比例是以宰爲祭牲，第四期則是延續著第三期的趨勢，乃至第五期，使用牢牲的情況達到巔峰，百分比高達近 97%；如不加入王族卜辭的統計資料，總體來說，兩牲之間使用的消長，甚至呈現一個「╳」形，然而消長的原因爲何，以下逐一討論之。

一般來說，殷商的祭祀系統有新、舊派之分，第一期的武丁、第二期的祖庚以及第四期爲舊派，反之第二期的祖甲、第三期以及第五期則爲新派。然而如下表所示，同爲舊派的第一、四期，卻是第一期多用宰、第四期多用牢；而祖庚、祖甲分屬不同的祀統，卻一樣多用宰牲。由此可知第一、二期宰牲爲多，爾後以牢牲爲多的使用情況，並非是新、舊派的祭祀習慣差異使然。

	第一期	第二期	第三期	第四期	第五期
祭祀系統	舊派	舊派／新派	新派	舊派	新派
用牲習慣	多用宰	多用宰	多用牢	多用牢	多用牢

若考慮牛、羊牲的供應來源，可知牛、羊的用牲狀況與牢、宰牲差異甚大，如下表所示：

<table>
<tr><th></th><th>牛</th><th>羊</th></tr>
<tr><td rowspan="2">第一期</td><td>1114（80.09%）</td><td>277（19.91%）</td></tr>
<tr><td colspan="2">1391（100%）</td></tr>
<tr><td rowspan="2">第二期</td><td>284（86.32%）</td><td>45（13.68%）</td></tr>
<tr><td colspan="2">329（100%）</td></tr>
<tr><td rowspan="2">第三期</td><td>424（79.85%）</td><td>107（20.15%）</td></tr>
<tr><td colspan="2">531（100%）</td></tr>
<tr><td rowspan="2">第四期</td><td>480（83.92%）</td><td>92（16.08%）</td></tr>
<tr><td colspan="2">572（100%）</td></tr>
<tr><td rowspan="2">第五期</td><td>837（96.32%）</td><td>32（3.68%）</td></tr>
<tr><td colspan="2">869（100%）</td></tr>
<tr><td rowspan="2">王族卜辭</td><td>133（50.00%）</td><td>133（50.00%）</td></tr>
<tr><td colspan="2">266（100%）</td></tr>
</table>

從上表可以得知，各期當中都是牛牲的使用率高於羊牲，第一期到第四期的情況較爲相似，牛、羊的使用比例約八比二，比較特別的是王族卜辭，牛、

羊二牲的比例各半，此一現象可能與王族卜辭的性質有關係，即王族卜辭地位不若商王室的卜辭，故使用牛牲的比例較低。而到了第五期牛牲的比例則高達了九成五。由此可知，牛牲的來源是穩定的，並無早期牛牲較少的情況。

從牢、㸲、牛、羊四牲各期的使用比例來看，從第一期到第五期，牛牲的使用機率一直高過於羊牲，且都維持在一定的比例，所以牢牲、㸲牲各期之間的消長，與牛、羊的多寡並無明顯關係。

再以受祭者爲觀察對象，各期中以牢、㸲牲來祭祀的受祭者非常多，考察各期使用牢、㸲二牲的受祭者，並比較之間的異同，發現差異性並不大。

從第一期使用牢、㸲牲的受祭者來比較，發現二牲皆可以用來祭祀自然神、先王妣以及舊臣，惟㸲牲還有祭祀先公的刻辭記錄。若深入的分析祭祀對象，則使用㸲牲的受祭者較使用牢牲者多，此一現象應該與第一期普遍使用㸲牲的實際狀況有密切的關係。在第一期中，由於飼養的設備及規模尚未發展，且馴養牛牲佔廄倉的空間較大，所以牢牲的產量少於㸲牲，故雖然牢或者㸲，都可以向祖丁、祖乙等重要的先王致祭，但是使用㸲牲所祭祀的對象較牢牲多且雜，表示㸲牲的等級低於牢牲。

第二期使用㸲牲的比例是五期中最高的。受祭者的情況與第一期相同，相對而言，使用牢牲的受祭者就少於使用㸲牲者，兩牲的受祭者之間，有很高的比例是重複的，故無法斷定是否是因爲尊貴程度不同而有所差異。

第三期使用牢、㸲牲的比例不若一、二期懸殊，故可以發現兩牲的受祭者有很高的雷同性，受祭對象諸如自然神以及先王妣。第四期與第一期的受祭者情況比較類似，受祭對象種類繁多，都包括了自然神祇、先公、先王妣以及舊臣；相較第一期，唯一的差異在於第四期使用牢牲爲祭牲的比例高於㸲牲，故牢牲的受祭者較㸲牲者多且雜。

第五期使用的牢牲比例達到了最高，然這一期不論是牢牲或㸲牲，受祭者相較於一到四期單純許多，不以牢、㸲牲祭自然神祇、先公及舊臣，有九成以上的比例是祭祀武丁以後的直系先王，如祭祀武丁有 19.30%、祖甲有 13.16%、康丁有 24.12%，武乙爲比例最高者，有 28.07%，文丁亦有 8.77%在，第五期儼然形成一套有規律的系統。

綜合比較各期的受祭者可以發現，前四期使用牢、㸲牲的受祭者以及祭祀所使用的祭儀皆較第五期複雜，到了第五期則是高達九成的比例會在舉行祊祭中選擇使用牢牲，〔註 25〕且祭祀對象多爲武丁後的直系先王。

如以牢、宰牲與其他祭牲的尊貴度而言，一般學者以爲牢、宰牲爲特牛（羊），是商代人特別飼養的牲畜，專以作祭祀之用。故其尊貴的程度大於一般的牛、羊，如姚孝遂即以《周禮》、《公羊傳》等經書中的例子爲佐證，認爲在祭祀中用牢、宰較一般牛、羊隆重。〔註 26〕姚氏的意見與上一章所討論等第輕重爲「羊→牛→宰→牢」的結果相同，以下則就卜辭中的例子來證明。

在第二期中有使用牛牲與宰牲然受祭者不同的卜辭：

> ☑貞：王賓祖乙奭妣庚歲伐于勿牛，暨兄庚二宰，亡尤？【《合》23331】

因爲殷人對於先王的重視程度高於先妣，所以由此可知，兄庚（即祖庚）的重要性高於祖乙奭妣庚，而選擇的祭牲也有等級輕重之別，即宰牲重於牛牲。在第三期中亦有卜辭提及牛與牢牲的選擇，其云：

> 己未卜：其侑歲于兄己一牛？
>
> 己未卜：其侑歲暨兄庚牢？【《合》27615】

此卜辭第一卜卜問以一牛祭祀兄己；而第二卜祭祀對象則是加入了兄庚，而祭牲則是使用牢。即牢牲的貴重程度足以用來祭祀兩位先王，而牛牲只能用來祭祀一位先王，故牢牲的重要程度大於牛牲。因前述牢並不等於二牛，故這版卜辭所言「暨兄庚牢」並非指兄己一牛、兄庚一牛。除此之外，亦可從卜辭的文法結構來證明，多位受祭者的合祭卜辭，有兩種不同的表現方式：

第一，多位受祭者使用同一組的祭牲。

（1）A 受祭者 暨 B 受祭者 ＋ 祭牲

> 丁卯卜，行貞：王賓祖丁歲暨父丁歲二宰，亡尤？在二月。
>
> 【《合》24305】

（2）A 受祭者、B 受祭者……＋ 祭牲

〔註 25〕舉行祊祭時，常以「牢、牢又一牛、勿牛、犅」四個選項來選擇，如《合》35818、《合》36032。

〔註 26〕姚孝遂：〈牢、宰考辨〉，《古文字研究》第九輯（北京：中華書局，1984 年），頁 32～33。

貞：禦自唐、大甲、大丁、祖乙，百羌百宰？上吉。【《合》300】

辛巳卜，𣪊貞：酒我匚大甲、祖乙，十伐十宰？　　【《合》904】

燎于河、王亥、上甲十牛、卯十宰？五月。　　【《合》1182】

第二，多位受祭者使用不同組的祭牲。

（1）A受祭者 ＋ 祭牲 暨 B受祭者 ＋ 祭牲

丁卯卜，行貞：王賓父丁歲宰，暨祖丁歲宰，亡尤？【《合》23030】

☐貞：王賓祖乙奭妣庚歲伐于匁牛，暨兄庚二宰，亡尤？【《合》23331】

乙巳卜，行貞：王賓祖乙三宰暨小乙歲二宰，亡尤？【《合》40951】

（2）A受祭者 ＋ 祭牲、B受祭者 ＋ 祭牲……

癸丑卜，𣪊貞：求年于大甲十宰、祖乙十宰？　　【《合》10115】

自上甲元示三牛、二示二牛？　　【《合》25025】

丙午貞：酒升歲于仲丁三牢、祖丁三牢？　　【《合》32816】

辛巳卜貞：來辛酉卯酒河十牛卯十牢、王亥燎十牛卯十牢、上甲燎十牛卯十牢？　　【《屯》1116】

甲子貞：升歲一牢？茲用侑升大乙一牢、大丁一牢、大甲一牢、☐一牢？　　【《屯》2420】

在卜辭當中，若同一卜辭中有兩位以上的受祭者，並且使用同一組祭牲，則受祭者在句子中的位置是相連的，受祭者之間不會插入祭牲；而不同的受祭者不使用同一組祭牲，即使使用相同份量的祭品，也會分列表示。故可以從《合》27615 一版的比較當中，得知牢牲的尊貴度大於牛牲；除此之外，《合》22159 一版亦可以看出牢的尊貴度高於牛，卜辭云：

庚申卜：酒自上甲一牛至示癸一牛、自大乙九示一牢、桄示一牛？

這條卜辭中分列了上甲、匚乙、匚丙、匚丁、示壬、示癸，並各以一牛來祭祀，而大乙九示則是使用了一牢作爲祭祀犧牲。通過統計，可以知道大乙的重要性高於上甲，吳俊德先生認爲：

雖卜辭周祭自上甲始，然上甲重要性似不若乙日三王（大乙、祖乙、小乙）；而大乙、祖乙、小乙三王的重要性則超乎預期，其比例多能

在各期名列前矛。〔註27〕

大乙的重要性高於上甲，則祭大乙九示所使用的一牢，尊貴度自然高於祭上甲所使用的一牛了。又《合》24305 一版中，有使用宰、牛祭祀不同先王的刻辭，其云：

丁卯卜，行貞：王賓祖丁歲暨父丁歲二宰，亡尤？在二月。

丁卯卜，行貞：王賓大戊歲二牛，亡尤？在二月。

祖丁及父丁以二宰爲祭牲，而大戊則是以二牛爲祭牲，二宰可以祭祀祖丁和父丁兩位先王，一般而言，對於父輩及直系祖輩的祭祀都較爲隆重，而據實際統計之後，吳俊德先生發現：

各期最重要的先王，幾乎就是「先父王」，如第二期的武丁、第四期的康丁。〔註28〕

除了先父王之外，直系的祖輩亦較受重視，吳俊德先生又云：

上列第一期重要先王中，除上甲、大乙、大甲外，餘7王爲父輩的象甲、小乙，祖父輩的祖丁、南庚，曾祖輩的祖辛、羌甲，高祖輩的祖乙，與時王武丁關係的親近相當明顯，較無分直系旁系之分。第二期之後旁系先王的重要性逐漸降低，受重視者多爲直系先王。〔註29〕

由此可知宰牲的尊貴度也是重於牛牲的，其原因當然是因爲牢、宰牲是特別圈養的祭牲，尊貴度自然大於一般的牲畜。

吳俊德先生系聯第四期卜辭中的祭祀用牲，並比較其輕重次第，其認爲：

系聯「牛、牢」（合32454）、「牢又一牛、二宰」（合33665）、「牢、牢又一牛」（合30937）、「豚、羊、小宰」、「小宰、牛、大牢」（合29558）五種用牲情形可得其輕重次第如下：豚→羊→小宰→牛→牢→牢又一牛→二宰。

另系聯「豚、羊、小宰」（合28180、30736）、「小宰、牛、大牢」（合

〔註27〕吳俊德先生：《殷卜辭先王稱謂綜論》，頁109。

〔註28〕吳俊德先生：《殷卜辭先王稱謂綜論》，頁109。

〔註29〕吳俊德先生：《殷卜辭先王稱謂綜論》，頁109。

29558）、「牛、小牢」（合 30714）三種用牲情形雖可得其輕重次第如下：豚→羊→小宰→牛→小牢→大牢……〔註 30〕

此說與本文「牢、宰牲爲特牲」的結論相符，而牢、宰二牲使用比例的多寡會因爲時期而有不同的差異，再如前一節所述，第二、三期的小宰，受祭者以先妣爲多，再者是第四期的宰牲，受祭者比例最高者爲自然神祇，佔了 50%，從這兩個現象可以顯示出，宰牲的重要性可能不若第一期而逐漸下降。到了第五期，隨著牢牲產量的增加，使用宰牲也只剩 3%的比例，甚至到了周代，宰字已經消失，只剩下牢字的存在。〔註 31〕

第五節　《花東》牢、宰牲使用分析

一、牢、宰比例分析

<table>
<tr><th rowspan="2"></th><th colspan="3">牢</th><th colspan="3">宰</th></tr>
<tr><th>大 牢</th><th>小 牢</th><th>牢</th><th>小 宰</th><th>大 宰</th><th>宰</th></tr>
<tr><td rowspan="5">花 東</td><td>0</td><td>0</td><td>48</td><td>39</td><td>0</td><td>28</td></tr>
<tr><td>0%</td><td>0%</td><td>100%</td><td>58.21%</td><td>0%</td><td>41.79%</td></tr>
<tr><td colspan="3">48（41.74%）</td><td colspan="3">67（58.26%）</td></tr>
<tr><td colspan="6">115</td></tr>
<tr><td colspan="2"></td><td>48
（63.16%）</td><td colspan="2"></td><td>28
（36.84%）</td></tr>
</table>

花東卜辭當中的牢、宰牲中比例相差不多，以宰牲比例較高。其中比較值得注意的是小宰的使用次數較宰爲多，根據上文所述，小宰牲的尊貴度低於牢牲或牛牲，故小宰使用次數較多的情況或許與花東卜辭的性質爲「子」有關係。

另外關於花東甲骨的時代問題，自花東甲骨出土後，學者利用卜辭上的人物、出土的地層關係以及伴出文物等資訊，將花東卜辭的時代斷定爲殷墟文化第一期晚段，大致相當於武丁早期。

然而有一些證據不並支持這樣的斷代結果，首先以鑽鑿型態而言，第一期

〔註 30〕吳俊德先生：《殷墟第四期祭祀卜辭研究》，頁 222。

〔註 31〕在金文中，宰字僅一見「[illegible]」（中國社會科學院考古研究所：《殷周金文集成》第 13 冊（北京：中華書局，1994 年 9 月），頁 61。然該字作爲族徽使用，詳見本文頁 138，附圖四。

的鑽鑿上有非常特別的尖針狀突出，而花東的鑽鑿型態反而比較接近第四期。其次是字形的部分，花東卜辭的字形是公認的晚期字形，然而《殷墟花園莊東地甲骨》一書卻做了這樣的解釋：

> H3 甲骨刻辭中有不少字，屬於過去學術界公認的晚期字形，尤其是四邊出頭的「癸」字、在字下面加一彎折筆劃的「占」字，一直被甲骨文研究者認爲是第五期（殷代晚期）的典型字體，因爲作爲一項斷代標準。但花東 H3 卜辭，這種「晚期」字體比比皆是。……這表明上述這些所謂的「晚期」字體早就出現了，只不過尚未流行，至帝乙、帝辛時期才被王的貞人集團所接受，成爲廣爲流傳的字體。〔註 32〕

筆者曾經就文字規範的角度整理過安陽甲骨第一期到第五期的文字，發現第一期甲骨上所契刻的的文字最爲整飭、異體字最少，並結合同爲工藝技術的鑽鑿型態來看，認爲與武丁時期的政治力最爲強大有關係。〔註 33〕由此觀之，加入字樣的概念來觀察花東卜辭，武丁時期政治力強大，而子卜辭的字形卻與王室之間的字形完全不同，此點是有可議之處的。

此外，吳俊德先生從地層及卜辭內容提出不同的看法，其認爲觀察花東甲骨的時代宜「就事不就人」，〔註 34〕並以花東卜辭中「征召方」一事，聯繫歷組卜辭中征召方的紀錄，斷定花東卜辭應屬第四期中晚期較爲適當。〔註 35〕

再觀察花東子卜辭與安陽卜辭的用牲習慣，因爲祭牲的使用屬於制度的層次，所以一時期應該有一時期的習慣，安陽卜辭中第一、二期使用祭牲的習慣是宰牲多於牢牲，且比例至少是九比一的比例，甚至第二期高達了九成五以上，而第五期則是相反，爲牢牲多於宰牲，比例上牢牲亦高達九成五以上。而花東卜辭中的用牢、宰牲的比例非常相近，比例爲 41.74%比 58.26%，這樣的比例

〔註 32〕中國社會科學院考古研究所編：《殷墟花園莊東地甲骨》（昆明：雲南人民出版社，2003 年），頁 20。

〔註 33〕詳參拙文〈從字樣角度試探甲骨相關問題〉，《有鳳初鳴年刊》第六期（臺北：東吳大學中文系碩博士班學生會，2010 年 10 月），頁 403～419。

〔註 34〕吳俊德先生：〈花東卜辭時代的異見〉，《北市大語文學報》第三期（臺北：臺北市立教育大學，2009 年 12 月），頁 91。

〔註 35〕吳俊德先生：〈花東卜辭時代的異見〉，頁 91～95。

不與第一期相同，反而與第四期的卜辭較為接近，而且花東卜辭的性質為「子」，尊貴度較王卜辭為低，所以用牢牲的次數不若安陽卜辭，由此來思考花東甲骨的時代性問題，將花東卜辭的時代斷為晚期應是較為合理的。

二、祭祀種類分析

花東卜辭當中亦有單一祀典與複合祀典狀況，其中單一祀典的舉行次數多於複合祀典的舉行次數，此一狀況與安陽卜辭的情況是一致的，以下表列花東牢、宰牲單、複祀典的比例：

	牢		宰	
	單一祭祀	複合祭祀	單一祭祀	複合祭祀
花東	28（73.68%）	10（26.32%）	38（86.36%）	6（13.64%）

以下將分為單一祀典及複合祀典兩部分來分析：

1、單一祀典

牢	歲	㞢	祰	𢼄	酒
	21	3	2	1	1
	75.00	10.71	7.14	3.57	3.57

宰	歲	𢼄	卯	侑	丗	禦	盤
	26	5	3	1	1	1	1
	68.42	13.16	7.89	2.63	2.63	2.63	2.63

很明顯的可以看出來，在花東卜辭當中，以牢、宰為祭牲時，都以歲祭為主要的施祭儀式，高達了七成左右，其餘的比例則相差甚多。

2、複合祀典

花東卜辭的複合祀典舉行次數較少，儀式也相對的簡單。

祭　　牲	祭　　名	祭　　儀	次　　數
牢	禦	丗	5
	升	歲	2
	祰	𢼄	2
	𢼄	祰	1

祭　　牲	祭　　名	祭　　儀	次　　數
宰	禦	丗	3

	歲	曹	2
	酒	革	1

花東卜辭的複合祀典以禦祭爲主，牢、宰二牲皆佔了 50%，而搭配舉行的祭儀則爲曹祭爲多。

以單一祀典而言，花東卜辭舉行的祭儀以歲祭爲多，其他有𡆥、𢻫、卯、祏等祭，情況與安陽甲骨的第三期祭祀性質較爲雷同，而複合祀典以禦、曹連祭的習慣則是比較特別的現象。

三、受祭對象分析

因爲學者多以爲是花東卜辭的時代爲武丁時期，即安陽卜辭的第一期，故花東卜辭中所出現的王、妣皆是以這樣的前提下進行排譜。本文在進行受祭對象分析時，先不預設其時代，而是直接觀察其受祭者，再進行其他討論。以下亦將受祭對象分成獨祭與合祭兩種進行討論，再與王卜辭進行比較。

以下列出二牲獨祭與合祭的比例：

	牢		宰	
	獨　祭	合　祭	獨　祭	合　祭
《花東》	34	3	44	3
	91.89%	8.11%	93.62%	6.38%

從表中可以清楚的得知，就兩牲獨祭與合祭的比例而言，皆以獨祭的比例爲高，花東在這一點上，與安陽甲骨所呈現的情況是一樣的。

1、獨　祭

牢	甲日先王	乙日先王	庚日先王、妣		辛日先王
	祖甲	祖乙	妣庚	祖庚	祖辛
	7	13	12	1	1
	20.59%	38.24%	35.29%	2.84%	2.84%
	20.59%	38.24%	38.24%		2.84%

宰（先王妣）	甲日先王妣		乙日先王	丙日先王	丁日先妣	庚日先妣
	祖甲	妣甲	祖乙	祖丙	妣丁	妣庚
	2	2	4	1	4	28
	4.55%	4.55%	9.09%	2.27%	9.09%	63.64%
	9.09%		9.09%	2.27%	9.09%	63.64%

宰（其他）	兄丁	子癸
	1	2
	2.27%	4.55%

在獨祭方面可以看出使用牢牲的受祭者較使用宰牲的受祭者單純，僅有先王、先妣兩類，祭祀先王的比例為 64.71%，高於祭祀先妣的 35.29%。若從個別的受祭者來觀察，先王方面被祭祀次數最多者為祖乙、先妣則為妣庚。

而宰牲的受祭者較牢牲為多，除了先王、妣之外還有三例是祭祀兄丁及子癸，兄丁與子癸不以牢牲祭祀，大致是因為牢牲尊貴度較於宰牲高。就先王、先妣及其他三者的比例而言，分別是 15.91%、77.27%及 6.82%，即祭祀先妣的次數最高，特別是妣庚最多，高達了 28 次。

若各別觀察使用宰與小宰的受祭者：

宰	妣庚	祖乙	兄丁
	14	1	1
	87.50	6.25%	6.25%

小宰	妣庚	妣丁	祖乙	祖甲	妣甲	子癸	祖丙
	14	4	3	2	2	2	1
	42.42%	12.12%	9.09%	6.06%	6.06%	6.06%	3.03%

宰牲受祭者僅三位，即妣庚、祖乙以及兄丁，祭妣庚的次數遠高於其他兩位，小宰牲的受祭者較多，除了祖甲、祖乙、妣庚外，還有其他在牢及宰牲未見的受祭者，祭祀先妣的比例高達 71.43%，所有受祭者中亦以妣庚的受祭次數為最多。

在王室的甲骨當中，不論是牢牲或宰牲的受祭者比例，皆以先王為最高，然在第三期的宰牲受祭者則以先妣為高，甚至是小宰牲先妣的受祭比例高出先王三成五之多，而如果是依學者對於花東所斷定的第一期來說，武丁期的宰牲使用狀況為祭先王的比例高於祭先妣的比例，高出有三成五之多，單看宰牲甚至有 60%的差距；換言之，即花東卜辭與武丁期的用牲狀況相似度非常的低。

2、合　祭

花東卜辭使用牢、宰牲的合祭次數不多，牢、宰牲皆只有三次。如下表所示：

祭　牲	牢	宰

			小　宰		宰
受祭對象	祖甲／祖乙／妣庚	祖乙／妣庚	祖乙／妣庚	祖甲／祖乙	祖乙／妣庚
次　數	2	1	1	1	1

花東使用牢、宰牲的合祭卜辭受祭對象並不特殊，就是祖甲、祖乙、妣庚三位先王妣的排列組合，其中合祭祖甲、祖乙的次數僅一次，其他兩種組合皆有兩次。〔註 36〕從這種現象可以推知，祖甲、祖乙、妣庚三位的確爲花東卜辭中最爲重要的三位先王、妣。

四、祭祀日期分析

花東卜辭的前辭形式變化很多，除了安陽卜辭中常見的干支卜、干支卜貞之外，還有干卜或是只記干支的形式，如：

壬卜：惟宰䝿妣庚？一　　【《花東》384】

丁丑：歲妣丁小宰？二　　【《花東》157】

故在統計的過程當中，沒有卜字的卜辭不能確定是卜日或者是詢問是否在該干日祭祀的祭日，本文則將之視爲祭日來處理。

	卜				日						祭				日					
	甲	乙	丙	丁	戊	己	庚	辛	壬	癸	甲	乙	丙	丁	戊	己	庚	辛	壬	癸
牢	2	3		1		3	2	2		2	3	7	1				7			2
宰	3	1	1	1	2	1	1	2	3		4	5		2			6	4		

從表格可以知道，牢、宰二牲的卜日較爲分散，也因爲數據偏少，並沒有那一干日是相對的多數。而在祭祀日期方面，兩牲皆在乙、庚日舉行祭典爲多，其他如在甲日祭祀的次數亦不少，宰牲則多了辛日。

若與受祭對象相比較，常見的祭日爲甲、乙、庚日，與重要的受祭者爲祖甲、祖乙、妣庚是相吻合的，證明祭日與受祭對象干名有高度的相關性。朱歧祥研究花東歲祭卜辭時曾分析含干支及祖妣名的句子共 249 句，並將之分成三類，其云：

（一）、天干與祭祀名相同的多達 150 例，佔 60.2%。（二）、天干比

〔註 36〕在《花東》115 中有一條卜辭爲（2）「乙巳：歲祖乙牢、牝，蠱于妣庚小宰？」其中祖乙、妣庚合祭，且牢、宰在同一條卜辭當中。故在統計次數時牢及宰各統計一次，然統計祖乙、妣庚的合祭次數不以兩次計算。

祭祀對象名稱僅早一天的有 22 例，佔 8.89%。這 22 例清楚的由前辭的「夕卜」、命辭貞問的「翌日」可以理解爲前一天晚上詢問第二天事宜的意思，祭祀的時間和祭祀對象名亦完全相合，性質應與(一)類的 150 例相當。(三)、天干與祭祀對象名稱完全無關的，有 77 例，佔 30.9%。換言之，花東歲字句的用法，其中記錄天干日可以和祖妣名有相對應關係的（一）（二）類計 172 例，佔高達全數的七成。〔註 37〕

由上述的比例可以，日期與受祭對象應有對應的關係，而非與祭牲有關。關於此點，花東甲骨與王室的甲骨卜辭結果是一致的。

第六節　與後世牢義的承繼關係

在先秦有許多記載當時禮儀文化的典籍，這些典籍當中亦有關於牢牲的記載，這些書籍中對牢的解釋，可以分爲兩個意見，其一爲「太牢爲牛羊豕、少牢爲羊豕」，其一爲「太牢爲特牛、少牢爲特羊」，舉例如下：

一、太牢爲牛羊豕、少牢爲羊豕

在《詩經》、《尚書》、《周禮》、《左傳》、《公羊傳》等經書中，皆有對於太牢及少牢的記載，如《儀禮．聘禮》即載：「餼二牢陳于門西，北面，東上：牛以西羊豕，豕西牛羊豕。」此段文字言明如果是二牢，第一套牛牲在最東邊，向西分別是羊牲與豕牲，第二套則在第一套豕牲的西方，可知《儀禮．聘禮》中的牢爲牛、羊、豕成套。除了經書外，在子部的《莊子》中亦有關於牢的記錄。而在後世的注疏中，皆注爲大牢爲牛羊豕、少牢爲羊豕，如《詩經》、《周禮》及《公羊傳》所載：

〈小雅．漁藻之什．瓠葉〉之毛詩序：「大夫刺幽王也。上棄禮而不能行，雖有牲牢饔餼，不肯用也。故思古之人，不以微薄廢禮焉。」鄭玄箋：「牛羊豕爲牲，繫養者曰牢。」

《周禮．天官．宰夫》：「凡朝覲會同賓客，以牢禮之灋，掌其牢禮。委積、膳獻飲食賓賜之飧，牽與其陳數。」鄭玄注：「三牲牛羊豕具

〔註 37〕朱歧祥：《殷墟花園莊東地甲骨論稿》（臺北：里仁書局，2008 年 11 月），頁 104。

> 爲一牢。」
>
> 《公羊傳・桓公八年》：「八年春，正月己卯，烝。烝者何？冬祭也。春曰祠，夏曰礿，秋曰嘗，冬曰烝。」何休引逸《禮》注：「天子諸侯卿大夫牛羊豕，凡三牲曰大牢；天子元士諸侯之卿大夫羊豕，凡二牲曰少牢；諸侯之士特豕。」

先秦的典籍中僅記載了使用牢禮的狀況，而漢代的經學家則將太牢與少牢解釋爲牛、羊、豕及羊、豕，鄭玄箋注《詩經》還說明了牢爲特別豢養的祭牲。到了唐代的注疏亦同，如孔穎達爲《尚書》、《左傳》正義、賈公彥爲《周禮》注疏，甚至是成玄英爲《莊子》注疏，皆有同樣的解釋，其云：

> 《尚書・周書・召誥》：「越三日丁巳，用牲於郊，牛二。越翼日戊午，乃社于新邑，牛一羊一豕一。」孔穎達《正義》：「告立社稷之位，用太牢也。」
>
> 《左傳・桓公六年》：「公曰：『吾牲牷肥腯，粢盛豐備，何則不信？』」孔穎達《正義》：「諸侯祭用大牢，祭以三牲爲主。知牲爲三牲，牛、羊、豕也。」
>
> 《周禮・秋官・大行人》：「上公之禮，執桓圭九寸，繅藉九寸，冕服九章，建常九斿，樊纓九就，貳車九乘，介九人，禮九牢……諸侯之禮：執信圭七寸，繅藉七寸，冕服七章，建常七斿，樊纓七就，貳車七乘，介七人，禮七牢……其他皆如諸侯之禮。」賈公彥疏：「云三牲備爲一牢者，《聘禮》致饔餼云牛一、羊一、豕一爲一牢，故知也。」
>
> 《莊子・至樂》：「奏九韶以爲樂，具太牢以爲膳。」成玄英疏：「太牢牛羊豕也。」

從漢代至唐代，因爲經師的注解，一般即認定太牢爲一牛、一羊、一豬，少牢爲一羊、一豬。

二、太牢爲特牛、少牢爲特羊

在所有的經典當中，僅《大戴禮記》將太牢解釋爲特牛、少牢解釋爲特羊，例證如下：

《大戴禮記・天圓》:「諸侯之祭牲牛，曰太牢。大夫之祭牲羊，曰少牢。士之祭牲特豕，曰饋食。」

從上述的經典中，大致可以知道牢有太牢（大牢）與少牢之分，而值得注意的是在於先秦典籍中的太牢、少牢的意義是否就是後世所解釋的意義？關於此點孔德成與屈萬里皆對此提出看法，孔氏云：

漢以來儒者，何休、韋昭、鄭玄、杜預等，皆以牛羊豕爲牢，或太牢；以羊豕爲少牢。……若《書・召誥》:「越翼日戊午，乃社于新邑，牛一羊一豕一。」若牛、羊、豕爲太牢，則應言太牢，不應言牛一、羊一、豕一也。是殷及周初所言之牢、太牢或少牢，不似何等之説也明矣。〔註38〕

屈萬里亦云：

祭祀所用的犧牲有所謂太牢、少牢；祭品中備有牛、羊、豬各一隻的就叫做太牢。主要也是因爲有一隻牛在裏邊，所以叫做太牢。要是沒有牛的話，只有羊和豬的叫做少牢。這是傳統三禮的說法。現在我們從甲骨文的紀錄來看看，事實並非如此。因爲在甲骨文的牢字有兩種寫法，一是寫作「牢」，一作「宰」。凡是用牛的都寫作「牢」。……由此我們知道傳統的太牢、少牢說。是有問題的，至少殷代不是這樣。〔註39〕

從本文前面的論述可以印證孔、屈兩位先生的論述是正確的，在殷代中的牢牲、宰牲與後世所言太牢、少牢的意義並不同，在經典之中，確實無牛、羊、豕就是太牢的說法。

從前文的統計資料可以知道，在殷商第一期是使用宰牲爲多，到了第五期則以使用牢牲佔大多數，幾乎不見宰牲的使用，到了周代宰牲則不復出現。對於此點，許進雄先生認爲：

商代祭祀使用的牛、羊犧牲各有兩種寫法：一是常見的以頭部代表

〔註38〕孔德成：〈釋牢宰〉,《臺灣大學文史哲學報》第十五期，收錄於《甲骨文獻集成》第12冊，頁367。

〔註39〕屈萬里：〈甲骨文資料對於書本文獻之糾正與補闕〉,《大陸雜誌》第二十八卷第十一期。(臺北：大陸雜誌社，1964年6月)，頁3。

> 全驅的牛、羊字。一是在牢圈中特別豢養的牢字。作一牛在欄中的牢字今日還在使用。大概是因爲羊已經失去重要家畜的地位，牢作羊在欄柵中的字形就被淘汰掉了。〔註40〕

文字在發展的過程當中，其意義有縮小、擴大、移轉等現象的產生，宰字到了周代消失，最有可能的情況牢字的意義擴大，所以宰字消失，宰字之義已經併入牢字。〔註41〕

綜合上面所述，商代的牢字指特別豢養的牛、宰字指特別豢養的羊，是較爲高級的祭牲。到了周代，太牢指特別飼養的牛，而宰字消失，則以少牢來指特別飼養的羊，太牢、少牢皆爲祭品中等級最高的，而太牢的貴重程度高於少牢。其後則根據漢代儒者對於典籍的注疏，太牢、少牢，就是一般所認知的牛、羊、豕成套及羊、豕成套。

《清史稿・志五十七》中記載：

> 牲牢四等：曰犢，曰特，曰太牢，曰少牢。色尚騂或黝。圜丘、方澤用犢，大明、夜明用特，天神、地祇、太歲、日、月、星辰、雲、雨、風、雷、社稷、嶽鎮、海瀆、太廟、先農、先蠶、先師、帝王、關帝、文昌用太牢。太廟西廡，文廟配哲、崇聖祠、帝王廟兩廡，關帝、文昌後殿，用少牢。光緒三十二年，崇聖正位改太牢。直省神祇、社稷、先農、關帝、先醫配位暨群祀用少牢。火神、東嶽、先醫正位，都城隍，皆太牢。太牢：羊一、牛一、豕一，少牢：羊、豕各一。〔註42〕

漢代以降，受到經師注疏的影響，即使到了清代太牢及少牢的意義皆未改變，太牢、少牢所祭祀的對象爲仍是對於國家重要的神祇。然而在清光緒前崇聖祠用少牢，光緒三十二年後，崇聖正位卻改用太牢，太牢地位未變，依然是牲牢四等中最高的，但是受祭對象變得更多，此一現象可以佐證在商代亦有擴大祭祀對象的情形，即在殷商甲骨第一期時，牢牲的畜養量較宰牲少，所以受祭對

〔註40〕許進雄先生：《中國古代社會》，頁76。

〔註41〕此一現象亦不在少數，如牡、羝、豭，後世羝、豭等字即消失，僅有牡字。牧字在甲骨文中亦有从牛及从羊的偏旁，爾後从羊之牧字亦消失。

〔註42〕趙爾巽、柯劭忞等：《清史稿》（臺北：鼎文書局，1981年9月）。

象以先王爲主，且都是殷人非常重視的先王，到了晚期後，由於畜牧的技術較早期成熟，牢牲的供給量增加，所以牢的地位不變，但是受祭對象變多，即使不是殷人那麼重視的受祭者，也可以享受到牢牲的祭祀。

第五章　結　論

牢字的意義已經有許多學者參與討論，然而並無一致的說法，故本文透過卜辭的全面檢索，以及所有的可能性分析，並從不同的時期進行比較，得出以下幾點結論，包括：一、牢字及宰字的實質意義爲何；二、殷卜辭中使用牢、宰牲的祭祀情況。另外，也從祭牲的使用情況，應用於甲骨學中的斷代，提供新的切入角度，以下一一詳述之。

第一節　殷卜辭中牢、宰之意義

一、牢字創意

牢字从宀从牛，本義應該豢養牲畜之的圈欄，爾後轉變爲祭祀的祭牲。在卜辭中還有宰、㛒、寓、家、騂、圂、寉等字形相似的字，皆爲建築物加上動物的結構，其中㛒爲巫師之名；寓爲一個地點，即爲現代的廄；家亦爲地點，是宗室之名，而騂字應爲馬匹之私名。換言之，所有形似字中，僅从牛之牢及从羊之宰爲祭祀犧牲。

在後世的典籍中已無宰字，僅出現牢字，故許多學者會認爲牢、宰二字爲異體的關係，甚至是宰字是誤刻。但是從許多同一版、同一條，甚至是選貞的卜辭中證明牢、宰二字並非異體的關係，只是因爲不同時期牢牲與宰牲的來源而有不同的使用頻率，以致於在各期的卜辭中出現頻率不同。

二、牢、宰內涵

本文試圖從數量、性別、品種、年齡以及飼養方式等各種可能的面向來討論牢、宰二牲的實質內涵：

1、數　量

就數量而言，胡厚宣認爲牢爲二牛、宰爲二羊，甚至認爲這一對祭牲爲一牡一牝，然從有二牛、三牛、十牛以及牢在同一條刻辭當中，甚至在《合補》13385 中有「三牢又三牛」之辭例，可以證明牢與牛、宰與羊應該不在於數量上的差異。

2、性　別

就性別而言，分析商代的語言詞彙系統中可以發現，甲骨中已經有指稱公牛、母牛的牡、牝以及指稱公羊、母羊的𦍋、牝，甚至其他的牲畜或是捕獲的野獸也都有相同的詞彙系統，即直接以牲畜加上「士」或「匕」來表示其公、母。又《花東》354 一版有「乙亥：歲祖乙小[illegible]，子祝？」一辭例，更可以證明牢、宰並非特指某種性別的牲畜。

3、品　種

就品種而言，以現在的考古技術及科學分析，可以得知殷商時期的牛、羊品種，然殷人並不需要以 DNA 等後世先進的技術來分辨牲畜，其辨別的方式是以毛色、體型、牡牝、功能等外在的形象或實際的功用來辨別，再加上刻辭中的確是以公母、毛色、體型大小來區分牲畜的不同之處，故牢、宰牲亦非指特殊品種的牛、羊。

4、毛　色

就毛色而言，形容牲畜毛色的有黑、白、黃、赤、幽、戠等六種，如上所述，商代的語言詞彙系統應該是一致的。卜辭上的詞彙系統習慣是以顏色加上名物類，如白馬、黑羊、幽牛等等，並不會特別爲特定的牲畜顏色創一專字，再加上卜辭中有[illegible]字（《屯》2308）及[illegible]字（《合》6947 正），更可以知道牢與宰應爲一名物而非顏色詞。

5、年　齡

就年齡而言，在卜辭中亦有記載牲畜年齡的專字，如[illegible]、[illegible]、[illegible]、[illegible]、[illegible]等字，可以知道標記年齡的方式即是在牛字上直接加上橫筆，標記牲畜年齡對殷人在日常生活中的使用是有必要的，諸如在祭祀時可以更詳細安排所獻祭的牲畜，亦可由得知牢、宰牲並非爲表示不同年齡的牲畜而造的專字。

從卜辭中標記牲畜年齡的專字可以強化商代豢養牛牲之說，而牢、宰字的本義即爲豢養牲畜的圈欄，而後來成爲祭祀所用的犧牲，而經典中有記載因爲牲品受到小損傷而改卜牛之事，顯示先民對於祭祀的任何細節都非常的小心謹慎，從祭牲的特別飼養到獻牲的謹愼，都可以證明牢、宰字是指特別用飼養專以用來祭祀的牲品；因爲牛、羊不若豬隻已習慣被殷人飼養於室內，若將牛、羊養於室內，所花費的成本以及需要的設備都必須多所講求，所以專門豢養用於祭祀的牢、宰二牲，尊貴度自然比一般的牛、羊要來得高。

第二節　殷卜辭中牢、宰的祭祀情況

一、時代性

從各期卜辭的統計中可以得知，各期使用牢牲或宰牲的狀況皆有不同，簡言之，一、二多用宰牲，三、四、五期以及王族卜辭則慣用牢牲。而一、二、五期的牢、宰比例是比較懸殊且極端的。考察其所使用的祭儀、受祭對象以及新、舊派祀典的差異，可以發現各期使用牢、宰牲所舉行的祀典差異並不大，且亦非新、舊派祀典習慣的不同。然觀察受祭者可以發現，雖然第一期牢牲使用比例低，然所祭者皆爲重要先王，而雖然宰牲使用比例高，然祭祀對象較雜；而第五期牢牲使用比例高，所祭者皆爲重要的先王，然用宰牲來祭祀的比例已經大幅降低。顯然各期使用的比例高低與受祭對象及牲畜的產量有密切關係，第一期牢牲少，所以用來致祭的對象相對也比較重要，而雖然宰牲多，但是受祭的對象顯然較雜，且部分對象的重要性偏低，故可知牢牲的尊貴度高於宰牲、牢宰牲的尊貴度又高於牛羊；到了晚期，因爲設備的進步，所以牢牲豢養的數量增加，所以能夠受祭的對象範圍擴大，而宰牲則是使用率大幅下降，兩牲相較，牢牲的尊貴度仍重於宰牲。

二、祭祀種類

各期使用牢、宰牲的祀典皆以單一祀典的比例高於複合祀典。就單一祀典而言，可以看出使用牢牲及宰牲所舉行的祀典差異不大：

第一期	牢	祭典	侑	卯	燎
	宰		侑	燎	酉
第二期	牢	祭典	侑	歲	求
	宰		歲	侑	卯
第三期	牢	祭典	歲	卯	侑
	宰		侑	歲	祏
第四期	牢	祭典	卯	侑	燎
	宰		燎	求	卯
第五期	牢	祭典	祊	卯	
	宰		祊		
王族卜辭	牢	祭典	侑	禦	用
	宰		侑	禦	用

從上表可以知道，除了第五期是以舉行祊祭爲主之外，其他四期大致上在使用牢、宰牲時，都會有比較高的比例舉行侑、歲、卯、燎等四種祭儀。

三、祭祀對象

使用牢、宰牲的受祭對象有獨祭及合祭兩種情況，各期皆以獨祭的比例較高，特別到了第五期已經沒有合祭的情況了。

先就合祭而言，受祭對象以先王、妣爲多，與獨祭卜辭的受祭對象比較並無太大的差異性。

就獨祭而言，使用牢、宰的受祭對象有先公、先王、先妣、自然神以及其他五類，各期主要以先王的受祭比例較高，惟第二、三期的小宰牲以祭祀先妣爲多，第四期的宰牲以祭祀自然神祇爲多。在眾多的先王當中，大致可以看出受祭者以父輩、乙日及丁日先王爲多，如大乙、祖乙、武丁；先公當中以土、夒及[illegible]三位爲多；自然神當中則以河及岳受祭的比例爲高。〔註 1〕可以發現，重要的受祭者以牢牲致祭的比例較高，次要的受祭者則是以宰牲爲高，證明牢牲的重要性高於宰牲。

若加入牛、羊牲比較，其使用比例亦以先王類爲最，然比例不若牢、宰牲高。其次大約是先妣或是自然神，而在牢、宰牲中，使用比例最低的其他類，在羊牲的使用比例卻多爲第二或第三，表示羊牲的尊貴度應該是四牲中最低

〔註 1〕因爲許多先妣僅有「妣某」而未有夫名，故無法統計哪位先妣的受祭次數較多。

的。由此可以系聯四牲的尊貴度由高至低爲：牢→宰→牛→羊。

四、祭祀日期

從各期的卜日、祭日以及受祭對象三者交叉比較，卜日、祭日多在乙、丁日，而受祭對象亦以乙日或丁日先王爲多，可以得知使用牢、宰二牲並不會選擇某個特定的日期，而是因爲選擇了某些重要的祭祀對象後再進一步占卜是否使用牢、宰牲。

五、與後世牢牲的承繼關係

後世典籍中有許多關於太牢以及少牢的記錄，是當時最隆重的兩種牲品，漢代以後的注疏家多將太牢注解爲牛一、羊一、豕一，少牢爲羊一、豕一。但是我們可以從前面的研究得知，商代的牢及宰就是指特別豢養的牛及羊，何以到了周代即變成了牛、羊、豬三牲及羊、豬二牲。

若將材料鎖定在先秦的經、傳上，會發現經、傳上並無太牢爲牛、羊、豕及少牢爲羊、豕之言。另外，在《大戴禮記・天圓》中載：「諸侯之祭牲牛，曰太牢。大夫之祭牲羊，曰少牢。士之祭牲特豕，曰饋食。」此段所言較爲符合牢義的演變，即商代的牢、宰指特別豢養的牛、羊，到了周代因爲文字的演變而宰字消失，所以用太牢指特別飼養的牛、少牢指特別飼養的羊，而漢代以降則以牛、羊、豬三牲合稱太牢，羊、豬二牲合稱少牢。此內涵到了清代仍相同，可以知道關於牢的實際內容應該是因爲經師的注解錯誤，而後世沿用這些錯誤的說法，遂成定說。

第三節　本文於甲骨學上的應用

本文針對商代重要的兩種祭祀犧牲——牢與宰進行考察，會發現各期的用牲習慣不太相同，若將時代尚有爭議性的王族卜辭以及花東卜辭抽離出來，即如前所述，第一期到第五期的牢、宰牲使用情況的消長會呈現「╳」形。

使用何種祭牲應該是爲一個時代的風尚或是習慣，甚至是一個時代的生產要素或時人的味覺產生變化，因爲這些變項與當時的大環境有關，包括氣候會影響當時的物產或者是牲畜的生長，物產或牲畜的多寡會進一步影響當時期對於該物品的想法或是重視程度，故以各期已知的牲畜比例來觀察未知的甲骨時代，或許是另一個新的切入點。

一、王族卜辭

王族卜辭最先是由董作賓將其時代斷定爲文武丁時，即爲第四期，而後貝塚茂樹、陳夢家從坑位、字體、稱謂等理由，提出王族卜辭爲第一期的說法，此後學者紛紛提出不同的探討角度，對這批甲骨的時代進行辯論。對此吳俊德先生已做詳盡的整理，〔註2〕其後也運用鑽鑿以及語序的研究，提出該批卜辭應爲晚期之說。

如前所言，每個時期使用祭牲的狀況，會反映出該時期的特色，以下列出王族卜辭使用牢、宰牲的情況：

	牢			宰		
	大 牢	小 牢	牢	大 宰	小 宰	宰
王族卜辭	4	8	91	0	21	64
	3.88%	7.77%	88.35%	0%	24.71%	75.29%
	103（54.79%）			85（45.21%）		

從王族卜辭的牢、宰牲使用情況來看，其比例爲 54.79%與 45.21%基本上非常的相近，很明顯的與第一期中九成以上皆使用宰牲的情況不同，其比例反而接近晚期的用牲狀況；又因王族卜辭的地位較王卜辭低，相對用牢的比例較低，所以牢牲使用比例比王少，而宰牲比例較高。

再從祭祀對象來比較，第一期不論牢牲或宰牲有高達六成五的比例是祭祀先王，祭祀先妣、自然神祇約兩成，先公與其他的比例皆不到一成，而王族卜辭以牢牲祭祀先王僅約五成，先妣約兩成，其他亦有兩成，而以宰牲祭祀先王的比例則僅降至三成左右。此一現象與第四期有六成五的比例以牢牲祭先王，但使用宰牲祭祀先王卻只降至兩成的情況相仿。

從此用牲比例以及受祭對象的比較來看，王族卜辭的時代應較接近於晚期，而非屬於武丁時期的卜辭。

二、花東卜辭

關於花東甲骨的時代問題，許多的學者將其斷定爲殷墟文化第一期晚段，

〔註2〕吳俊德先生：《殷墟第四期祭祀卜辭研究》，頁 22～28。

大致相當於武丁早期，但是從鑽鑿型態、字形以及卜辭的內容等面向來觀察，並不合於這樣的斷代結果。

故本文再以屬於制度層次的用牲習慣來觀察，以下表列出花東牢、宰牲的使用情況：

	牢			宰		
	大 牢	小 牢	牢	大 宰	小 宰	宰
花東	0	0	48	0	39	28
	0%	0%	100%	0%	58.21%	41.79%
	48（41.74%）			67（58.26%）		

花東卜辭中的用牢、宰牲的比例非常相近，比例為 41.74%比 58.26%。若與安陽卜辭的用牲狀況來比較，花東卜辭的用牲習慣與第一期有九成比例皆用宰牲的情況相差甚遠，亦較接近晚期的習慣，更精確的說花東卜辭牢、宰牲的用牲比較接近於王族卜辭。而且子的地位較王室低，其牢牲的使用比例應更低於，但實際上的情況是用牢的比例增加，亦說明花東卜辭應為晚期

綜合上面所述，本文將各期使用牢牲以及宰牲的習慣，運用於斷代上，發現王族卜辭及花東卜辭的用牲習慣較接近於晚期的情況。由此也提供斷代不同的思考角度。

參考暨引用書目

一、專　書

（一）古　籍

1. 《十三經注疏》，臺北，藝文印書館。（1997）
2. （西漢）司馬遷，《史記》，臺北，鼎文書局。（1986）
3. （東漢）班固，《漢書》，臺北，鼎文書局。（1979）
4. （東漢）許慎撰、（宋）徐鉉校定，《說文解字》，北京，中華書局。（2007）
5. （東漢）許慎撰、（清）段玉裁注，《說文解字注》，臺北，洪葉文化公司。（2001）
6. 趙爾巽、柯劭忞等，《清史稿》，臺北，鼎文書局。（1981）

（二）專　著

1、甲骨材料

1. 中國社會科學院考古研究所，《小屯南地甲骨》，北京，中華書局。（1980～1983）
2. 中國社會科學院考古研究所，《殷周金文集成》第十三冊，北京，中華書局。（1994）
3. 中國社會科學院考古研究所，《殷墟花園莊東地甲骨》，昆明，雲南人民出版社。（2003）
4. 中國社會科學院歷史研究所，《甲骨文合集補編》，北京，語文出版社。（1999）
5. 李學勤、齊文心、艾蘭，《英國所藏甲骨集》，北京，中華書局。（1985）
6. 貝塚茂樹，《京都大學人文科學研究所藏甲骨文字・本文篇》，京都，京都大學人文科學研究所。（1960）
7. 姚孝遂主編，《殷墟甲骨刻辭摹釋總集》，北京，中華書局。（1988）
8. 姚孝遂主編，《殷墟甲骨刻辭類纂》，北京，中華書局。（1989）
9. 松丸道雄編，《東京大學東洋文化研究所藏甲骨文字・圖版篇》，東京，東京大學東洋文化研究所。（1983）
10. 胡厚宣主編，《甲骨文合集材料來源表》，北京，中國社會科學院。（1999）
11. 胡厚宣編，《蘇德美日所見甲骨集》，成都，四川辭書出版社。（1988）
12. 許進雄先生，《The Menzies Collection of Shang Dynasty Oracle Bones: A Catalogue》，多

倫多，安大略省博物館。（1972）

13. 許進雄先生，《The Menzies Collection of Shang Dynasty Oracle Bones: The Text》，多倫多，安大略省博物館。（1977）
14. 許進雄先生，《Oracle Bones From the White and Other Collections》，多倫多，安大略省博物館。（1979）
15. 郭沫若主編，《甲骨文合集》，北京，中華書局。（1982）

2、論　著

1. 丁福保，《說文解字詁林正補合編》，臺北，鼎文書局。（1983）
2. 于省吾主編，《甲骨文字詁林》，北京，中華書局。（1999）
3. 王平、（德）顧彬，《甲骨文與殷商人祭》，鄭州，大象出版社。（2007）
4. 王宇信，《中國甲骨學》，上海，上海人民出版社。（2009）
5. 王宇信、楊升南，《甲骨學一百年》，北京，社會科學文獻出版社。（1999）
6. 王國維，《觀堂集林》，臺北，河洛圖書出版社。（1975）
7. 白于藍，《殷墟甲骨刻辭摹釋總集校訂》，福州，福建人民出版社。（2004）
8. 白川靜，《漢字の世界——中国文化の原点》，東京，平凡社株式会社。（1977）
9. 白川靜著，溫天河、蔡哲茂譯，《甲骨文的世界——古殷王朝的締構》，臺北，巨流圖書公司。（1977）
10. 古文字詁林編纂委員會編，《古文字詁林》，上海，上海教育出版社。（2000）
11. 甲骨文研究資料彙編編委會編，《甲骨文研究資料彙編》，北京，北京圖書館出版社。（2008）
12. 朱歧祥，《甲骨學論叢》，臺北，學生書局。（1992）
13. 朱歧祥，《殷墟花園莊東地甲骨論稿》，臺北，里仁書局。（2008）
14. 吳俊德先生，《殷墟第三、四期甲骨斷代研究》，臺北，藝文印書館。（1999）
15. 吳俊德先生，《殷墟第四期祭祀卜辭研究》，臺北，國立臺灣大學出版委員會。（2005）
16. 吳俊德先生，《殷卜辭先王稱謂綜論》，臺北，里仁書局。（2010）
17. 宋鎮豪，《百年甲骨學論著目》，北京，語文出版社。（1999）
18. 宋鎮豪、段志洪主編，《甲骨文獻集成》，成都，四川大學出版社。（2001）
19. 李孝定，《甲骨文字集釋》，臺北，中研院史語所。（1965）
20. 金祥恆，《續甲骨文編》，臺北，藝文印書館。（1993）
21. 松丸道雄、高嶋謙一，《甲骨文字字釋綜覽》，東京，東京大學出版社。（1993）
22. 邱懷主編，《中國黃牛》，北京，農業出版社。（1992）
23. 姚孝遂、肖丁，《小屯南地甲骨考釋》，北京，中華書局。（1985）
24. 姚萱，《殷墟花園莊東地甲骨卜辭的初步研究》，北京，線裝書局。（2006）
25. 島邦男，《殷虛卜辭綜類》，臺北，大通書局。（1970）
26. 島邦男著，濮茅左、顧偉良譯，《殷墟卜辭研究》，上海，上海古籍出版社。（2006）

27. 唐蘭，《天壤閣甲骨文存》，北京，輔仁大學。(1939)
28. 唐蘭，《古文字學導論》，濟南：齊魯書社。(1981)
29. 孫海波，《甲骨文編》(改訂版)，京都，中文出版社。(1982)
30. 高明，《中國古文字學通論》，北京，北京大學出版社。(1996)
31. 徐中舒主編，《甲骨文字典》，成都，四川辭書出版社。(1988)
32. 許進雄先生，《中國古代社會》(修訂本)，臺北，商務印書館。(1995)
33. 許進雄先生，《古文諧聲字根》，臺北，商務印書館。(1995)
34. 許進雄先生，《簡明中國文字學》，北京，中華書局。(2009)
35. 許進雄先生，《許進雄古文字論集》，北京，中華書局。(2010)
36. 郭沫若，《殷契粹編》，臺北，大通書局。(1977)
37. 陳夢家，《殷虛卜辭綜述》，北京市，中華書局。(1988)
38. 葉玉森，《殷虛書契前編集釋》，臺北，藝文印書館。(1966)
39. 葉蜚聲、徐通鏘，《語言學綱要》，臺北，書林出版公司。(1994)
40. 裘錫圭著、許錟輝校訂，《文字學概要》，臺北，萬卷樓圖書公司。(2008)
41. 鄒曉麗、李彤、馮麗萍著，《甲骨文字學述要》，長沙，岳麓書社。(1999)
42. 楊寶成，《殷墟文化研究》，武漢，武漢大學出版社。(2002)
43. 趙誠，《甲骨文簡明詞典》，北京，中華書局。(1990)
44. 趙誠，《甲骨文字學綱要》，北京，中華書局。(2009)
45. 劉釗，《古文字構形學》，福州，福建人民出版社。(2006)
46. 蔡哲茂，《甲骨綴合續集》，臺北，文津出版社。(2004)
47. 謝成俠，《中國養牛羊史》，北京，農業出版社。(1985)
48. 謝成俠，《中國養馬史》，北京，農業出版社。(1991)
49. 羅振玉，《殷虛書契考釋》，臺北，藝文印書館。(1975)
50. 羅振玉，《殷虛文字類編》，臺北，文史哲出版社。(1979)

二、單篇論文

1. 孔德成，〈釋牢宰〉，臺北，《臺灣大學文史哲學報》第十五期。(1966)
2. 石璋如，〈殷車復原說明〉，臺北，《歷史語言研究所集刊》第五十八本（1987)。
3. 田倩君，〈說家〉，臺北，《中國文字》二十三期。(1967)
4. 伍士謙，〈微氏家族銅器群年代初探〉，北京，《古文字研究》第五輯。(2005)
5. 吳俊德先生，〈花東卜辭時代的異見〉，臺北，《北市大語文學報》第三期。(2009)
6. 李宗焜，〈卜辭所見一日內時稱考〉，舊金山，《中國文字》新十八期。(1994)
7. 屈萬里，〈甲骨文資料對於書本文獻之糾正與補闕〉，臺北，《大陸雜誌》第二十八卷第十一期。(1964)
8. 胡厚宣，〈釋牢〉，臺北，《中央研究院歷史語言研究所集刊》第八本第二分。(1939)

9. 胡厚宣，〈臨淄孫氏舊藏甲骨文字考辨〉，北京，《文物》第九期。(1973)
10. 姚孝遂，〈牢窐考辨〉，北京，《古文字研究》第九輯。(1984)
11. 高嶋謙一，〈問鼎〉，北京，《古文字研究》第九輯。(1984)
12. 連劭名，〈史牆盤銘文研究〉，北京，《古文字研究》第八輯。(2005)
13. 常玉芝，〈說文武帝——兼略述商末祭祀制度的變化〉，北京，《古文字研究》第四輯。(1980)
14. 張亞初，〈古文字分類考釋論稿〉，北京，《古文字研究》第十七輯。(1989)
15. 張秉權，〈祭祀卜辭中的犧牲〉，臺北，《中央研究院歷史語言研究所集刊》第三十八本。(1968)
16. 陳冠勳，〈從字樣角度試探甲骨相關問題〉，臺北，《有鳳初鳴年刊》第六期。(2010)
17. 黃天樹，〈殷墟甲骨文白天時稱補說〉，北京，《中國語文》2005 年五期（總三〇八期）。
18. 楊鍾健、劉東生，〈安陽殷墟之哺乳動物群補遺〉，上海，《中國考古學報》第四冊。(1949)
19. 趙誠，〈牆盤銘文補釋〉，北京，《古文字研究》第五輯。(2005)
20. 劉一曼、曹定雲，〈殷墟花東 H3 卜辭中的馬——兼論商代馬匹的使用〉，安陽，《殷都學刊》第一期。(2004)
21. 鍾柏生，〈卜辭中所見殷代的軍禮之二——殷代的大蒐禮〉，舊金山，《中國文字》新十六期。(1992)
22. 嚴一萍，〈《說文》特㹅牭犙四字辨源〉，臺北，《中國文字》第二期。(1961 年)
23. 嚴一萍，〈牢義新釋〉，臺北，《中國文字》三十八期。(1970)
24. 嚴一萍，〈牢義補證〉，臺北，《中國文字》新六期。(1982)

三、學位論文

1. 邱德修，《商周禮制中鼎之研究》，臺北，臺灣師範大學國文研究所博士論文。(1981)
2. 秦嶺，《甲骨卜辭所見商代祭祀用牲研究》，上海，華東師範大學中國語言文學系碩士論文。(2007)
3. 施順生，《甲骨文異體字研究》，臺北，中國文化大學中國文學研究所碩士論文 (1991)
4. 孫叡徹，《從甲骨卜辭來研討殷商的祭祀》，臺北，臺灣大學中國文學研究所碩士論文。(1980)
5. 張榮焜，《殷墟花園莊東地甲骨字形研究》，臺北，臺灣師範大學國文學系在職進修碩士班碩士論文。(2004)
6. 陳佩君，《甲骨文又字句研究》，臺中，靜宜大學中國文學研究所碩士論論文。(2004)
7. 莊璧華，《台灣白水牛毛色基因之探討》，花蓮，國立東華大學生物技術研究所碩士論文。(2007)
8. 潘佳賢，《殷卜辭祭品研究》，臺北，臺灣師範大學國文學系在職進修碩士班碩士論文。(2002)

附錄

一、圖版

【附圖一】《合》321

30597

【附圖二】《合》30597

2214

【附圖三】《合》2214

【附圖四】〈宰爵〉

二、統計資料表

【各期獨祭祀典統計表】

第一期

牢	侑	卯	燎	酒	餗	𠕋	禦
	17	6	3	2	2	2	1

宰	侑	燎	𠕋	卯	酒	禦	用	㞢	告	埋	求
	134	44	28	26	23	16	8	7	6	6	6
	囡	叔	沉	輱	[illegible]	歲	鼎	衣	肇	攺	往
	5	3	2	4	1	1	1	1	1	1	1

第二期

牢	侑	求	歲	[illegible]
	3	1	1	1

宰	歲	侑	卯	召	叔	祏	攺	酒	率
	98	27	16	4	3	2	1	1	1

第三期

牢	歲	卯	侑	祏	酒	杏	燎	𥙀	競	祒
	18	13	12	11	7	4	3	2	2	2
	祭	𠕋	師	升	囡	伐	餗	剛	彈	往
	1	1	1	1	1	1	1	1	1	1

宰	侑	歲	祏	卯	酒	告	競	史	杏	祝	[illegible]
	16	9	5	4	2	1	1	1	1	1	1

第四期

牢	卯	侑	燎	歲	囡	杏	酒	祏	沉	戠
	33	30	25	24	14	4	3	3	2	2
	禦	[illegible]	[illegible]	寧	競	告	烄	用	求	禦
	2	2	1	1	1	1	1	1	4	1

宰	燎	求	卯	禦	酒	侑	歲
	38	4	3	2	2	1	1

第五期

牢	祊	卯
	161	9

<table>
<tr><td rowspan="2">宰</td><td>祊</td></tr>
<tr><td>1</td></tr>
</table>

王族卜辭

<table>
<tr><td rowspan="2">牢</td><td>侑</td><td>禦</td><td>用</td><td>酒</td><td>燎</td><td>歲</td><td>冊</td><td>攺</td></tr>
<tr><td>14</td><td>12</td><td>6</td><td>4</td><td>2</td><td>2</td><td>1</td><td>1</td></tr>
</table>

<table>
<tr><td rowspan="2">宰</td><td>侑</td><td>禦</td><td>用</td><td>燎</td><td>酒</td><td>冊</td><td>束</td><td>𢧵</td><td>盟</td><td>埋</td><td>升</td><td>鼎</td></tr>
<tr><td>7</td><td>7</td><td>3</td><td>3</td><td>3</td><td>2</td><td>2</td><td>1</td><td>1</td><td>1</td><td>1</td><td>1</td></tr>
</table>

三、出處來源表

【出處來源表一】：受祭者性別與祭牲牡牝數字來源表

<table>
<tr><th>出　處</th><th>對　象</th><th>祭　牲</th><th>出　處</th><th>對　象</th><th>祭　牲</th></tr>
<tr><td>《合》784</td><td>高妣己</td><td>三⿰羊土</td><td rowspan="2">《合》23644</td><td>母</td><td>⿰羊土</td></tr>
<tr><td>《合》1142 正</td><td>上甲</td><td>七牡</td><td>母</td><td>⿰羊匕</td></tr>
<tr><td>《合》1951</td><td>丁</td><td>⿰羊土</td><td rowspan="2">《合》23498</td><td>兄庚</td><td>牡</td></tr>
<tr><td rowspan="3">《合》2131</td><td>父甲</td><td>⿰羊土</td><td>兄庚</td><td>牝</td></tr>
<tr><td>父庚</td><td>⿰羊土</td><td>《合》23499</td><td>兄庚</td><td>牡</td></tr>
<tr><td>父辛</td><td>⿰羊土</td><td>《合》23501</td><td>兄庚</td><td>牡</td></tr>
<tr><td>《合》2425</td><td>妣己</td><td>一⿰羊土</td><td>《合》23529</td><td>子妻</td><td>⿰羊土</td></tr>
<tr><td>《合》2456</td><td>母庚</td><td>牡</td><td>《合》23539</td><td>子利</td><td>⿰羊土</td></tr>
<tr><td>《合》3139</td><td>子[illegible]</td><td>牡三</td><td>《合》25159</td><td>妣</td><td>牡</td></tr>
<tr><td>《合》6653 正</td><td>祖乙</td><td>宰又牝</td><td>《合》23161</td><td>妣</td><td>牡</td></tr>
<tr><td rowspan="2">《合》22713</td><td>示壬</td><td>⿰羊土</td><td>《合》27340</td><td>二祖辛</td><td>牡</td></tr>
<tr><td>示癸</td><td>⿰羊土</td><td>《合》27469</td><td>父甲</td><td>牡</td></tr>
<tr><td>《合》22884</td><td>祖乙</td><td>牡</td><td rowspan="2">《合》27583</td><td>母戊</td><td>牡</td></tr>
<tr><td>《合》22904</td><td>祖乙</td><td>白牡三</td><td>母戊</td><td>牝</td></tr>
<tr><td>《合》22954</td><td>祖乙</td><td>牝</td><td rowspan="2">《合》27583</td><td>母戊</td><td>牡</td></tr>
<tr><td rowspan="2">《合》22996</td><td>祖辛</td><td>宰牡</td><td>母戊</td><td>牝</td></tr>
<tr><td>祖辛</td><td>宰牝</td><td rowspan="2">《合》27596</td><td>母己</td><td>牡</td></tr>
<tr><td>《合》23018</td><td>羌甲</td><td>⿰羊土</td><td>母己</td><td>牝</td></tr>
<tr><td>《合》23055</td><td>小丁</td><td>牡</td><td>《合》27611</td><td>兄己</td><td>牡</td></tr>
<tr><td>《合》23098</td><td>祖甲</td><td>牡</td><td>《合》32358</td><td>自上甲、大乙、大丁、大甲、大庚、小甲、中丁、祖乙、祖辛、祖丁十示</td><td>⿰羊土</td></tr>
</table>

《合》23151	毓祖乙	牡
《合》23167	毓祖乙	牡
《合》23212	父丁	牡
《合》23214	父丁必	⿱宀羊牡
《合》23225	父丁	牝
《合》23347	妣庚	牡
	妣庚	牝
《合》23364	妣庚	牡
	妣庚	牝
《合》23411	母辛、母己	牡
《合》34082	妣庚妣丙	牡
		⿰⺶土
《合》41193	丁	牡
《屯》1024	父丁	⿰⺶土十
《屯》1031	父甲	牡
《屯》1094	毓祖乙	牡
《屯》1111	父丁	牡一
《屯》2364	毓祖乙	牡
《屯》2459	毓祖乙	牡
《英》80	父乙	⿰⺶土
《英》1961	妣庚	牡
《英》1964	妣庚	牡
《英》2406	母己	牡
《懷》1481	大乙	⿱宀羊牝
《合補》10446	妣庚	牝
《合》19817	大乙母妣丙	牝
	大丁	⿰⺶土

《合》32491	仲丁	牡
《合》32611	彖甲	牡
《合》34079	高妣	牡
	高妣	牝
《合》34080	妣丙	牡三
		⿰⺶土一
《合》34081	妣庚妣丙	牡
		⿰⺶土
	妣庚妣丙	⿰⺶匕
《合》40968	彖甲	牡
《合》19869	祖丁	⿰⺶匕
《合》19973	母	牝
《合》19987	妣己	二牝牡
《合》22065	入乙	二牝
	入乙	三牝
《合》22073	父丁	⿰⺶匕
《合》22101	祖	⿰⺶土
《合》22214	妣庚	⿰⺶土
	妣己	⿰⺶匕
《合》22222	妣庚	⿰⺶土
《合》22223	妣庚	⿰⺶匕
《合》22246	妣庚	牝
《合》22247	妣庚	牝
《合》22248	妣庚	⿰⺶土
《合》22249	妣庚	⿰⺶土
《合》22322	妣庚	牝
《合》22421 正	大甲	⿰⺶土

【出處來源表二】：牢、⿱宀羊字來源表

第一期

出 處	卜日	祭日	貞人	祭祀對象	祭名	祭儀	祭 牲
《合》6	丁丑		賓	丁	侑		⿱宀羊
《合》8				丁	肈	帝	十牢
《合》14 正	庚申		中	南庚	攺		⿱宀羊
《合》25	甲申	乙酉		祖乙	侑		牢又一牛

《合》39		丁未		丁	酒	燎	十小宰
《合》102	□戌	乙亥		祖	[illegible]	侑	宰又一□
《合》130 正		乙未		父乙	侑		宰
《合》190				祖乙	侑		五宰
							三宰
				祖丁	侑		宰
《合》271 正			殼	父□	禦	酉	五宰
				□乙	酉		五宰
	己卯		殼	父乙	禦	酉	十宰
《合》295	□巳				侑		牢又一牛
	乙巳			大甲、丁	餗	卯	十宰
	乙巳			□甲			十宰
							宰
《合》300				唐大甲大丁祖乙	禦		百宰
《合》302				□乙	卯		三百牢
《合》314				祖乙	卯		宰
《合》316					卯		十宰
《合》320					卯		三宰
《合》321					卯		十牢又五
《合》324	甲午	乙未			侑	卯	宰又一牛
	甲午	乙未		祖乙	侑	卯	宰又一牛
《合》326				河	燎	㞢	五牢／牢
《合》328				丁			三牢
《合》330		□亥		丁			宰
《合》335							十牢
《合》339		丁卯		丁	侑		宰又一牛
	丁未		賓	丁	侑		宰
							宰又牛
	丁巳		賓	丁	侑		宰又牛
《合》340	丙午					卯	十宰
《合》341					侑		牢三
《合》342							牢
《合》343							牢
《合》344					侑		宰

《合》345	庚午				卯		宰
《合》346					卯		三宰
《合》347							三宰
《合》362					卯		宰
《合》366					[illegible]		十宰又九
《合》372	□申						宰
《合》377	庚辰			岳	侑		三小宰
《合》378 正				王亥	燎		三小宰
《合》380	丁卯		爭	祖乙	侑		宰
《合》381		丁未		丁	侑		宰
《合》384	己卯	辛□		婦	酒	侑	宰
《合》385		丁未		丁	侑	卯	三宰
					卯		一宰
				岳	求	燎	三小宰
《合》400					卯		牢又一牛
《合》401		丁巳			卯		牢
《合》406					歲		三小宰
《合》413	甲申			父乙	禦		一宰
《合》417					侑	卯	宰
《合》429				丁	侑	卯	宰
《合》437				父乙	侑	卯	小宰
《合》438				父庚	侑	升	宰
				父庚			宰
				父庚	侑	升	宰
《合》470							十宰
《合》471					卯		三牢
《合》473	丁亥	辛卯			侑		三宰
《合》482 正							三宰
《合》483			賓				五宰
《合》485							十宰
《合》501	丁卯			祖乙	侑		宰
							宰又一牛
《合》557				祖乙	侑		牢
							三十牢
							五十牢

《合》672 正				大甲、祖乙	求		十宰／十宰
				上甲	求		宰
		乙未		成	酒		宰
《合》698				妣庚	冊	卯	十宰
				妣庚	冊	卯	十宰
《合》702 正					[illegible]		宰／十宰
				父乙	禦	豆／冊	宰／十宰
				父乙	冊		十宰
《合》704					匚	卯	小宰
《合》709 正				父乙	卯		宰
《合》710				高妣己	燎	卯	宰
《合》712				父乙	酒	卯	三宰
《合》717					卯		宰
《合》718				妣己	禱	卯	宰
《合》719				妣己	禱	卯	宰
《合》721							宰牝
	來	乙未		祖乙	侑		宰
《合》724 反				妣庚	冊	侑	二宰
《合》725 正				妣癸	侑		五宰
《合》728			爭	母	[illegible]		小宰
				母丙	冊		小宰
《合》729				父乙	禦	卯	宰
《合》734 反					侑		宰
《合》740					侑		宰
《合》745					侑		宰
《合》767 正	甲辰		㱿	父乙	侑		宰
《合》769				妣庚	冊		三十小宰
《合》776 正	壬辰		㱿	示壬	侑		宰
				祖辛	侑		三宰
				祖辛	侑		宰
							宰
《合》779 正				土	燎		三小宰
《合》780				土	燎		三小宰
《合》785					冊		五宰
《合》787				妣甲	侑	卯	宰

《合》801				大甲	求	燎	一宰
《合》806							三宰
《合》886				父乙	禦	酉	三十宰
《合》887	壬申				酉		三十宰
《合》889					伐		三十宰
《合》891 正							宰
《合》892 正		乙亥		祖乙	酒	卯	十宰
《合》893 正		庚寅			[illegible]	酉	十宰
				上甲	侑	卯	十宰
				上甲	卯		十小宰
				上甲	卯		十小宰
							小宰
							小宰
《合》893 反				三父	侑	卯	宰
《合》895 乙	乙卯			大庚			七十宰
《合》895 丙	乙卯		內	大庚	酉		七十宰
《合》895 甲	乙卯		內	□庚	酉		七十宰
《合》896 正	丁未	甲寅	賓	大甲	酒	卯	十宰
《合》897	癸丑	乙亥	㱿	下乙	酒	卯	十宰
《合》898				祖乙	酉	卯	十宰又五
《合》899	乙酉	乙未		祖乙	侑		十宰
《合》900 正				上甲	侑	卯	十小宰
				祖乙	侑		宰
《合》901	壬午		㱿	上甲	侑	卯	十小宰
				上甲	侑	卯	十小宰又五
《合》903 正	乙卯	乙亥	㱿	下乙	酒	卯	十宰
		乙亥		下乙	酒	卯	十宰
	丁未		㱿		酒	升	十宰
		辛酉		祖	侑	宰	
《合》904	辛巳		㱿	大甲、祖乙	酒	匚	十宰
《合》905 正				父乙	侑		宰
《合》905 反							宰
《合》908	癸丑	甲□		大甲	侑	酉	三十宰
《合》912							十宰
《合》914 正				祖丁	酉		十宰

《合》915 反	…十伐			祖丁	冊	卯	十宰
《合》923 正	貞五伐			祖乙	侑	卯	五宰
《合》924 正	壬辰		㱿	父乙	禦	侑／㞢／冊	宰／五宰
				父乙	禦	侑／㞢／冊	小宰／五宰
		乙未			㞢	冊	小宰／五宰
	乙巳		㱿	祖	侑		宰
				祖	侑		宰
				祖	侑		宰
				父乙	㞢	冊	宰／三宰
				上甲	用		十小宰
				上甲			宰
							宰
《合》924 反					卯		宰
					侑		宰
《合》925							五宰
							十宰
《合》926 正							五小宰
					侑	卯	十小宰
《合》928				羌甲	侑	卯	宰
《合》935 正	戊□	乙未	賓				二宰
《合》936							宰
《合》937							三宰
《合》938 正				示壬妻妣庚	侑		宰
		乙亥		唐	侑		宰
《合》939 正					卯		宰
《合》940 反					侑		宰
《合》949				成	伐		宰
《合》958				祖辛	㞢		十宰
《合》961				丁	冊		宰
《合》962							宰又一牛
《合》963	丁□				酒	冊	宰
《合》980					侑		宰

《合》995		□巳			酒	伐	六宰
《合》1016							五宰
《合》1018							小宰
《合》1046					酒		小宰
《合》1051 正				王夨	侑	卯	宰
				王夨	侑	卯	宰
				王夨	侑	卯	宰
《合》1053							宰
《合》1064				母	⿷匚夂		宰
《合》1070	癸未						宰
《合》1075							宰
《合》1076 甲反				祖乙			十宰
							宰
				祖乙	侑		二宰
《合》1141 正				上甲	侑		一宰
				上甲			二宰
《合》1182				河王亥上甲	燎	卯	十宰
《合》1206				上甲			七宰
《合》1207				上甲			宰
《合》1271	己巳	□亥		唐	侑		三宰
《合》1301	辛巳	乙未	爭	唐	酒		五宰
《合》1338							三宰
				唐			宰
《合》1353				成			三宰
《合》1376				成	侑		三宰
《合》1380				自成	侑	升	三宰
《合》1391 反							宰
《合》1399				祖乙	告		宰
《合》1402 正	甲辰	乙巳	㱿	父乙	侑		宰
《合》1421				大甲	侑		五宰
《合》1422	辛丑	甲寅		大甲	侑		四宰
《合》1435				大甲	求		宰
《合》1445				大甲	酒		九宰
				大甲	酒		十宰又五
		□辰		大甲			宰

《合》1449 正	丙午			大甲亦于丁	餗		三牢
《合》1454				大甲			三十宰
《合》1455				大甲			五宰
《合》1478				大甲			五宰
《合》1482	壬戌	甲辰		大□	衣	酒	五宰
《合》1490				□戊	侑		三宰
《合》1491				大戊	侑		三宰
《合》1509	乙巳			祖乙	侑		五宰
《合》1510				祖乙	侑		五宰
《合》1511 正	辛巳			祖乙	侑		五宰
《合》1512				祖乙	侑		三宰
《合》1513	甲申	乙酉		祖乙	侑		三宰
《合》1514		乙□		祖乙	侑		三宰
《合》1515				祖乙	侑		二宰
《合》1516 正		乙巳		祖乙	侑		宰
《合》1517 正		乙未		祖乙	侑		宰
《合》1518 正				祖乙	侑		牢
《合》1519				祖乙	侑		宰
《合》1543 正			㱿	祖乙	侑		宰
《合》1596				祖乙	酒		宰
《合》1597							三宰
《合》1599							宰
《合》1609				祖乙			五宰
《合》1610	丁巳			祖乙			三宰
《合》1611 正	戊寅		賓	祖乙			三宰
《合》1612				祖乙			二宰
《合》1613		乙卯		祖乙			二宰
《合》1621 正							宰
《合》1653	□巳		爭	祖辛	侑	酒	十宰
《合》1661 反		乙酉			用		二宰
《合》1664				下乙	侑		一宰
				雍□			宰
《合》1677 正		辛酉		河	酒	沉	宰
《合》1677 反							宰
《合》1678				祖辛	侑		十宰

《合》1680				祖辛	侑		二宰
				祖辛	侑		一宰
《合》1732	乙丑	今乙丑		祖辛			宰
《合》1733 反		辛酉		祖辛	侑		宰
							小宰
《合》1776				祖庚			牢
《合》1808				羌甲			二宰
《合》1825				王夨	⿰束戉		三宰
				王夨	⿰束戉		宰
《合》1826				祖丁	侑	卯	宰
《合》1852 正				祖丁	禦		十宰
《合》1862				祖丁	酒		五宰
《合》1863	庚辰	丁未	設	祖丁	酒		十宰又三
《合》1878 正	丁酉		設	祖丁	用		五宰
	丁酉		設	祖丁	用		五宰
《合》1877	乙亥			祖丁			五十宰
《合》1901 正	乙巳	今日	賓	父乙	侑		宰
《合》1906	庚辰		設	丁	侑		五宰
《合》1907	庚辰		設	丁	侑		五宰
《合》1908	丙戌		賓	丁	侑		宰
《合》1909	丙戌	丁亥	賓	丁	侑		宰
《合》1910	丁丑		賓	丁	侑		宰
《合》1911				丁	侑		宰
《合》1912				丁	侑		宰
《合》1913		□亥		丁	侑		宰
《合》1914		丁卯		丁	侑		宰
《合》1915		丁卯		丁	侑		二宰
《合》1916	丙戌	丁亥		丁	侑		宰
《合》1917				丁	侑		宰
《合》1918	丙寅		賓	丁	侑		宰
《合》1919	丙子	□丑		丁	侑		牢
《合》1920	□寅			丁	侑		牢
《合》1921							小宰
				丁	侑		牢

《合》1966				丁	歲		十五宰
《合》1968	丙寅	丁卯	㱿		燎	𠕋	三十宰
《合》1969			丁未	丁	燎		十小宰
《合》1970				丁	燎		十小宰
《合》1971	丙寅			丁	酒	匚	三十小宰
《合》1978				丁	侑	卯	十宰
《合》1979	□酉			丁			宰
《合》1980 正				丁	卯		宰
《合》1981	庚戌			丁			宰
《合》1982			爭	丁			宰
《合》1983		丁卯		丁			宰
《合》1985				丁			牢
《合》1990	丙戌			丁			二宰
	辛□		賓		侑		宰
《合》1998				南庚	侑		小宰
《合》2021				南庚	侑		宰
《合》2051	己未			祖□	侑		三宰
《合》2054				祖□	侑		一宰
《合》2142		癸卯			禦		宰
《合》2168				父辛	卯		宰
《合》2169	甲戌			小乙	侑		宰
《合》2191 正							宰
《合》2195 反				父乙	禦		三宰
《合》2212				父乙			十宰
《合》2213 正				父乙	𠕋		三十宰
《合》2215				父乙	酒		小宰
《合》2262				父乙			十宰
《合》2282	甲辰			父乙			牢宰
《合》2302		□亥		父乙	侑		小宰
《合》2307							宰
《合》2373 反					𠕋	禦	十小宰
《合》2386	癸丑			示癸妾妣甲			宰
《合》2404				妣己	侑		小宰
							十宰
《合》2424	癸未	今		妣己	𠕋		宰

《合》2426				妣己	卯		宰
《合》2427		己亥		妣己	酒		小宰
《合》2450				妣庚			宰
《合》2451				妣庚	侑		五宰
《合》2452 正				妣庚	侑		三宰
《合》2501				妣癸	⿰示尊	𠕋	三小宰
《合》2510	丙寅			兄丁	禦		宰
《合》2523		庚子		母庚	侑		牢
《合》2524				母丙	侑		小宰
《合》2534				母丙			宰
《合》2543	甲辰	乙巳		母庚	侑		宰
《合》2546				母庚	侑		牢
《合》2583	丙寅			丁			宰
							宰
《合》2629 正			永	妣□			小宰
《合》2774	丁丑		爭	祖辛	禦		十宰
《合》2827 正				婦	侑		小宰
《合》2828	丁巳			婦	侑		小宰
《合》2874	丁卯	今日	㱿	兄丁	侑		小宰
《合》2875 正				兄丁	侑		小宰
《合》2886				兄丁			宰
《合》2887	丁巳			兄丁	用		宰
《合》2888				兄丁			宰
《合》2941				子商	禦		小宰
《合》2943	戊寅			子商	酒	禦	二宰
《合》2946				父□	侑		宰
《合》2965			爭	兄丁			宰
《合》2975 正	□午	乙未	㱿	父乙	侑		宰
《合》3007					燎		三宰
《合》3009	□戌			母己	禦		三小宰
《合》3090	丁卯		爭				宰
《合》3102							
《合》3167 正				妣	禦		宰
《合》3169 正				兄丁	禦	𠕋	小宰
《合》3172				□			十宰

《合》3176							宯
《合》3216 正	乙丑		㱿	祖丁			五宯
	乙丑		㱿	父乙	酒		三宯
				父乙	酒		三宯
《合》3256					禦		小宯
《合》3268	乙巳			二子			小宯
《合》3328							三十宯
《合》3461	丁巳		內	黃尹	侑		宯
《合》3462				黃尹	侑		宯
《合》3467 正				黃尹	侑		宯
《合》3487 反							五宯
《合》3499	乙丑	丁酒		自黃□			十又三牢
《合》3504							宯
《合》4013	□辰						二牢
《合》4051	庚辰		爭	丁	侑		宯
《合》4061							宯
《合》4072				河	侑		宯
《合》4097 正							小宯
《合》4116				父乙	𠕋		宯
《合》4141				上甲			宯
《合》4324	□亥			大甲	禦	[illegible]	宯
	丁亥			大乙	禦	[illegible]	宯
《合》4325	己亥			大乙大甲	[illegible]	[illegible]	五宯
《合》4365							五宯
《合》4912							宯
《合》4917	丁丑	乙酉		成	侑		五宯
《合》5040 反	壬午			妣□			宯
《合》5326	□寅		王	丁	酒		三宯
《合》5452							三宯
《合》5622					侑		宯
《合》5711	丁亥			丁	侑		宯
《合》5908				□庚	𠕋		三宯
							三宯
				□庚	𠕋		宯
《合》6113				母己	用		三小宯

《合》6156 正				祖乙	侑		五宰
《合》6475 反				祖辛	侑	卯	三宰
				母己	侑	卯	宰
《合》6572	戊戌		內	出日、入日	軾		宰
《合》6579 正		□未		父乙	侑		宰
《合》6653		乙巳		祖乙	侑		宰又牝
《合》6664 正	辛亥		王	父乙	𠕋		百宰
				上甲	侑		三宰
				上甲			一宰
《合》6947 正	辛酉	今日	爭	下乙	侑	𠕋	十⿰犭府
				下乙	侑	𠕋	宰／十⿰犭府
《合》7026	丁酉			祖辛	侑	𠕋	宰／十宰九
《合》7301							五宰
							三宰
《合》7359				土	燎		宰
《合》7434							牢又一牛
《合》7803							宰
《合》7920							小宰
							小宰
《合》7937				雍□	軾		一宰
《合》8154	甲辰						宰
《合》8235	癸酉			丁	燎		五小宰
《合》8301							宰
《合》8581							小宰
《合》8656 正		癸卯			攺		小宰
《合》8935 正				祖乙			三宰
《合》9140							宰
《合》9220				丁	告		宰
《合》9560				岳	燎	卯	三小宰／三宰
	甲午		賓	岳	燎	卯	二小宰／二宰
《合》9644		乙未	爭	河			宰
《合》9774 正					用		小宰
					用		小宰
《合》9913					用		小宰
《合》9937	□戌		㱿	岳	燎		小宰

《合》9984 反							宰
《合》10003				□乙			九宰
《合》10064	辛□						二牢
《合》10069				岳			小宰
《合》10084	戊寅		爭	河	求	燎	三小宰
	辛□		古	岳	求	燎	三小宰
《合》10094 正				河	求	燎／圅	三宰／宰
《合》10098	□巳		賓	[illegible]	求	圅	五小宰
《合》10109	丁丑		賓	上甲	求	燎	三小宰
	丁丑	庚子	賓	母庚	酒		牢
《合》10111			古	大示			三宰
《合》10115	癸丑		㱿	大甲／祖乙			十宰／十宰
				[illegible]	求	燎	小宰
《合》10130 正		庚子		母庚	侑		牢
				[illegible]	燎		小宰
《合》10136 正	壬寅		㱿	父乙	侑		宰
				父乙	侑		宰
《合》10344 正					侑		宰又一人
《合》11148							二宰
《合》11169							宰
《合》11281	丁酉						十牢
							一牢
《合》11282							五牢
《合》11283							五牢
《合》11284							五小牢
《合》11285							二牢
《合》11286							牢
《合》11287							牢
《合》11288							牢又一牛
《合》11289							牢□一牛
《合》11290							牢□一牛
《合》11291							牢□牛
《合》11292							牢□一牛
《合》11293							牢□牛
《合》11294							百宰

《合》11295					晋		三十宰
《合》11296							三十宰
《合》11297							宰
《合》11298							十宰又五
《合》11299		□亥	爭	丁			十宰
《合》11300							十宰
《合》11301							五宰
							十宰
《合》11302							十宰
《合》11303							宰
							三宰
							十宰
《合》11304					卯		六宰
《合》11305							六宰
《合》11306				□乙	侑		五宰
《合》11307		丁未			卯		五宰
《合》11308	壬申						五宰
《合》11309							五宰
《合》11310							五宰
《合》11311							五宰
《合》11312							五宰
《合》11313							五宰
《合》11314							五宰
《合》11315							五宰
《合》11316							五宰
《合》11317				□庚			四宰
《合》11318							四宰
《合》11319	癸丑						三宰
《合》11320							三宰
《合》11321 反							三宰
《合》11322		未					三宰
《合》11323							三宰
《合》11324							三宰
《合》11325	甲午						三宰
《合》11326					侑		三宰

《合》11327							三宰
《合》11328							三宰
《合》11329							三宰
《合》11330		甲□					三宰
《合》11331							三宰
《合》11332							三宰
《合》11333							三宰
《合》11334				□乙			二宰
《合》11336							二宰
《合》11337					伐		二宰
《合》11338							二宰
《合》11339							二宰
《合》11340	己巳						二宰
《合》11341	壬□						一宰
《合》11342							宰
							宰
《合》11343 正							一宰
《合》11344							一宰
《合》11345							宰
《合》11346							宰
《合》11347							宰
《合》11348							宰
《合》11349							宰
《合》11350					鼎		宰
《合》11351							宰
《合》11352							宰
《合》11353							宰
《合》11354							宰
《合》11355 正							宰
《合》11356							十宰
《合》11357							宰
《合》11358							宰
《合》11359							宰
《合》11360							宰
《合》11361							宰

《合》11362	丁未						宰
《合》11363							宰
《合》11364							宰
《合》11365	丙申		賓				宰又一牛
《合》11366	丙寅						宰又一牛
《合》11367							宰□一牛
《合》11368							宰□一牛
《合》11369					卯		宰
《合》11370							百小宰
《合》11371				丁			五十小宰
《合》11372							小宰
《合》11373	丁丑						六宰
《合》11374							六小宰
《合》11375 反							四小宰
《合》11376							二小宰
《合》11377				妣己			小宰
《合》11378							小宰
《合》11379							小宰
《合》11380							小宰
《合》11381							小宰
《合》11382							小宰
《合》11383							小宰
《合》11384							小宰
《合》11385							小宰
《合》11386							小宰
《合》11387	□酉			土			小宰
《合》11388			爭				小宰
《合》11389 正				母□			小宰
《合》11390	己未						小宰
《合》11391							小宰
《合》11392				□乙			小宰
《合》11393 反							小宰
《合》11394							小宰
《合》12053				母	禦		十宰
《合》12490							宰

《合》12495 正	甲辰		亘		燎		三宰
				父甲	侑		宰
《合》12528							四宰
《合》12590							二宰
《合》12632					侑		宰
《合》12855	□午			土	卯		宰
《合》12857							三牢
《合》12861	乙卯		㱿	上甲	求		宰
《合》12954 正							牢
《合》13549					酒		三十小宰
《合》13562		辛未			侑		三大宰
《合》13573							宰
《合》13658				□甲	侑		宰
《合》13740				[illegible]	禦		三宰
《合》13865				□庚	侑		三十小宰
《合》14006 反							宰
《合》14157	丙寅	丁卯		丁	侑		宰又一牛
《合》14172							牢
《合》14255							宰
《合》14313 正				東	帝	燎	三宰
《合》14326							宰
《合》14335							牢
《合》14353				[illegible]／它示			宰／五宰／三宰
《合》14362	戊午				燎	埋	三宰／三宰
《合》14372				夒	燎		宰
《合》14375		丁卯		丁	侑		三牢
《合》14380	己亥		賓	河	燎		三小宰
《合》14396				土	燎	圂	宰
	壬戌		爭	土	燎		宰
《合》14405				河			三宰
《合》14407	辛酉			土	禦		宰
《合》14435	癸卯			岳	燎		三宰
《合》14436	癸酉			岳	燎	卯	三小宰／三宰
	丙子			岳	酒	卯	三小宰／三宰
							三小宰

《合》14447				岳	燎		宰
《合》14471 正	癸亥	辛未		岳	酒		三小宰
《合》14480			爭		燎		三小宰
《合》14509	丁亥			河	侑		二宰
《合》14536 正	辛□			河	求	燎／囙	五小宰／宰
《合》14539				河	求	燎	牢
《合》14540				河	求		三宰
《合》14556	丙申			河	燎	沉／囙	三宰／三宰／一宰
《合》14557	丙午			河	燎		三宰
《合》14558 正				河	燎	沉	宰／小宰
《合》14559				河	燎	埋	一宰／二宰
				河	燎	埋	一宰／二宰
《合》14560	壬戌			河	燎		一宰
《合》14564							小宰
《合》14581	丙子	辛酉	賓	河	酒		宰
《合》14607	□辰		賓	河			宰
《合》14609				河	埋		二宰
《合》14610				河	埋		二宰
《合》14611				河	埋		四宰
《合》14613				河	燎		宰
《合》14659							宰
							宰
《合》14664	乙亥			[illegible]	燎	囙	宰
《合》14744				王亥	燎		四宰
《合》14770	癸未			[illegible]	燎		十小宰
《合》14834	甲午		賓	大示			三宰
《合》14844							小宰
《合》14867	□亥			三示大乙大甲祖乙	禦		五宰
《合》14868	己卯	庚辰		大庚至于仲丁			宰
《合》14898				大示□示小□			三宰／二宰／宰
《合》14899				□示			宰
《合》14912				示壬			宰又一牛

《合》14984 反							二宰
《合》14991 正					燎		宰
《合》15007							小宰
《合》15025				□甲	侑		五宰
《合》15054				丁	侑		宰
《合》15055					侑		宰
《合》15056		辛□					宰
《合》15057	辛亥	乙酉			侑		六宰
《合》15058	己丑		㱿				三宰
《合》15059					侑		二宰
《合》15060					侑		一宰
《合》15061		甲□			侑		宰牛
《合》15062		丁亥			侑		宰
《合》15063 正							宰
《合》15077			賓		侑		宰
《合》15078					侑		宰
《合》15079					侑		宰
《合》15080		丁卯			侑		宰又一牛
《合》15081 正		□卯			侑		宰
《合》15082	庚辰	乙酉			侑		牢
《合》15083				□乙	侑		宰
《合》15084		丁未			侑		宰
《合》15085					侑		宰
《合》15086					侑		宰
《合》15143							宰
《合》15144	甲寅						宰
《合》15212					匚		三宰
《合》15312							宰
《合》15323							三宰
《合》15336					冊		五十宰
《合》15337	□寅			祖□	侑	冊	三宰／十宰又九
《合》15338							宰
《合》15339					冊		十宰
《合》15340					冊		五牢

《合》15341					𠕋		三宰
《合》15342							宰
《合》15343					𠕋		宰
《合》15344					𠕋		小宰
《合》15347	辛未						宰
《合》15430					用		三十小宰
《合》15432							十牢
《合》15433							牢
《合》15434							宰
《合》15435							宰
《合》15436							小宰
《合》15438							牢
《合》15519				丁	肇		小宰
《合》15595	丙辰		爭		燎		三宰
《合》15596			韋		燎		三宰
《合》15597					燎		三宰
《合》15598		庚午			燎		三牢
《合》15599 正					燎		三小宰
《合》15600				東	燎		三小宰
《合》15601					燎	埋	宰／二宰
					燎	埋	宰／三宰
《合》15602					燎	埋	宰／二宰
					埋		三宰
《合》15603					燎		宰
《合》15604	□辰				燎		宰
《合》15605					燎		小宰
《合》15606					燎		小宰
《合》15607 正					燎		小宰
《合》15608	丁酉	今日	㱿		燎		宰
《合》15626	□午				燎		三牢
《合》15660				妣己	卯		二宰
《合》15662					叙		四宰
《合》15664			爭				三宰
《合》15701	庚辰				酒	卯	四宰
《合》15735	己未	翌庚		□庚	酒	𠕋	牢

《合》15782	庚戌	丙			酒		十宰
《合》15783					侑		二宰
							五宰
					酒		六宰
					酒		宰
《合》15784		乙巳			酒		五宰
《合》15785							三十宰
					酒		宰
《合》15823					[illegible]		三宰
《合》15910							宰
					囚		三小宰
《合》16128	壬寅				卯		十牢
《合》16129					卯		十宰
《合》16130			賓		卯		宰
《合》16163					卯		二宰
《合》16186					沉		三宰
《合》16194					卯		五宰
《合》16196					埋		五宰
《合》16215	丁巳				帇		四宰
《合》16220					冊		十宰
《合》16221		辛□	㱿		[illegible]		宰
《合》16222				□乙	[illegible]		宰
《合》17650 正				兄丁			小宰
《合》19000							十牢
《合》19295	甲子						宰
《合》19495							宰
《合》19563	□酉		賓				二宰
《合》39555	丁亥			大乙			十牢
《合》39556				成	侑		…宰
《合》39580				祖辛	侑		宰
《合》39598				丁	侑		宰
《合》39599				祖□			宰
《合》39644				母庚	告		宰
《合》40100					囚		宰
《合》40197							三十牢

《合》40198							百宰
《合》40200							宰
《合》40201							九小宰
《合》40203							十宰
《合》40424				岳			宰卯
《合》40492	□戌						宰
《合》40493					卯		小宰
《合補》17					卯		三宰
《合補》22	庚午						宰
《合補》126				祖乙			宰
《合補》173 正				南庚	侑	卯	宰
	丙□			南庚	卯		宰
《合補》207				祖□			五〔牢〕
《合補》283				父乙	侑		小宰
《合補》319	庚午			母庚	禦	食	一宰
				母庚	禦	食	三宰
				母〔庚〕	〔禦〕	食	三宰
				母〔庚〕	〔禦〕	食	三宰
《合補》454				父乙	侑		宰
《合補》457					歲		宰
《合補》469	乙巳			二子			小宰
《合補》532	己酉			丁	告		三宰
							三宰
《合補》603	□午		㱿		卯		三〔牢〕
《合補》2700							牢
《合補》2701							三牢
《合補》2702							牢
《合補》2704					𠕋		宰
《合補》2706							宰
《合補》2711 正				□庚			宰
《合補》2714					侑		宰
《合補》2716						埋	二宰／三宰
《合補》2719					囚		宰
《合補》2763							宰
《合補》2804 正							宰

《合補》5126				土	燎		宰
《合補》5371 反							宰
《合補》5481 反							宰
《合補》5625 正	□未						牢
《合補》6202	壬□						三十宰
《合補》6518							宰
《合補》13216	□亥						宰
《懷》2				岳			牢
《懷》19				丁	侑		宰
《懷》30							六宰
《懷》31				自上甲□大示	侑	升伐	十宰／五宰
《懷》40				祖□	侑		牢
《懷》99					侑		宰
《懷》144					卯		宰
《懷》152	甲□						宰
《懷》154				丁			宰
《懷》157		乙亥					牢
《懷》159							二宰
《懷》160							小宰
《懷》164	辛						宰
《懷》165b					酒		二宰
《懷》169							小宰
《英》6				上甲			四宰
《英》8				上甲			宰
《英》15	丙寅			成	侑		五宰
《英》36	□丑			祖辛	冊		十五宰
《英》38				祖□			二宰
《英》83				父乙	冊		十宰
《英》116					侑		宰
《英》408		戊辰		□庚示妾	侑伐	卯	宰
《英》866	□辰						小牢
《英》873							百宰
《英》874				□乙			十宰
《英》875							三宰

《英》876							三宰
《英》877							小宰
《英》878							小宰
《英》879							宰
《英》880				□尹			宰
《英》881				□庚			宰
《英》882							宰
《英》930							宰
《英》1147		辛亥		岳	燎	酒	宰
《英》1162				河			二宰
《英》1199				丁			宰
《英》1235					𠕋		三宰
《英》1236	□亥			示壬	往		一宰
《英》1245		丁卯			用		宰
《英》1257					燎		三宰
《英》1290					卯		宰
《英》1291				祖□	燎		三小宰
《英》1292 正					卯		宰
《英》1348		辛□					宰
《東》8					侑		宰
《東》30		甲□			侑		宰牛
《東》34	庚辰	翌日			酒	卯	三宰
《東》35					𥙊		四小宰
《東》36a							宰
《東》37	甲□			父□	卯		宰
《東》111	乙未						宰
《東》115				□庚			一宰
《東》245a	壬子	乙卯	争	祖乙	侑		宰
《東》275							三宰
《東》991		辛酉		土	禦		宰
《東》997	丁酉	今日	㱿		燎		宰
《東》1004		今夕		丁			二宰
《東》1146	丁未		㱿		燎		小宰
《東》1148	辛□						宰

第二期

出　處	卜日	祭日	貞人	祭祀對象	祭名	祭儀	祭　牲
《合》365	壬辰	癸巳	出	母癸	侑		三宰
《合》22549	丁巳		尹	父丁	卯		五宰
《合》22551	甲□						宰
	乙卯		行	祖乙	升	卯	宰
《合》22553	丁□				卯		宰
《合》225554	□丑	乙□	即	祖乙	劦	卯	五宰
《合》22555				父丁	歲		五宰
《合》22556		翌乙	旅	祖乙	劦	升	一宰
《合》22565					卯		三宰
《合》22566							三宰
《合》22569	甲午		行	□甲	升	卯	宰
《合》22582			即				宰
《合》22584					卯		二宰
《合》22588	辛□				卯		三宰
《合》22605	己巳	庚午	行	妣庚	侑	卯	三宰
《合》22607				□丁	升	卯	三宰
《合》22608	□辰		行		卯		宰
《合》22628	甲午		尹	上甲、祖丁	酒		宰
《合》22639	□寅		大	自上甲	歲	卯	三宰
《合》22694							五宰
《合》22695	□丑			匚乙			二宰
《合》22701	丁酉		即	父丁、匚丁	歲		二宰
《合》22722	□卯		行		歲		宰
《合》22729	辛卯		行	祖辛	歲		宰
	乙未		行	大乙	歲		宰
《合》22737	丁酉						三宰
《合》22738			尹	□、大乙			宰
《合》22814	己巳		行	雍己	歲		宰
《合》22824	甲戌		出	大戊	侑		宰
《合》22825	甲戌	戊寅	出	大□	侑		三宰
《合》22833	戊子		旅	大戊亡尤	歲		三宰
《合》22847	戊午		[illegible]	大戊	升	歲	三宰
《合》22884	乙未			祖乙	侑	歲	十宰

《合》22886	甲寅	乙卯	旅	祖乙	侑		宰
							三宰
							三宰
《合》22889		辛亥	旅	祖乙	侑		一宰
《合》22890				祖乙	侑		牢□一牛
《合》22900	乙亥		涿	祖乙	歲		宰
《合》22902			尹	祖乙	歲		二宰
《合》22908			行	祖乙、小乙			宰
《合》22955			旅				二宰
《合》22960	甲□				侑		宰
《合》22965	□未		大	祖辛	侑		宰
《合》22973	辛巳		行	祖辛	歲		宰
《合》22974	辛酉			祖辛	歲		三宰
《合》22975	辛酉			祖辛	歲		宰
《合》22996				祖辛			宰牡
							宰牝
《合》23002		辛酉		祖辛	侑		宰
							二宰
《合》23020	甲辰		旅	羌甲	歲		宰
《合》23021							宰
《合》23028	□申	□酉		祖丁	侑		宰
《合》23030	丁卯		行	父丁、祖丁	歲		宰
《合》23055	丁未		行	小丁	歲		宰
《合》23056				小丁	歲		宰
《合》23059	乙亥		中	丁	侑		三宰
《合》23060	丙辰	丁巳		丁	侑		宰
《合》23064					酒		牢
《合》23072		今夕			祏		二宰
《合》23085	癸亥	甲子	大	象甲	侑		宰
《合》23090	甲辰			象甲			宰
《合》23106	庚辰			盤庚	卯		二宰
	辛巳		行	小辛	升	卯	二宰
《合》23115	乙亥		行	小乙	歲		宰
《合》23117	乙未		行	小乙	歲		宰
《合》23118	乙亥		行	小乙	歲		宰

《合》23121	乙丑		王				十牢
	乙丑		王				五牢
《合》23144	乙卯		行	毓祖乙	歲		牢
《合》23147				毓祖乙	歲		牢
《合》23148	癸丑	甲寅	行	毓祖乙	歲		二
							三牢
《合》23155	甲申	乙酉	行	毓祖乙	歲		牢
							牢
							三牢
《合》23181	丁酉		行	父丁	歲		牢
《合》23182	丁未		行	父丁	歲		牢
《合》23183	庚戌		行	父丁	歲		牢
《合》23185	丁巳		行	父丁	歲		牢
《合》23187	乙亥		行	妣庚			二牢
《合》23188	□		行		歲		二牢
《合》23191	丁丑		旅	父丁	歲		三牢
《合》23193	丁卯		涿	父丁	歲		牢
			涿		歲		牢
《合》23197	丁亥			父丁	歲		五牢
《合》23198				父丁	歲		三牢
	丙□			父丁	歲		三牢
《合》23199	□酉			父丁	歲		二牢
《合》23206	丙辰	丁巳	尹	父丁	歲		牢
《合》23207							三牢
《合》23208	丙辰	丁□		父丁	歲		牢
《合》23210			旅	父丁	歲		牢
《合》23211			尹	父丁			牢
《合》23213		丁亥		父丁	歲		牢
《合》23214	己亥		行	父丁必	歲		牢牡
							牢
《合》23217				貞			三牢
《合》23218				貞			二牢
				貞			三牢
《合》23257	□辰	乙□		父丁	祏		一牢
《合》23266			尹	父丁			五牢

《合》23267				父丁			宰
《合》23268	丙申			父丁			宰
							二宰
《合》23269	□辰			父丁			三宰
《合》23270	丙□			父丁			二宰
《合》23271			尹	父丁			宰
《合》23299	戊戌		行	父戊	歲		小宰
《合》23300				父戊	歲		宰
							小宰
							大宰
《合》23302	庚戌		行	妣庚	歲		二宰
《合》23309			尹	大丁奭□	歲		小宰
《合》23311	辛□			大甲□妣辛			小宰
《合》23327	庚戌		行	羌甲奭妣庚	歲		小宰
《合》23331				兄庚	歲		二宰
《合》23339	戊戌		旅	妣戊	歲		宰
《合》23340	己丑	庚□		妣庚	侑		五宰
《合》23345	己巳	庚午	尹	妣庚	侑		宰
《合》23368	己亥	庚子	喜	妣庚	歲	弘	宰
《合》23369				妣庚	歲		宰
《合》23370	庚辰		旅	妣庚			宰
《合》23371	庚辰		尹	妣庚	歲		宰
《合》23391				妣庚			宰
《合》23397				妣辛	侑		宰
《合》23399							宰
《合》23400	庚申	辛□		妣辛			宰
							宰又一牛
《合》23407	□丑		即	妣己	歲		宰
《合》23415				母辛	侑		宰
《合》23421	辛巳			母辛	歲		宰
《合》23425				母辛	歲		三宰
《合》23427				母辛	升	歲	宰
《合》23434	□巳						五牢
			出	母辛			百宰
《合》23435		辛丑		母辛			宰一牛

《合》23436				母辛			宰一牛
《合》23437				母辛			宰
《合》23439							宰
《合》23468	己酉		行	兄己	歲		宰
	□戌		行		歲		宰
《合》23469							二宰
							宰
《合》23471			旅				三宰
《合》23498							二宰
《合》23500							宰
《合》23614	己丑		出	丁	[illegible]		牢
《合》23621	□午		喜				牢
《合》23719	壬午	癸未	大	小[illegible]	侑		三牢
《合》23805	丙寅	丁卯	疑	丁	侑		宰
《合》23807							二宰
							三宰
《合》23808	己未						宰
《合》24305	丁卯		行	祖丁、父丁	歲		二宰
《合》24343	己亥		行	父丁	歲		宰
《合》24348	丙寅	丁卯	行	父丁	歲		宰
《合》24373	□寅	乙卯	旅		歲	卯	三宰
							五宰
《合》24560							宰
《合》24565							宰
《合》24566							小宰
《合》24567							小宰
《合》24568 正							小宰
《合》24569							五宰
《合》24570	□子						五宰
《合》24571	□巳						三宰
							三宰
							五宰
《合》24572							五宰
《合》24573							三宰
《合》24574							五宰

《合》24575							二宰
							三宰
《合》24576							三宰
《合》24577							三宰
《合》24578							三宰
《合》24579							三宰
《合》24580							三宰
《合》24581							三宰
《合》24582							二宰
							三宰
《合》24583							三宰
《合》24584							三宰
《合》24585							三宰
《合》24586							三宰
《合》24587							二宰
《合》24588							二宰
《合》24589							二宰
							二宰
《合》24590							二宰
《合》24591							二宰
《合》24592							二宰
《合》24593							宰又一牛
							宰
《合》24594							宰
							宰□一牛
《合》24595							宰
《合》24596							宰
《合》24597							宰
《合》24598							宰
《合》24599							宰
《合》24600				祖□			宰
《合》24601							宰
《合》24602							宰
《合》24802							二宰
《合》24807	□丑						小宰

《合》24950			出				小宰
《合》24952							宰
《合》25040	丙午	今夕	出		保		三小宰
《合》25041			出		侑		三宰
《合》25042	丁酉		大		侑		宰
《合》25043			出		侑		宰
《合》25059		庚□	旅		侑		一宰
							宰
《合》25061	乙丑				侑		宰
《合》25064	□申				侑		小宰
《合》25101					歲		三宰
《合》25102	□子		行		歲		宰
《合》25105			旅		歲		三宰
《合》25106	乙丑				歲		二宰
《合》25107			尹		歲		宰
《合》25108			旅		歲		二宰
《合》25109	乙亥				歲		宰一牛
《合》25110			尹		歲		宰
					卯		二宰
《合》25112			尹		歲		宰
《合》25135			尹				二宰
《合》25146	□酉			□丁	歲		二宰
《合》25148				貞二月			二宰
《合》25160				貞三月			宰
《合》25198			尹	小乙	歲		一宰
《合》25199					歲		一宰
《合》25200							宰
					歲		一宰
《合》25201			大		歲		宰
《合》25221			出		歲		三宰
《合》25232	辛丑		大		歲		宰一牛
《合》25235							三宰
《合》25295	戊辰				歲		三宰
《合》25301	庚辰				歲		宰
《合》25303	己亥		行		歲		宰

《合》25305					歲		三宰
《合》25316					歲		三宰／五宰
《合》25321							宰
《合》25367					歲		宰
《合》25632							宰
《合》25643			行				宰
《合》25710							三宰
《合》25815	庚戌		旅				二宰
《合》25834			行				宰
《合》25838			行				宰
《合》25851	丁巳						三宰
《合》25906							宰
《合》25940	癸丑	甲□		上甲	侑升	歲	三宰
							五宰
《合》25991		辛亥	旅		升	歲	三宰
《合》26003							三宰
《合》26008	□申		大				宰
《合》26015			出		侑		宰
《合》26023							宰一
							宰
	甲戌		即	妣□	罙		宰
《合》26028	□戌				罙		宰
《合》26029		庚寅	大		罙		一宰
《合》26030			旅		罙		宰
《合》26051							小宰
《合》26052					卯		三十宰
《合》26054		乙卯					五宰
《合》26056	丙午		即		攺		宰
《合》26135							二宰
《合》26140							五宰
《合》40951	乙巳		行	祖乙、小乙	歲		三宰、二宰
《合》40965	戊子		旅		歲		三宰
《合》40967				貞			宰
《合》40970	辛卯		行	母辛	歲		宰
	乙未		行	小乙	歲		宰

《合》40976							三𡨦
《合》41086							五𡨦
《合》41087							𡨦
《合》41123	庚戌		行		歲		二𡨦
《合》41139							𡨦
《合》41219	□未			河	求		二牢
《合補》6965				□丁	歲		𡨦
《合補》6971	戊午		冎	大戊	升	歲	三牢
《合補》6985	乙□		冎	祖乙			三𡨦
			冎		卯		𡨦
							三𡨦
《合補》6986	乙丑		旅	祖乙			三𡨦
《合補》6987							𡨦
《合補》6993	辛亥			祖辛	侑		二𡨦
《合補》6994	丁未		〔冎〕	父丁、祖丁	歲		二𡨦
《合補》7028	乙未		行	妣庚	歲		𡨦
	丁酉		行	□丁	歲		三𡨦
《合補》7034	丁卯		行	祖丁、父丁	歲		一𡨦
《合補》7038	丁未		尹	父丁、大丁	歲		三𡨦
《合補》7042		乙巳		母辛	侑		𡨦又一牛
		□卯		母辛	侑		三𡨦
《合補》7045	辛未			母辛			𡨦
《合補》7049	戊戌			大〔戊〕〔奭〕妣壬			小𡨦
	己亥		涿	兄己	歲		𡨦
	庚子		涿	南〔庚〕	歲		𡨦
《合補》7513					歲		𡨦
	□亥						𡨦
《合補》7548					歲		牢
《合補》7719							二𡨦
							𡨦
《合補》13271				大戊			𡨦
							二𡨦
							𡨦
《懷》1016	丁未		王	父丁	歲	弘	三𡨦

《懷》1017	乙丑		旅	祖乙	歲		三宰
《懷》1019							三宰
	乙□			祖乙			三宰
					卯		宰
《懷》1042	□酉						三宰
《懷》1257							大宰
《懷》1262							三宰
《英》1931			大		卯		二宰
《英》1947			行	羌甲、彖甲			宰
《英》1948	庚子			五毓	侑		宰
《英》1975	癸巳	己□		兄	侑		三宰
《英》2090							宰一牛
							宰
《英》2091				丁	侑	燎	十宰
《英》2112							宰
《英》2119	戊辰	辛未	祝		侑		十大宰
	戊辰	辛未	祝		侑		五大牢
	己巳		祝				小宰
《英》2161			行		卯		十宰
《英》2169	己丑		出				宰
《東》646							二宰
《東》648	辛卯				卯		三宰
《東》1185			尹		歲		宰
《東》1204	□酉				歲		三宰
《東》1216＋《補救》B3							二宰
							三宰
《東》1217							宰

第三期

出　　處	卜日	祭日	貞人	祭祀對象	祭名	祭儀	祭　　牲
《合》26907 正					卯		十宰
							小宰
							宰
							二宰
							三宰
							五宰

《合》26912					卯		五牢
《合》26915					卯		牢又一牛
《合》26936					𠕋		十牢
							二十牢又羌
							三十牢又羌
《合》26940							牢又一羌
《合》26999	癸丑			大乙	侑	卯	二牢
《合》27010							宰
《合》27014							五牢
《合》27022							牢
《合》27024							牢
《合》27040							小宰
《合》27042 正	癸丑		何				宰又一牛
	丙辰		何				宰
	丙辰		何				宰
	庚申		何				宰
	庚申		何				宰一牛
《合》27042 反	丙辰		宁				五十宰
《合》27043	癸未			上甲	侑	升	三牢
《合》27061							牢
《合》27070				上甲	史		五牢
《合》27090				大乙	侑		五牢
《合》27093	癸卯			大乙	侑		三牢
《合》27129				大乙、祖乙	祭祏		二牢
							三牢
							牢
《合》27130							三牢
							五牢
《合》27131				大乙	升		三牢
《合》27138	己酉		何				宰
	己酉		何				宰又一牛
《合》27149							三牢
《合》27160					閔	燎	小宰
				大甲	師		大牢
《合》27164							小宰

《合》27167							五牢
《合》27180	乙亥			三祖丁			牢
							牢又一牛
《合》27184				祖乙	侑	升	牢又一牛
							一牢
《合》27186	甲子			祖乙	升	歲	三牢
《合》27188				祖乙	歲		五牢
							牢
《合》27190				祖乙	祏		三牢
							牢
《合》27191				祖乙	祏		三牢
《合》27194				祖乙	祏		五牢
《合》27195				祖乙	祏		二牢
							三牢
							五牢
《合》27222				祖乙	酒		三牢
《合》27223							三宰
							五宰
《合》27251							牢
《合》27269	乙卯			祖丁	侑	祏	五宰
《合》27274				祖丁	歲		二牢
《合》27275		□卯		祖丁	歲		二牢
《合》27279							五牢
《合》27289				祖丁			三牢
《合》27290				祖丁	冊		二牢
《合》27291				祖丁	冊		五牢
《合》27321	庚子		何				宰
	癸卯	甲辰	何	父甲	侑	丁	宰
	丙午		何				宰
	丙午		何				三宰
《合》27324				丁祖	冊	用	二牢
《合》27326				小丁	侑		牢
《合》27334				祖甲	祏	冊	牢又一牛
《合》27336	癸巳	翌日	暊	祖甲	歲		宰
《合》27337				祖甲	競		牢

《合》27343				小乙	侑		牢
《合》27357	甲寅			小乙			牢
《合》27360							二牢
	丁亥				杏	弘	三牢
《合》27372	乙卯			帝丁	侑	歲	一宰
《合》27391				仲己			小宰
《合》27393							小宰
《合》27395				父己	侑		宰
《合》27399				父己	歲		牢
《合》27412	戊辰			妣己			小宰
							大牢
《合》27414				父己	競		牢
《合》27438	癸酉		暊	帝甲	丁		宰
《合》27440				妣□			牢
	庚午			妣辛	侑	歲	牢
《合》27441				父甲	歲		三牢
《合》27442				父甲	侑	歲	牢
《合》27444	丁丑			父甲	杏		牢
							牢一牛
《合》27453	癸亥			父甲	歲		二牢
				兄	酒		三牢
《合》27454							小宰
《合》27455	癸丑			妣辛	卯		牢
《合》27456 正	丁未		何				宰
	□戌		何				宰
《合》27483				父甲			一牢
							二牢
							三牢
《合》27484				□戌	歲		宰
《合》27504							一小宰
							小宰
《合》27514				妣己、妣庚	侑		小牢
							小牢
《合》27515							三宰
	戊午			妣己	侑		宰
							小宰

《合》27525				妣庚	祏		牢又二牛
《合》27526	甲寅			妣庚	祏		牢又一牛
《合》27541							五牢
							三牢
							五牢
							牢
《合》27543	庚寅		彭				大宰
	庚寅		彭				小宰
《合》27546				妣辛	侑		一小宰
							宰
《合》27563							二牢
《合》27572							牢
	壬午			妣癸	侑	歲	小宰
							牢
《合》27573							牢
							牢又一牛
							二牢
《合》27574	□午	癸未	何	妣癸	侑		小宰
《合》27576							宰
《合》27592							牢
《合》27614							二牢
《合》27615	己未			暨兄庚	侑	歲	牢
《合》27620	丙子						一牢
							二牢
							三牢
《合》27621							二牢
	己丑			兄庚	歲		二牢
							三牢
《合》27622							牢
《合》27623							牢
《合》27634							牢
《合》27640							牢
《合》27697							小宰
《合》27884	庚申				侑	燎	小宰
《合》28109	戊子			亳土	侑	歲	三小宰
							十小宰

《合》28111							牢
《合》28113				亳土			小宯
《合》28156							宯
《合》28158							二牢
《合》28180							小宯
《合》28223							二牢
《合》28244							大牢
							小宯
《合》28265							小宯
《合》28601							宯
《合》29429							宯
《合》29447							牢
《合》29449							牢
《合》29464							宯
《合》29465							牢
《合》29469							牢
《合》29474							牢□一牛
《合》29487							牢又一牛
							二牢
《合》29496							牢
《合》29512	丁丑						五牢
《合》29519							三牢
《合》29527							牢
《合》29539							小宯
《合》29552	庚寅						大宯
《合》29553							大牢
《合》29554							大牢
《合》29555							大牢
《合》29556	癸酉	今日					大牢
《合》29557							大牢
《合》29559							大牢
《合》29560							大牢
《合》29561							大牢
《合》29562							十牢又五
《合》29563							五牢
							十牢

<table>
<tr><td>《合》29564</td><td></td><td></td><td></td><td></td><td></td><td></td><td>十牢</td></tr>
<tr><td rowspan="2">《合》29565</td><td></td><td></td><td></td><td></td><td></td><td></td><td>五牢</td></tr>
<tr><td></td><td></td><td></td><td></td><td></td><td></td><td>十牢</td></tr>
<tr><td rowspan="2">《合》29566</td><td></td><td></td><td></td><td></td><td></td><td></td><td>五牢</td></tr>
<tr><td></td><td></td><td></td><td></td><td></td><td></td><td>十牢</td></tr>
<tr><td>《合》29567</td><td>乙卯</td><td></td><td></td><td></td><td></td><td></td><td>十牢</td></tr>
<tr><td>《合》29568</td><td></td><td></td><td></td><td></td><td></td><td></td><td>十牢</td></tr>
<tr><td>《合》29569</td><td></td><td></td><td></td><td></td><td></td><td></td><td>十牢</td></tr>
<tr><td>《合》29570</td><td></td><td></td><td></td><td></td><td></td><td></td><td>十牢</td></tr>
<tr><td>《合》29571</td><td></td><td></td><td></td><td></td><td></td><td></td><td>十牢</td></tr>
<tr><td rowspan="3">《合》29572</td><td></td><td></td><td></td><td></td><td></td><td></td><td>三牢</td></tr>
<tr><td></td><td></td><td></td><td></td><td></td><td></td><td>五牢</td></tr>
<tr><td></td><td></td><td></td><td></td><td></td><td></td><td>十牢</td></tr>
<tr><td>《合》29573</td><td></td><td></td><td></td><td></td><td></td><td></td><td>五牢</td></tr>
<tr><td>《合》29574</td><td></td><td></td><td></td><td></td><td></td><td></td><td>五牢</td></tr>
<tr><td rowspan="2">《合》29575</td><td></td><td></td><td></td><td></td><td></td><td></td><td>五牢</td></tr>
<tr><td></td><td></td><td></td><td></td><td></td><td></td><td>五牢</td></tr>
<tr><td rowspan="2">《合》29576</td><td></td><td></td><td></td><td></td><td></td><td></td><td>五牢</td></tr>
<tr><td></td><td></td><td></td><td></td><td></td><td></td><td>牢</td></tr>
<tr><td>《合》29577</td><td></td><td></td><td></td><td></td><td></td><td></td><td>五牢</td></tr>
<tr><td rowspan="2">《合》29578</td><td></td><td></td><td></td><td></td><td></td><td></td><td>三牢</td></tr>
<tr><td></td><td></td><td></td><td></td><td></td><td></td><td>五牢</td></tr>
<tr><td rowspan="2">《合》29579</td><td></td><td></td><td></td><td></td><td></td><td></td><td>三牢</td></tr>
<tr><td></td><td></td><td></td><td></td><td></td><td></td><td>五牢</td></tr>
<tr><td rowspan="2">《合》29580</td><td></td><td></td><td></td><td></td><td></td><td></td><td>牢</td></tr>
<tr><td></td><td></td><td></td><td></td><td></td><td></td><td>五牢</td></tr>
<tr><td>《合》29581</td><td></td><td></td><td></td><td></td><td></td><td></td><td>五牢</td></tr>
<tr><td>《合》29582</td><td></td><td></td><td></td><td></td><td></td><td></td><td>五牢</td></tr>
<tr><td>《合》29583</td><td></td><td></td><td></td><td></td><td></td><td></td><td>五牢</td></tr>
<tr><td>《合》29584</td><td></td><td></td><td></td><td></td><td></td><td></td><td>五牢</td></tr>
<tr><td>《合》29585</td><td></td><td></td><td></td><td></td><td></td><td></td><td>三小牢</td></tr>
<tr><td>《合》29586</td><td></td><td></td><td></td><td></td><td></td><td></td><td>三牢</td></tr>
<tr><td rowspan="3">《合》29587</td><td></td><td></td><td></td><td></td><td></td><td></td><td>三牢</td></tr>
<tr><td></td><td></td><td></td><td></td><td></td><td></td><td>二牢</td></tr>
<tr><td></td><td></td><td></td><td></td><td></td><td></td><td>三牢</td></tr>
</table>

《合》29588							三牢
《合》29589							三牢
《合》29590							三牢
《合》29591							三牢
《合》29592							三牢
《合》29593							牢
							三牢
《合》29594							二牢
							三牢
《合》29595							二牢
							三牢
《合》29596							三牢
							牢
《合》29597							二牢
《合》29598							二牢
《合》29599							二牢
《合》29600							二牢
《合》29602							二牢
《合》29603							牢
							二牢
《合》29604							二牢
《合》29605							二牢
《合》29606							二牢
《合》29607							牢
							牢又牛
							二牢
《合》29608							二牢
《合》29609							牢
							二牢
《合》29610							二牢
《合》29611							二牢
《合》29612							一牢
《合》29613							牢三牛
《合》29614							牢又一牛
《合》29615							牢又一牛

《合》29616							牢
《合》29617							牢
《合》29618							牢
《合》29619							牢
《合》29620							牢
《合》29621							牢
《合》29622							牢
《合》29624							五牢
							牢
《合》29625							牢
《合》29626							牢
《合》29627							牢
《合》29628							牢又一牛
《合》29629							牢
《合》29630							小牢
							牢
《合》29631							牢□一牛
《合》29632							牢
《合》29634							牢
《合》29635							牢
《合》29636							牢
《合》29637							牢
《合》29638							牢
《合》29639							牢
《合》29640							牢
《合》29641							五小宰
《合》29642							三小宰
《合》29643							三小宰
《合》29644							一小宰
							二小宰
							三小宰
《合》29645	癸亥		狄				一小宰
《合》29646							一小宰
							二小宰
《合》29647							小牢

《合》29648							小宰
	□巳						小宰
《合》29649							小宰
《合》29650							小宰
《合》29651							小宰
《合》29652							小宰
《合》29653							小宰
《合》29654							小宰
《合》29655							小宰
《合》29656							小宰
《合》29657	庚午	翌日					小宰
							宰
《合》29658	□子	戊戌					小宰
《合》29659							小宰
《合》29660							小宰
《合》29662							小宰
《合》29663							小宰
《合》29664							小宰
《合》29665							小宰
《合》29666							小牢
《合》29667							小宰
							牢
《合》29668							小宰
《合》29669							小宰
《合》29670					卯		三十宰
《合》29671							十宰
《合》29672							五宰
《合》29673							三宰
							五宰
《合》29675							二宰
							三宰
《合》29676							三宰
《合》29677							三宰
《合》29678					侑		宰
							二宰

《合》29679							二宰
《合》29680							宰□一牛
《合》29681							宰又一牛
《合》29682							宰
《合》29683							宰
《合》29684							宰
《合》29996							小宰
《合》29997							小宰
《合》30024							小宰
《合》30259							一小牢
《合》30300							三牢
					用		三牢
《合》30305					歲		五牢
《合》30310							二牢
《合》30393				[illegible]暨[illegible]			惟小宰
《合》30406	癸卯			土	燎		牢
《合》30407							牢
《合》30414				岳	燎	用	三牢
《合》30422				岳	往		三大牢
《合》30423	乙酉	甲子		岳			小宰
《合》30433							大牢
《合》30440				河	升		三牢
《合》30469	□申		何				宰
《合》30470					侑	升	五牢
《合》30476					侑	升	牢
《合》30490					侑	歲	二牢
							牢
《合》30491					侑	歲	牢
《合》30503					侑		三牢
							牢
《合》30504							小宰
							二大牢
《合》30505					侑		小宰
《合》30506					侑		小宰
《合》30507					杏		小宰

<table>
<tr><td>《合》30508</td><td></td><td></td><td></td><td></td><td></td><td></td><td>牢</td></tr>
<tr><td>《合》30511</td><td></td><td></td><td></td><td></td><td></td><td></td><td>宰</td></tr>
<tr><td>《合》30512</td><td></td><td></td><td></td><td></td><td></td><td></td><td>三牢</td></tr>
<tr><td>《合》30572</td><td></td><td></td><td></td><td></td><td></td><td></td><td>三宰</td></tr>
<tr><td>《合》30573</td><td></td><td></td><td></td><td></td><td></td><td></td><td>牢</td></tr>
<tr><td rowspan="2">《合》30596</td><td>癸未</td><td></td><td>彭</td><td></td><td>告</td><td></td><td>宰</td></tr>
<tr><td>癸未</td><td></td><td></td><td></td><td></td><td></td><td>二宰</td></tr>
<tr><td>《合》30631</td><td></td><td></td><td></td><td></td><td></td><td></td><td>牢</td></tr>
<tr><td>《合》30639</td><td></td><td></td><td></td><td></td><td></td><td></td><td>二宰</td></tr>
<tr><td rowspan="2">《合》30663</td><td></td><td></td><td></td><td></td><td></td><td></td><td>三牢</td></tr>
<tr><td></td><td></td><td></td><td></td><td></td><td></td><td>五牢</td></tr>
<tr><td>《合》30665</td><td></td><td></td><td></td><td></td><td></td><td></td><td>十牢</td></tr>
<tr><td>《合》30683</td><td></td><td></td><td></td><td></td><td></td><td></td><td>三牢</td></tr>
<tr><td>《合》30684</td><td></td><td></td><td></td><td></td><td></td><td></td><td>牢</td></tr>
<tr><td>《合》30685</td><td></td><td>辛卯</td><td></td><td></td><td>酒</td><td></td><td>小宰</td></tr>
<tr><td>《合》60687</td><td></td><td></td><td></td><td></td><td></td><td></td><td>二牢</td></tr>
<tr><td rowspan="2">《合》30705</td><td></td><td></td><td></td><td></td><td></td><td></td><td>三牢</td></tr>
<tr><td></td><td></td><td></td><td></td><td></td><td></td><td>五牢</td></tr>
<tr><td>《合》30706</td><td></td><td></td><td></td><td></td><td></td><td></td><td>三牢</td></tr>
<tr><td>《合》30707</td><td></td><td></td><td></td><td></td><td></td><td></td><td>牢又一牛</td></tr>
<tr><td>《合》30708</td><td></td><td></td><td></td><td></td><td></td><td></td><td>牢又一牛</td></tr>
<tr><td>《合》30709</td><td></td><td></td><td></td><td></td><td></td><td></td><td>牢</td></tr>
<tr><td rowspan="2">《合》30710</td><td></td><td></td><td></td><td></td><td></td><td></td><td>牢</td></tr>
<tr><td></td><td></td><td></td><td></td><td></td><td></td><td>牢</td></tr>
<tr><td>《合》30711</td><td></td><td></td><td></td><td></td><td></td><td></td><td>牢</td></tr>
<tr><td rowspan="2">《合》30712</td><td></td><td></td><td></td><td></td><td></td><td></td><td>牢</td></tr>
<tr><td></td><td></td><td></td><td></td><td></td><td></td><td>牢</td></tr>
<tr><td rowspan="2">《合》30713</td><td></td><td></td><td></td><td></td><td></td><td></td><td>宰</td></tr>
<tr><td></td><td></td><td></td><td></td><td></td><td></td><td>一牢</td></tr>
<tr><td>《合》30717</td><td></td><td></td><td></td><td></td><td></td><td></td><td>牢</td></tr>
<tr><td rowspan="3">《合》30729</td><td></td><td></td><td></td><td></td><td></td><td></td><td>二牢</td></tr>
<tr><td></td><td></td><td></td><td></td><td>歲</td><td></td><td>三牢</td></tr>
<tr><td></td><td></td><td></td><td></td><td></td><td></td><td>五牢</td></tr>
<tr><td>《合》30736</td><td></td><td></td><td></td><td></td><td></td><td></td><td>小宰</td></tr>
<tr><td rowspan="2">《合》30739</td><td></td><td></td><td></td><td></td><td>歲</td><td></td><td>三牢</td></tr>
<tr><td></td><td></td><td></td><td></td><td></td><td></td><td>五牢</td></tr>
</table>

《合》30740					歲		二宰
《合》30741					歲		牢
《合》30747							牢
《合》30779							小宰
							大宰
《合》30781					燎		大牢
《合》30782					燎		小宰
《合》30791							十牢
《合》30805							牢
《合》30820							三牢
							五牢
《合》30825							牢
《合》30827					丁		一牢
《合》30853							二大牢
							大牢
《合》30888					酒		五十牢
《合》30937	癸巳				彝	杏	牢
							牢又一牛
《合》30942							牢
《合》30977							牢
《合》30988							小宰
《合》31004					侑		三牢
					侑		牢
《合》31005				河	□	圂	三宰／牢
《合》31082					祐		二宰
《合》31083					祐		牢
《合》31090				父□	祐		二牢
《合》31104							十牢
《合》31107					卯		五牢
							十牢
							十牢又五
《合》31108	癸酉		狄		卯		三牢
《合》31109					卯		三牢
							五牢
《合》31110					卯		二牢

《合》31111				卯		牢
						二牢
《合》31112						五小𡧱
《合》31118						小牢
《合》31126						三牢
《合》31137						十牢
						三牢
						十牢
《合》31144						大牢
《合》31145						三牢
						五牢
《合》31153						三𡧱
《合》31159	戊申					三牢
						五牢
						牢
《合》31173						十牢
《合》31190						二𡧱
						三𡧱
						五𡧱
						十𡧱
《合》31212						牢
《合》31214						牢
《合》31318				歲		𡧱五十
《合》31678 反				㕣	歲	𡧱
《合》31700						小𡧱
《合》31705						𡧱
《合》31830						𡧱
《合》31850						𡧱
《合》31951						二牢
						三牢
《合》41310			上甲	侑	升	三牢
《合》41328	□寅	何				𡧱
《合》41385						小𡧱
《合》41386						小𡧱
《合》41387						十牢又五
						牢

《合》41388							宰
《合》41405							小宰
《合》41412					歲		宰
《合》41426							牢
《合》41428							三牢
《合補》8716	甲午			大乙	侑	歲	三牢
							五牢
《合補》8720				中己	侑		小宰
《合補》8754				父甲	歲		宰
《合補》9018				㡖小辛母			三小宰
《合補》9279							二牢
							三牢
《合補》9280							二牢
							羊牛三牢
《合補》9281							牢
《合補》9282							三牢
							〔四〕牢
《合補》9284				〔丁〕			三牢
《合補》9285							小宰
《合補》9286							三牢
《合補》9576				河			百牢
《合補》9582							小牢
《合補》9605							牢
《合補》9669							小宰
《合補》9680							宰
《合補》9683							宰
《合補》9688							〔牢〕
《合補》9689							牢
《合補》9694							牢
《合補》9699							二牢
							三牢
《合補》9701							牢又一牛
《合補》9704				祖丁	祒		三牢
《合補》9707							二牢
							五牢

《合補》9708					歲		小宰
							小宰
《合補》9725							牢
《合補》9726							牢
《合補》9736					祒		牢
《合補》9752				父庚			牢又□
《合補》9758							宰
《合補》9782							牢
《合補》9785							牢
《合補》10182							牢
《合補》10322							牢
《合補》10381							小宰
《合補》10388							宰
《合補》13327	癸卯				侑	升	三牢
				祖乙	侑	升歲	牢
《合補》13331							牢二牢
							牢又牢
							二牢一牛
《合補》13333				妣癸	歲		小宰
《合補》13364							五牢
	乙丑			兄庚	福	歲	一牢
							二牢
《懷》1303							二宰
《懷》1309							小宰
《懷》1310							小宰
《懷》1311							三牢
《懷》1370				祖辛	侑	升	牢又□
《懷》1376	己丑			父甲	杏		一牢
《懷》1396					卯		三牢
							五牢
《懷》1400							牢
《懷》1409							小宰
							牢
《懷》1411							牢
							牢又□牛

《英》2328							五牢
《英》2329							三大牢
《英》2330							二牢
							一牢
《英》2331							小𡨄
《英》2332							小𡨄
《英》2361							五牢
							牢
《英》2364							牢
《英》2367							牢
《英》2373							牢
《屯》36							牢
《屯》57							牢
《屯》83							小𡨄
《屯》95							𡨄
《屯》162							二牢
《屯》199							小𡨄
《屯》295					弘		一牢
							三牢
《屯》296							牢
							牢又一牛
							二牢
《屯》323							大牢
							牢又一牛
				妣辛、妣癸			小𡨄
《屯》368							牢
《屯》498							小𡨄
《屯》609				祖辛	卯		牢□一牛
《屯》610	戊午			妣辛	餗		牢
							二牢
							三牢
				父庚	𥙊		牢
							牢又一牛
《屯》651							小𡨄

《屯》657				祖乙	卯		牢
							牢又一牛
							二牢
							牢
《屯》694	庚申			妣辛	祮		牢
							牢又一牛
《屯》704							牢
《屯》748				父己	卯		牢
							二牢
							三牢
《屯》793							十小牢又五
《屯》817					曹		五牢
					曹		十牢
					曹		五牢
					曹		十牢
					燎		二牢
《屯》882							二牢
							三牢
					侑		牢
《屯》886							牢
《屯》1011	己丑			妣庚	歲		二牢
							三牢
	己丑			兄庚	𢍜	歲	牢
							三牢
	壬戌			母壬			小宰
《屯》1014	甲辰			毓祖乙	歲		牢
							二牢
《屯》1505	辛亥			示壬	歲		一牢
《屯》2107							四小宰
							五小宰
《屯》2185							三牢
							五牢
《屯》2232					剛		五牢
							十牢

《屯》2315	己未			父己	歲		牢
							牢又一牛
							二牢
							三牢
	庚申			妣辛	祏	歲	牢
							牢又一牛
							二牢
							三牢
《屯》2331							三小宰
《屯》2343	癸丑			祖甲必	祏		牢又一牛
					彈		三牢
							五牢
《屯》2392							牢
《屯》2396							小宰
《屯》2483				父己	侑	升	牢
							牢又一牛
《屯》2552							二牢
							四牢
《屯》2644							牢
《屯》2665				小乙	侑		牢
《屯》2699							牢
							牢
《屯》2983					卯		牢
《屯》2984				妣癸	歲		牢
《屯》3002	丁卯			父庚	祏		宰
《屯》3003				上甲	侑	升	牢
《屯》3088				二子	侑		小宰
《屯》3115							牢
《屯》3124							大牢
《屯》3139				大乙	升		牢
《屯》3555							牢
《屯》3709							三牢
							牢
《屯》3743				上甲			三牢
							五牢

《屯》3778	己亥			父甲	杏		二牢
							牢
《屯》3779							牢
《屯》3831				高祖	歲		牢
《屯》3853							牢又一牛
《屯》3995							十牢
《屯》4004							牢
《屯》4023					畿		小𡨦
				妣戊井			小𡨦
《屯》4068							二牢
《屯》4122							牢又一牛
《屯》4176							大牢
《屯》4323				上甲	侑		牢
							牢
				上甲	侑		五牢
							牢
《屯》4371				祖丁	祰		二牢
《屯》4393							三牢
《屯》4425							小𡨦
《屯》4431							小𡨦
《屯》4552					卯		三牢
《屯》4563	甲申			妣丙	歲		一小𡨦
《屯》4576					禫		二牢
							三牢
	丙子				燎	杏	三牢
							五牢
《屯》4589							大牢

第四期

出　處	卜日	祭日	貞人	祭祀對象	祭名	祭儀	祭　牲
《合》32021	癸未			祖乙	侑	升	牢
《合》32028	辛未			河	求	燎／圅	三牢／牢
《合》32042					卯		十牢
《合》32043					卯		十牢
《合》32045	丁丑				卯		三牢

《合》32051	己亥	庚子			酒	㞢	十牢
《合》32052	癸亥				侑	歲	十牢
《合》32054	丙子	丁丑		父丁	侑	歲	三牢
《合》32055	庚寅	辛卯		父丁	侑	卯	五牢
《合》32056	庚子						十牢
《合》32057							十牢
	癸卯				侑	升	三牢
	乙巳			父丁	侑	升	三牢
《合》32061							牢
《合》32062							五牢
《合》32072	辛未				侑	伐	十牢
《合》32074					歲		牢
《合》32078							二牢
《合》32082							牢
《合》32086	乙卯			[illegible]示	伐		三牢
							牢
《合》32090	丁丑			自上甲	侑	伐	三牢
							二牢
							一牢
《合》32092					卯		牢
					卯		牢
《合》32097	庚辰			上甲	侑	升	十小牢
	庚辰			上甲	侑	伐	九小牢
《合》32101	丁巳			大乙			三牢
	□巳			大乙			牢
《合》32102					卯		三牢
《合》32104							二牢
《合》32113	丙寅			祖乙	侑	升	牢一牛
	丙寅			父丁	侑	升歲	牢
《合》32118	乙丑			土	侑	㞢	小宰
《合》32121							牢
							牢
							牢
《合》32127							二牢
							三牢

《合》32130							一牢
《合》32132							牢
							牢
							牢
《合》32134							五牢
《合》32135							五牢
《合》32137							三牢
							五牢
《合》32138							三牢
							五牢
《合》32139							三牢
							五牢
《合》32148	□	丁巳			用		三牢
《合》32152							一牢
《合》32153							十牢
《合》32161	丁巳			河	燎		牢
《合》32171	甲子			祖乙	侑	歲	三牢
	戊寅			妣庚	侑		十牢
《合》32172							小宰
《合》32181	辛丑						五牢
《合》32185	己巳	庚午		父丁	侑		牢
《合》32198							三小宰
							大牢
	甲辰			祖甲	歲		二牢
				上甲	侑	歲	小宰
							二小宰
					歲		十小宰
《合》32199				祖乙	歲		十牢
《合》32200				上甲	侑	歲	十宰
《合》32201	乙亥	甲申		大甲	侑		十牢
《合》32202					卯		二牢
《合》32203					侑	升	三牢
《合》32214	丁未			大乙	侑		五牢
				大乙	侑		三牢
《合》32221	壬寅			祖辛	尋	卯	一牢

《合》32223							十牢
《合》32230	庚戌			河	侑	囩	牢／大牢
《合》32249					歲		三牢
《合》32257							五牢
《合》32261	□子						宰
《合》32301	庚戌			祖□			一牢
《合》32316	甲午			毓祖	侑	歲	一牢
							二牢
《合》32322	□巳	甲午		上甲	侑	升歲	五牢
《合》32325				上甲	侑	升	三牢
《合》32329 正		甲子		大甲	酒	燎	六小宰
	癸丑	甲寅		自上甲	酒	燎	六小宰
	庚申	甲子		大甲	酒	燎	六小宰
《合》32347					卯		十牢
							一牢
《合》32357				上甲	燎		三宰
《合》32363	丁酉				燎		五宰
《合》32364					侑	歲	牢
《合》32376							五牢
《合》32380	丁丑			上甲			三小宰
《合》32381							三牢
《合》32393							牢
《合》32397	癸亥			示壬	侑	燎	三小宰
《合》32399	辛未			示壬	酒		十牢
				示癸			三牢
《合》32403	辛未			大乙	侑		七牢
	丙子			大丁	侑		三牢
	辛未			大乙	侑		十牢
《合》32412				大乙	歲		三牢
《合》32420	丁卯				燎	卯	三宰／牢
《合》32424				大乙			三牢
《合》32425	辛酉			大乙	戠		一牢
							二牢
							三牢
《合》32426				大乙			十牢

《合》32431				大乙	卯		五牢
《合》32437							一牢
《合》32441							牢
《合》32442							十牢
《合》32446							五牢
《合》32447	甲子			高祖乙	侑	歲	三牢
							牢
《合》32448							五牢
	丙午			父丁	彝	歲	一牢
							牢
	甲寅			高祖乙	侑	歲	一牢
							三牢
《合》32449	甲午			高祖乙	侑	歲	三牢
《合》32451							二牢
							三牢
《合》32453							小宰
	丙寅				彝	杏	一牢
							三牢
							三牢
	甲午			高祖乙	歲		三牢
							五牢
《合》32454							牢
				大戊	侑	歲	二牢
《合》32455	丁巳			大戊	侑	歲	二牢
《合》32456	甲□			高祖乙	歲		三牢
《合》32458	甲子			高祖乙			牢
《合》32461 反				高祖乙	歲		三牢
《合》32471				大甲	侑		四牢
				大甲	侑		三牢
《合》32477	癸□			大甲	歲		牢
《合》32479	癸酉			大甲			十牢
《合》32480	丙申	丁酉		大□	酒	升歲	五牢
《合》32493				大庚			牢
《合》32496	癸巳			仲丁	侑		三牢
							牢

《合》32505	癸酉	乙亥		祖乙	侑	歲	牢又牛一
《合》32506	甲辰			祖乙	侑	升歲	三牢
《合》32507	□寅	乙卯		祖乙	侑	升歲	五牢
《合》32507	乙亥			祖乙	侑	升歲	大牢一牛
《合》32510	乙丑			祖乙	侑	升歲	五牢
《合》32511	丙寅			祖乙	侑	升歲	牢□牛
《合》32515				祖乙	侑	升	牢
《合》32517							三牢
《合》32535				祖乙	燎		三宰
	庚午			祖乙	燎		三宰
《合》32536	丁亥				尊	歲	三牢
《合》32549	乙亥						宰
《合》32553				祖乙	祏		牢又一牛
《合》32558				祖乙			十牢
《合》32559		乙巳		祖乙			十牢
《合》32569							三牢
《合》32587					侑		一牢
							二牢
《合》32592							牢
《合》32617							二牢
							三牢
《合》32621	甲子	乙丑		小乙	祏		牢
《合》32627							一牢
							一牢
《合》32638	□寅			毓祖乙	歲		牢
《合》32645	丙戌			父丁	杏		牢
《合》32652							一牢
《合》32659				祖			三牢
《合》32660							二牢
							三牢
							五牢
《合》32665	辛酉	癸亥		父丁	侑	歲	五牢
《合》32666	辛酉	癸亥		父丁	侑	歲	五牢
《合》32667	辛酉	癸亥			侑	歲	五牢
《合》32669	癸卯			父丁	侑	升歲	三牢
							五牢

《合》32673	丁未			父丁	侑	杏禱	一牢
							二牢
							牢
《合》32675	癸巳			父丁	禦		五十小宰
				父丁	禦		百小宰
《合》32685							五小宰
《合》32691	丙午			父丁	酒	燎	十牢
《合》32692	丙午			父丁	酒	燎	十宰
《合》32693				父丁	歲		二牢
《合》32698					卯		七牢
《合》32709							一牢
	丙辰			父丁			一牢
《合》32717							五牢
《合》32721	丁卯				燎	卯	三小宰／三大牢
《合》32722							牢
《合》32740				妣庚	禦		十牢
《合》32741				妣□			牢
《合》32742	丙子				𢍜	杏	一牢
							三牢
《合》32743	□巳			妣己			牢
《合》32746							五牢
	丁亥			妣己	歲		一小宰
							一小宰
《合》32750							三牢
							五牢
							十牢
《合》32755							三牢
《合》32757							牢
	丙午				侑	歲	二十牢
《合》32776							小宰
《合》32791	丁丑				伊尹	歲	三牢
							牢
							五牢
《合》32801							二宰

《合》32816 正	丙午			仲丁／祖丁	酒	升歲	三牢／三牢
《合》32952							二牢
							牢
《合》32977					歲		二牢
《合》32982	癸亥	丁卯		啺夸	侑	歲	十宰
《合》32992							宰
《合》33001				虤	求	燎	九宰
《合》33140							十牢
《合》33250							牢
《合》33269	癸□						牢
《合》33276				河	求	燎／囟	小宰／牢
《合》33280				河	燎		五宰
《合》33282	壬子			河	求	燎	三宰
	壬子			河	求	燎囟	三宰／牢
《合》33283	辛卯			河	求	燎	二宰
				河	燎		三宰
《合》33284	癸巳			河	求	燎	三宰
					燎		宰
《合》33285		□巳		河	酒	囟	牢
《合》33292	□卯			岳	求	燎／囟	三小宰／牢
	乙卯			岳	求	燎	三小宰
					求	囟	大牢
《合》33293				[illegible]	求	燎	小宰
《合》33296	丁未			岳	求	燎	小宰
《合》33299	丁卯			岳	求	燎	三宰
《合》33309	壬辰			示壬			牢
《合》33314	己卯			示壬	求		三牢
《合》33320	庚午			岳			三宰
《合》33322							牢
《合》33323					囟		三牢
					囟		三牢
《合》33327	辛卯			妣壬、妣癸	侑		小宰
《合》33331	甲辰	乙巳		岳	燎		大牢
《合》33332				岳	燎		三牢
《合》33333							三牢
	壬子			示壬			牢

《合》33338	庚午	今日			燎		宰
《合》33385	丙申				沉	燎	二牢／牢
《合》33388							三牢
《合》33427							二牢
《合》33431				祖辛	歲		二牢
《合》33582							牢
《合》33604							三牢
《合》33607							二牢
《合》33616							大牢
《合》33617							大牢
《合》33618							大牢
《合》33619							大牢
《合》33620							三大宰
《合》33621							十牢
《合》33622							十牢
《合》33623							十牢
《合》33624							十牢
《合》33625							十牢
《合》33626							三牢
							五牢
							十牢
《合》33627							五牢
《合》33628							三牢
							五牢
							十牢
《合》33629							五牢
《合》33630							五牢
《合》33632							三牢
							五牢
《合》33633							三牢
《合》33634					侑		大三牢
《合》33635	丁巳						三牢
《合》33636	戊寅	乙巳					三牢
《合》33637							三牢
《合》33638							三大三牢

《合》33639							三牢
《合》33640							三牢
《合》33641							三牢
《合》33642							三牢
《合》33643							三牢
《合》33644							三牢
《合》33645							三牢
《合》33646							二牢
							三牢
《合》33647							二牢
							三牢
《合》33648							二牢
							三牢
《合》33649							二牢
							三牢
《合》33650							二牢
							三牢
《合》33652							二牢
							三牢
《合》33653							二牢
							三牢
《合》33654							二牢
							三牢
《合》33655							一牢
							一牢
							二牢
							三牢
《合》33656							一牢
							二牢
							牢
《合》33657							二牢
							牢
《合》33658							二牢
							牢
《合》33659							二牢
							牢

《合》33660							牢
							二牢
							三牢
《合》33661							一牢
							二牢
							牢
《合》33662					歲		二牢
《合》33663							二牢
							牢
《合》33664							二牢
《合》33665							牢□一牛
							二牢
《合》33666							一牢
							二牢
							牢
《合》33667							二牢
《合》33668							二牢
《合》33669							二牢
《合》33670							二牢
《合》33671							一牢
							牢
《合》33672							一牢
《合》33673							牢又一牛
							牢又牛一
《合》33674							牢又一牛
《合》33675					侑		牢
							牢又一牛
							二牢
《合》33676							牢
《合》33677							牢
《合》33678							牢
《合》33679							牝牢
《合》33680							牢
《合》33681							牢
《合》33682							牢

《合》33683							牢
《合》33684							牢
《合》33685							四宰
《合》33686		丁巳					三宰
《合》33687							二宰
《合》33691							二牢
	丙午				杏		牢
《合》33745 反							宰
							一宰
《合》33758							三小宰
《合》33761							五牢
《合》33817							五牢
《合》33920							牢
《合》33933							一牢
							二牢
							三牢
《合》33986		乙未		祖□	歲		三十牢
《合》34010	丁丑			丁祖			一牢
《合》34029							牢
《合》34047	□亥			自上甲	侑	伐	十小宰
《合》34079							十牢
《合》34083							小宰
《合》34104	□未			自上甲□示／小示	侑	升歲	三牢／二牢又□
《合》34120	癸卯	乙巳		土	燎		牢
《合》34121	丙子			大□	侑		一牢一牛
	丙子			仲丁	侑		二牢一牛
《合》34122	丙子			仲丁	侑		二牢
《合》34144	丁未			河	告		五牢
《合》34148							宰
《合》34149	癸酉			帝五玉臣			三百四十宰
	癸酉						三小宰
《合》34157	辛亥				侑		三十小牢
《合》34163	丁巳	庚申			酒	囟	大牢
《合》34172	□未			父丁	燎		五宰

《合》34175				戠	燎		三牢
《合》34198				岳	燎		三宰
	己酉	辛亥		岳	燎		一宰
《合》34208				岳	燎		三牢
《合》34209				岳	燎		牢
				岳	燎		小宰
《合》34219	甲申			土			牢
《合》34225				岳	燎		五宰
《合》34229		丁亥		岳	寧	燎	牢
《合》34232	□午			岳			三小宰
《合》34243	癸亥				燎		小宰
《合》34244				河	燎		五小宰
《合》34245				河	燎		二牢
《合》34247				河	因		牢
《合》34257				河			五牢
《合》34258				河			牢
《合》34259				河			三牢
《合》34277				[illegible]	燎	卯	小宰／牢
					燎		小宰
《合》34297					侑		十牢
《合》34301					侑	升歲	十牢
《合》34302							二宰
《合》34303				□乙	侑	升歲	三牢
《合》34313	丁卯				侑	歲	五牢
《合》34316	甲辰	乙巳			侑	歲	三十牢
《合》34319	□未				侑	歲	三牢
《合》34322							牢
《合》34323							二牢
							三牢
《合》34329							三牢
							十牢
							五牢
《合》34330							一牢
《合》34331							三牢
							五牢
							十牢

《合》34332							一牢
							牢
《合》34333							牢
《合》34334							牢
《合》34353							小宰
《合》34381	丙戌				求	弘	二牢
							牢
《合》34387							宰
《合》34407					歲		宰
《合》34408							牢
《合》34423					歲		五牢
《合》34424					歲		二牢
《合》34425					歲		二牢
《合》34426					歲		宰
《合》34427							牢
					歲		牢又一牛
《合》34428	癸卯				歲		牢
							小宰
《合》34429					歲		小宰
							小宰
《合》34431							三牢
《合》34443							二牢
							三牢
							二牢
							牢
《合》34449	丁卯				燎	卯	三小宰／三大牢
《合》34450	辛亥				燎		大牢
《合》34451	乙酉				燎		六小宰
《合》34452							五宰
《合》34453	□丑				燎		三宰
《合》34454	丁丑				燎		三小宰
《合》34455	乙卯				燎		三小宰
《合》34456					卯		二小宰
					燎		一小宰

《合》34464	丁卯						小宰
《合》34496							三宰三牛
《合》34529	乙巳						五宰
《合》34543							小宰
《合》34544							大宰
《合》34545		乙未			侑	歲	宰
《合》34557							三宰
《合》34574	甲辰				餗	歲	宰
							宰
《合》34584					歲		宰
《合》34609							宰
《合》34615							五宰
《合》34622	丙午				彝	杏	一宰
							宰
							二宰
《合》34623					彝	杏	三宰
《合》34624							宰
	丙寅				彝	杏弘	三宰
《合》34626	癸丑				升	歲	五宰
《合》34629							十宰
《合》34634				土	𠥓		一宰
							三宰
《合》34641							五宰
《合》34645							二宰
《合》34646		甲子			祰		宰
《合》34647							二宰
							一宰
							三宰
							宰
《合》34648							一宰
							宰
《合》34649							一宰
《合》34657	丙寅	乙亥			燎	卯	四宰／三大宰
《合》34658					卯		五宰
《合》34659							六宰

《合》34667							牢
《合》34668					卯		牢
《合》34669					卯		三牢
《合》34670					卯		三牢
					卯		三牢
					卯		五牢
《合》34711				土	圂		大牢
《合》35131							三牢
							五牢
《合》35132							四牢
							牢
《合》35133							三牢
							牢
《合》35134							三牢
《合》35135							二牢
《合》35136							一牢
							牢
《合》35138							牢
《合》35153							牢□一牛
							二牢
《合》35288				河			五牢
《合》41473							牢
《合》41495							小宰
				子疛／兄癸	侑	競	牢
《合》41538							小宰
《合》41576							三牢
							五牢
《合》41578							宰
《合》41625							牢
《合》41626							宰
							牢
《合》41648					卯		二小宰
					卯		二小宰
《合》41662					歲		牢
《合補》10417	丙寅	丁卯		父丁	酒	卯	三牢

《合補》10418					卯		牢
《合補》10422	癸丑			父丁	侑	升歲	牢又一牛
	丙寅			祖乙	侑	升歲	牢□牛
《合補》10428	□丑			上甲	告	圂	牢／大牢
《合補》10432							宰
《合補》10445	□未	乙酉		祖乙	侑	升歲	十牢
《合補》10451							一牢
							二牢
							三牢
							五牢
《合補》10452	□子			祖乙	侑	升歲	大牢
《合補》10453				祖乙			三牢
《合補》10462							一〔牢〕
							二牢
				小乙			牢
《合補》10468	丁丑			妣己	侑	歲	大牢
《合補》10472	□子				歲		六牢
《合補》10543							十牢
《合補》10544							牢
							十牢
《合補》10545							牢
《合補》10546					卯		三牢
					卯		三牢
					卯		三牢
					卯		五牢
《合補》10547					燎		三牢
《合補》10553							二牢
《合補》10627				父辛	侑	歲	八牢
	丁酉				侑	歲	牢
《合補》10636				岳			三小宰
《合補》10638				河	燎		三牢
《合補》10639	丙寅			[illegible]	侑	燎	小宰
	丙寅				燎		三小宰
	丙寅			伊尹	侑	升歲	二牢

《合補》10642 甲	戊子				燎	圅	三宰／宰
	戊子				燎	圅	大三牢／牢
	丁丑			大戊	侑	升歲	三牢
《合補》10642 乙	丁巳	庚申		[illegible]	燎	圅	二小宰／大牢
《合補》40643 乙	癸亥			土	侑	圅	小宰
《合補》10659	庚戌	辛亥		祖辛	侑	歲	二十牢又五
				大甲	侑	歲	三十牢
	丙辰	丁巳		中丁	侑	歲	二十牢又五
	己未	庚申		南庚	侑	歲	十牢又三
							牢
		甲寅		戔甲／羌甲	侑	歲	三牢／十牢又七
《合補》10669							一牢羊
							二牢羊
							三牢羊
《合補》10674							牢
《合補》13385				□丁	卯		三牢又三牛
《合補》13402	庚子				沉		三十牢
《懷》1555	乙巳			自上甲	侑	升歲	三牢
							三牢
《懷》1558	辛未	乙亥		大乙	侑	歲	三牢
《懷》1562				父丁			十小宰
《懷》1564							小宰
							五牢
《懷》1593							二牢
《懷》1594							二牢
							牢
《懷》1596							二牢
							三牢
《英》2405							三牢
《英》2410							二牢
《英》2443	丙寅			[illegible]	侑	燎	小宰
				[illegible]			宰
《英》2446	庚□			河			三牢
《英》2450	庚□			兮	求	燎／圅	十小宰／十大牢

《英》2454							二牢
							三牢
							五牢
《英》2456							牢
《英》2457							牢
《英》2462		乙亥			歲		三牢
《英》2463							牢
《英》2470					卯		一牢
《英》2472							二牢？
《東》1253					禦		十牢
				土			一牢
《屯》9	己酉			自上甲	鬯		三牢
	己酉			自上甲／大示	鬯		五牢／五牢
《屯》93	壬子			河	求	燎	三小宰
	□子			河	求	燎／圅	宰／牢
《屯》123					杏		一牢
《屯》182							十宰
《屯》204							十牢
《屯》228	己未			祖辛	侑		牢又一牛
《屯》284	庚戌			夒	燎		三小宰
《屯》313	丁巳			大乙			三牢
	丁巳			大乙			五牢
	庚申	乙丑			酒		三牢
	庚申	乙亥			酒		三牢
《屯》441	甲寅	乙卯		祖乙	侑	歲	大牢
				祖乙	侑	歲	宰
《屯》442							三牢
《屯》539				祖乙	侑		大牢
《屯》560					卯		牢
《屯》570							五宰
《屯》582	庚子				酒	歲	三牢
《屯》595	甲申			小乙	侑升	卯	牢
《屯》608							二牢
							三牢

《屯》631	丙辰			仲丁	歲		二牢
《屯》636				自上甲／大示	鼺		五牢／五牢
《屯》647							牢
《屯》719							五牢
《屯》723	辛酉	癸亥		父□	侑	歲	五牢
《屯》726	壬寅			土	侑	燎	大牢
	癸卯	甲辰		土	燎		大牢
《屯》732	壬戌			河	燎		三牢
《屯》739	甲午	乙未		大乙	酒	升歲	五牢
《屯》750	辛卯			妣庚、妣丙	求		一牢
	丁酉			岳	求	燎	五牢
《屯》751	戊戌				侑		十牢
	戊戌			大乙	侑		十牢
	己亥				侑		十牢
	己亥			祖乙	侑		十牢
	己亥			大乙	侑		二十牢
	己亥			大甲	侑		十牢
《屯》755							一牢
							二牢
							三牢
《屯》856	辛丑			大甲	侑	歲酒	五牢
							牢
《屯》874							一牢
							二牢
《屯》908							一牢
							二牢
							三牢
《屯》911	己卯			示壬	求		三牢
《屯》914				河	燎		牢
				岳	燎		小宰
《屯》920				父丁	歲		牢
《屯》930	甲申				用		三大牢
《屯》935	丙寅	丁卯		父丁	酒	燎	四宰
							五宰

《屯》943	辛卯			河	求	燎	二宰
				河	燎		三牢
《屯》945					囡		牢
《屯》954	辛丑			大乙	戠		一牢
							牢
《屯》960				小乙			一牢
《屯》961	庚申			土	侑	囡	小宰
	癸亥				侑	囡	一小宰
《屯》974	己亥	來乙			酒		五牢
《屯》996							二牢
							三牢
							一牢
							二牢
《屯》1035	□酉			河	燎		五宰
《屯》1050				□乙	升	歲	牢
	□子	丁丑		父丁		升	大牢
《屯》1060							小宰
	丙午				禱	歲	二牢
《屯》1062	丙寅			[illegible]	侑	燎	小宰
	丙寅				燎		三小宰
	丙寅			伊尹	侑	升歲	二牢
《屯》1083	甲辰			小乙	侑	歲	牢
《屯》1090	丙寅			父丁	酒	卯	三牢
《屯》1091	甲午			自祖乙	侑	歲	三牢
	甲午			自祖乙	侑	伐	牢□牛
《屯》1115	己亥			大／下示／小示	卯		十牢／五牢／三牢
	庚子			大示／下示	伐	卯	五牢／三牢
《屯》1116	辛巳	辛酉		河／上甲／王亥	卯		十牢／十牢／十牢
《屯》1118	丁亥	辛卯		河	酒	燎囡	三宰／牢
	丁亥	辛卯		岳	酒	燎囡	三宰／牢
《屯》1120	癸酉				侑		牢
	甲戌			河	燎	沉	宰／三牢
	甲戌			妣	燎		宰

<table>
<tr><td>《屯》1122</td><td></td><td></td><td></td><td>伊尹</td><td>酒</td><td></td><td>十宰</td></tr>
<tr><td rowspan="3">《屯》1131</td><td></td><td></td><td></td><td></td><td></td><td></td><td>二牢</td></tr>
<tr><td></td><td></td><td></td><td></td><td></td><td></td><td>三牢</td></tr>
<tr><td>甲辰</td><td></td><td></td><td>祖乙</td><td>侑</td><td>升歲</td><td>二牢</td></tr>
<tr><td>《屯》1138</td><td>甲午</td><td></td><td></td><td>自上甲六大示</td><td>禦</td><td>燎</td><td>六小宰</td></tr>
<tr><td>《屯》1153</td><td>甲寅</td><td></td><td></td><td>河</td><td>燎</td><td></td><td>五小宰</td></tr>
<tr><td>《屯》1155</td><td></td><td></td><td></td><td></td><td></td><td></td><td>小宰</td></tr>
<tr><td>《屯》1212</td><td></td><td>乙丑</td><td></td><td></td><td>升</td><td>歲</td><td>牢／三牢</td></tr>
<tr><td>《屯》1234</td><td></td><td>乙酉</td><td></td><td></td><td>歲</td><td></td><td>三牢</td></tr>
<tr><td>《屯》1308</td><td></td><td></td><td></td><td></td><td>歲</td><td></td><td>三牢</td></tr>
<tr><td>《屯》1444</td><td></td><td></td><td></td><td>岳</td><td>燎</td><td></td><td>五小宰</td></tr>
<tr><td>《屯》1448</td><td></td><td></td><td></td><td>土</td><td>禦</td><td></td><td>大牢</td></tr>
<tr><td>《屯》1463</td><td></td><td></td><td></td><td></td><td></td><td></td><td>五牢</td></tr>
<tr><td>《屯》1509</td><td>丁酉</td><td></td><td></td><td>岳</td><td>求</td><td></td><td>五宰</td></tr>
<tr><td>《屯》1697</td><td></td><td></td><td></td><td></td><td>卯</td><td></td><td>三牢</td></tr>
<tr><td rowspan="2">《屯》2008</td><td></td><td></td><td></td><td></td><td></td><td></td><td>牢</td></tr>
<tr><td></td><td></td><td></td><td></td><td></td><td></td><td>牢</td></tr>
<tr><td rowspan="2">《屯》2027</td><td></td><td></td><td></td><td></td><td></td><td></td><td>一牢</td></tr>
<tr><td></td><td></td><td></td><td></td><td></td><td></td><td>二牢</td></tr>
<tr><td>《屯》2044</td><td></td><td></td><td></td><td></td><td>卯</td><td></td><td>三牢</td></tr>
<tr><td>《屯》2104</td><td>辛未</td><td></td><td></td><td></td><td>侑</td><td></td><td>十牢</td></tr>
<tr><td>《屯》2124</td><td>丙申</td><td></td><td></td><td>岳</td><td>求</td><td>燎</td><td>小宰</td></tr>
<tr><td rowspan="2">《屯》2130</td><td></td><td></td><td></td><td>上甲</td><td>歲</td><td></td><td>三牢</td></tr>
<tr><td></td><td></td><td></td><td></td><td></td><td></td><td>五牢</td></tr>
<tr><td>《屯》2142</td><td></td><td></td><td></td><td>祖乙</td><td>歲</td><td></td><td>五牢</td></tr>
<tr><td>《屯》2149</td><td>戊午</td><td></td><td></td><td></td><td></td><td></td><td>大牢</td></tr>
<tr><td rowspan="2">《屯》2155</td><td></td><td></td><td></td><td></td><td></td><td></td><td>一牢</td></tr>
<tr><td></td><td></td><td></td><td></td><td></td><td></td><td>二牢</td></tr>
<tr><td rowspan="3">《屯》2183</td><td></td><td></td><td></td><td></td><td>燎</td><td></td><td>二小宰</td></tr>
<tr><td></td><td></td><td></td><td></td><td>燎</td><td></td><td>三小宰</td></tr>
<tr><td></td><td></td><td></td><td></td><td>燎</td><td></td><td>三宰</td></tr>
<tr><td>《屯》2200</td><td>□未</td><td></td><td></td><td>大乙</td><td>升</td><td>歲</td><td>十牢</td></tr>
<tr><td>《屯》2215</td><td></td><td></td><td></td><td></td><td>升</td><td>歲</td><td>五大牢</td></tr>
<tr><td rowspan="2">《屯》2272</td><td></td><td></td><td></td><td>岳</td><td></td><td></td><td>五牢</td></tr>
<tr><td></td><td></td><td></td><td>河</td><td></td><td></td><td>九牢</td></tr>
</table>

《屯》2293	辛未	乙亥		大乙	侑	歲	三牢
	辛未	乙亥		大乙	侑	歲	五牢
《屯》2296	庚申						二牢
	庚申				燎		二牢
《屯》2303							宰
《屯》2308	丁酉	乙巳			酒	歲	十物
《屯》2310							大牢
《屯》2322	癸酉			[illegible]	求	燎	十小宰
《屯》2348							牢
《屯》2361	甲午			六大示	禦	燎	六小宰
《屯》2391	丙寅				[illegible]	歲	一牢
							二牢
							三牢
	丙寅	翌日			[illegible]		二牢
《屯》2420	甲子			大乙／大丁／大甲／⧄	侑	升	一牢／一牢／一牢／一牢
《屯》2516	乙亥			岳			宰
《屯》2792							牢／五牢
《屯》2842	乙巳						五小宰
《屯》2843							一牢
《屯》2852							牢
《屯》2868							一牢
							牢
《屯》2953	癸卯	甲辰		大甲	酒	升歲	五牢
《屯》3042				父丁	歲		五牢
《屯》3069				[illegible]	燎		二牢
				[illegible]	燎		牢
《屯》3083							牢
	壬寅			岳	求	燎	三小宰
					求		宰
《屯》3090					[illegible]		牢
《屯》3117				祖乙			牢
《屯》3243				燎			三宰
《屯》3244					烄		牢
《屯》3565	丙子	丁卯			升		牢

《屯》3567	丙寅			岳	求	燎	三宰
《屯》3571	庚辰	辛巳		[illegible]	燎	酒	宰
							大牢
							二牢
《屯》3581	乙酉						三牢
《屯》3594	□申				燎	燎	牢／牢
《屯》3612	辛卯			伊尹	侑		一牢
《屯》3633					卯		牢
							牢
《屯》3673	癸酉			父丁	侑	升歲	牢又一牛
《屯》3674					卯		牢
《屯》3675							三牢
《屯》3730	□卯			自上甲	幾		小牢
《屯》3738							牢
《屯》3756							三牢
《屯》3782	庚寅			大乙			五牢
《屯》3805				土			牢
《屯》3891							牢
							五牢
《屯》3909							一牢
							牢
《屯》3947	□亥						二牢
《屯》3958					禫	歲	二牢
《屯》3965							一小宰
《屯》3967							五宰
《屯》4043	己亥			大□	侑		二十牢
《屯》4105				夒	燎		三牢
《屯》4110				河			牢
《屯》4178							五牢
					囧	卯	三牢
							五牢
《屯》4249	丙寅			[illegible]			小宰
	丙寅			[illegible]	燎		三小宰
《屯》4318							十牢
	丙子			大丁	酒	歲	十犅
	□卯						十牢

《屯》4321							二牢
							三牢
							五牢
							一牢
《屯》4347							二牢
							三牢
							牢
							二牢
《屯》4365							二牢
							牢
				□乙	侑	歲	牢
《屯》4372							牢
	癸丑	甲寅		宅土	侑	燎	牢
《屯》4400	甲午			父丁	禦		百小宰
《屯》4404	甲午			父丁	禦		百小宰
《屯》4434							二牢
《屯》4475		乙巳		大乙	侑	歲	三牢
《屯》4479					卯		牢
《屯》4487	癸□						一牢
							二牢
《屯》4530							小宰
	庚午			上甲	燎		一小宰
	庚午			上甲	燎		三小宰
					燎		三小宰

第五期

出　處	卜日	祭日	貞人	祭祀對象	祭名	祭儀	祭　牲
《合》35350					卯		牢又一牛
《合》35351					卯		牢
《合》35355	丁丑			武丁	卯		二牢
	庚辰			祖庚	卯		牢
				□祖丁	卯		二牢
	丁酉			文武丁	卯		六牢
《合》35359							三牢
《合》35360	甲辰						一牢
					卯		牢

《合》35361	己卯			祖乙奭妣己	卯		二牢
	甲申			祖辛奭妣甲	卯		二牢
《合》35364	庚午			妣庚			二牢
	□辰						牢
《合》35393							牢
《合》35395	丙戌						二牢
							三牢
《合》35436	甲□			武乙			牢
					祊		牢
《合》35437	丙子			武丁			牢
《合》35818	甲子			武乙	祊		牢
	丙□			武□			牢
	丙寅			武丁	祊		牢
	癸酉						牢
	癸亥			祖甲	祊		牢
				武丁			牢
							牢又一牛
							牢又一牛
							牢又一牛
							牢又一牛
							牢又一牛
《合》35819	丙寅			武丁			牢
《合》35820	丙寅			武丁			牢
《合》35821	□寅			武丁			牢
《合》35822	丙子			武丁	祊		牢
							牢
							牢
《合》35823	丙子			武丁	祊		牢
《合》35824	丙子			武丁	祊		牢
《合》35825	丙子			武丁			牢
《合》35826	丙子			武丁			牢
							牢
《合》35827							牢
	丙子			武丁			牢
《合》35828	甲申			武乙	祊		牢
	丙戌			武丁	祊		牢
	癸巳			祖甲	祊		牢

《合》35829	甲申			武乙	祊		牢
	丙戌			武丁	祊		牢
				祖甲	祊		牢
							宰
《合》35830	丙戌			武丁	祊		牢
《合》35831	丙戌			武丁	祊		牢
《合》35832	丙戌			武丁	祊		牢
《合》35834	甲午			祖乙	祊		牢
	□申			武□			牢
《合》35835	丙申			武丁			牢
《合》35836	丙□			武丁	祊		牢
《合》35837	甲辰			武乙	祊		牢
	丙午			武丁	祊		牢
	丙午			康祖丁	祊		牢
	癸丑			祖甲	祊		牢
				□乙	祊		牢
					祊		牢
							宰
《合》35838	丙申			武□			牢
	丙午			武丁	祊		牢
《合》35839	丙辰			武丁	祊		牢
《合》35840	丙辰			武丁	祊		牢
《合》35841				祖甲			牢
《合》35843	丙辰			武丁			牢
《合》35844				武乙			牢
《合》35845							牢
《合》35846							牢
《合》35858	乙丑			武乙			牢
	甲戌			武乙	祊		牢
	丁丑			祖丁	祊		牢
	甲申			武乙	祊		牢
	癸未			祖甲	祊		牢
							牢又一牛
《合》35859	丙□			康□□			牢
《合》35861	甲寅			武乙			牢
	丙辰			祖丁	祊		牢

《合》35914	甲申			祖甲	祊		牢
					祊		牢
《合》35915	癸酉			祖甲	祊		牢
《合》35916	癸酉			祖甲	祊		牢
《合》35919				祖甲			牢
《合》35921				武乙			牢
《合》35922	□酉			祖甲	祊		牢
《合》35924	癸未			祖甲	祊		牢
《合》35929							牢
《合》35930	癸巳			祖甲	祊		牢
				祖乙宗	祊		牢
	丙戌			武丁			牢
							牢
《合》35931	癸巳			祖甲	祊		牢
	甲午			武乙宗	祊		牢
					祊		牢
							牢又一牛
							牢又一牛
							牢又一牛
							牢又一牛
							牢又一牛
							牢又一牛
							牢又一牛
							牢又一牛
							牢又一牛
《合》35932	癸巳			祖甲	祊		牢
《合》35933	癸巳			祖甲	祊		牢
							牢
《合》35934	癸巳			祖甲	祊		牢
《合》35935	癸卯			祖甲	祊		牢
《合》35936	癸卯			祖甲	祊		牢
《合》35938							牢
《合》35939				□乙	祊		牢
《合》35940							牢
	□卯			祖甲	祊		牢

《合》35941	癸丑			祖甲	祊		牢
《合》35942	癸丑			祖甲	祊		牢
					祊		牢
《合》35943	癸亥			祖甲	祊		牢
				武丁	祊		牢
《合》35944	丙辰			武□			牢
	癸亥			祖甲	祊		牢
							牢
《合》35945					祊		牢
《合》35946				□乙	祊		牢
《合》35948	癸□			祖甲			牢
《合》35949					祊		牢
《合》35966	丙寅			康祖丁	祊		牢
					祊		牢
《合》35967	丙寅			康祖丁			牢
				□祖丁	祊		牢
《合》35968	丙寅			康祖丁			牢
《合》35969	丙寅			康祖丁			牢
《合》35970							牢
《合》35971				康祖丁			牢
《合》35973				康□□			牢
《合》35975	丙□			康□□			牢
	丙子			康祖丁	祊		牢羊
	丙□			康祖丁			牢羊
				康祖丁			牢羊
	丙□			康祖丁			牢羊
《合》35976	丙子			康祖丁	祊		牢
《合》35977	丙子			康祖丁			牢
							牢
《合》35979	癸亥						牢
《合》35980				□祖丁	祊		牢
	丙子			康□□			牢
《合》35984	□子			□祖丁	祊		牢
《合》35985	丙戌			康祖丁	祊		牢
				□祖丁必			牢

《合》35986	丙戌			康祖丁	祊		牢羊
《合》35987	丙戌			康祖丁			牢
							牢
《合》35989	丙戌			康□□			牢
					祊		牢
《合》35990	丙戌			康祖丁			牢
《合》35993	丙戌			康□□			牢
《合》35995	丙申			康祖丁	祊		牢
《合》35996	丙申			康祖丁	祊		牢
							牢
《合》35997	丙申			康祖丁			牢
《合》35998	丙申			康□□			牢
							牢
《合》35999							牢
				康□□	祊		牢
《合》36001	□申			康祖丁			牢
《合》36002	丙午			康祖丁	祊		牢
	甲寅			武乙必			牢
	丙辰			康祖丁	祊		牢
《合》36003	丙寅			康□□			牢
	丙午			康祖丁	祊		牢羊
《合》36004	丙午			康祖丁	祊		牢羊
《合》36005	丙午			康祖丁			牢羊
《合》36006	丙午			康祖丁			牢羊
《合》36007	丙午			康丁			牢
《合》36009				□祖丁	祊		牢
《合》36011							牢
《合》36012	□午			康祖□			牢羊
《合》36013	甲辰						牢
	甲寅			武乙	祊		牢
	甲子			武乙	祊		牢
	丙辰			康祖丁	祊		牢
《合》36014	丙辰			康□□			牢
《合》36016	丙辰			康祖丁			牢
《合》36018	丙□			康□□			牢

《合》36019	丙□			康□□			牢
《合》36020				康□□			牢
《合》36021				□祖丁	祊		牢
《合》36032	甲□			上甲			牢
	甲戌			武乙	祊		牢
	□酉						牢
							牢又一牛
							牢又一牛
							牢又一牛
							牢又一牛
							牢又一牛
							牢又一牛
							牢又一牛
							牢□一牛
							小宰
							宰
							宰
《合》36033				□祖丁			牢
《合》36034	甲子			武乙	祊		牢
《合》36035	甲子			武乙	祊		牢
《合》36036	甲子			武乙			牢
《合》36037	甲子			武乙			牢
	甲子			武乙			牢
《合》36040				□祖丁			牢
《合》36041					祊		牢
《合》36043	甲戌			武乙			牢
				□祖丁			牢
《合》36044					祊		牢
《合》36045	甲戌			武□	祊		牢
							牢
《合》36047	甲申			武乙			牢
							牢
《合》36048	甲申			武乙			牢
《合》36052	甲午			武乙			牢
							牢
							牢

《合》36053				祊		牢
《合》36055	甲午			武□			牢
							牢
《合》36056				□祖丁	祊		牢
							牢
《合》36057	□申				祊		牢
《合》36059	甲午			武乙	祊		牢
	甲□			武乙			牢
《合》36060	甲午			武祖乙			牢
《合》36062				□祖丁			牢
《合》36063				武乙			牢
《合》36066	甲寅			武□			牢
							牢
《合》36071				武乙			牢
《合》36072				武祖乙			牢
《合》36073				祖乙			牢
《合》36074				祖乙			牢
《合》36075				□乙	祊		牢
《合》36076	甲子			武乙宗	祊		牢
	丙寅			武丁	祊		牢
《合》36077	丙子			武乙宗	祊		牢
《合》36078	甲戌			武乙宗	祊		牢
	丙子			武丁	祊		牢
《合》36079	甲戌			武乙宗	祊		牢
《合》36080	丙子			康祖丁			牢羊
	甲戌			武祖乙宗	祊		牢
《合》36081	甲申			武乙宗	祊		牢
《合》36082	甲申			武乙宗	祊		牢
							牢
	丙戌			武丁	祊		牢
《合》36083				祖乙宗			牢
《合》36084	甲午			武乙宗	祊		牢
《合》36085				武乙宗	祊		牢
《合》36086				祖乙宗	祊		牢
《合》36087	□午			□乙宗	祊		牢

《合》36088	□辰			武祖乙宗			牢
《合》36089	甲辰			武祖乙宗			牢
《合》36090	甲寅			武乙宗			牢
	丙午			武丁祊			牢
				祖甲			牢
《合》36091	甲寅			武乙宗	祊		牢
	丙辰			武丁	祊		牢
					祊		牢
《合》36092	甲寅			武乙宗			牢
							牢
	丙□			武□			牢
《合》36093	甲寅			武祖乙宗			牢
《合》36094	丙午			文武丁宗	祊		牢
	甲寅			武祖乙宗	祊		牢
《合》36098				祖乙宗			牢
《合》36099				祖乙宗			牢
《合》36100				祖乙宗			牢
							牢
《合》36101	甲子			武乙必	祊		牢
《合》36102					祊		牢
《合》36103				祖乙			牢
	甲子			武祖乙必	祊		牢
《合》36104	甲戌			武乙必			牢
《合》36105	甲戌			武祖乙必			牢
《合》36106	甲申			武乙必	祊		牢
	丙戌			康祖丁			牢
《合》36107	甲申			武乙必	祊		牢
							牢
《合》36109	甲申			武祖乙必			牢
							牢
《合》36111	甲□			武□必	祊		牢
《合》36113				康□□			牢
《合》36114	甲辰			武祖乙必	祊		牢
《合》36115	甲辰			武祖乙必			牢
	丙午			文武丁必	祊		牢
	甲寅			武祖乙必			牢

<table>
<tr><td>《合》36116</td><td>甲辰</td><td></td><td></td><td>武祖乙必</td><td></td><td></td><td>牢</td></tr>
<tr><td rowspan="2">《合》36117</td><td>甲辰</td><td></td><td></td><td>武□必</td><td></td><td></td><td>牢</td></tr>
<tr><td></td><td></td><td></td><td></td><td></td><td></td><td>牢</td></tr>
<tr><td>《合》36118</td><td>甲寅</td><td></td><td></td><td>武□必</td><td>祊</td><td></td><td>牢</td></tr>
<tr><td>《合》36119</td><td></td><td></td><td></td><td>□祖乙必</td><td></td><td></td><td>牢</td></tr>
<tr><td>《合》36120</td><td></td><td></td><td></td><td>□祖乙必</td><td></td><td></td><td>牢</td></tr>
<tr><td>《合》36121</td><td></td><td></td><td></td><td></td><td></td><td></td><td>牢</td></tr>
<tr><td>《合》36130</td><td></td><td></td><td></td><td></td><td>祊</td><td></td><td>牢</td></tr>
<tr><td>《合》36131</td><td>丙□</td><td></td><td></td><td>文武□</td><td></td><td></td><td>牢</td></tr>
<tr><td>《合》36132</td><td></td><td></td><td></td><td></td><td></td><td></td><td>牢</td></tr>
<tr><td>《合》36140</td><td>丙申</td><td></td><td></td><td>文武丁</td><td></td><td></td><td>牢</td></tr>
<tr><td>《合》36141</td><td></td><td></td><td></td><td></td><td></td><td></td><td>牢</td></tr>
<tr><td>《合》36144</td><td></td><td></td><td></td><td></td><td></td><td></td><td>牢</td></tr>
<tr><td>《合》36145</td><td></td><td></td><td></td><td>武□必</td><td></td><td></td><td>牢</td></tr>
<tr><td>《合》36146</td><td></td><td></td><td></td><td>□武丁</td><td></td><td></td><td>牢</td></tr>
<tr><td>《合》36147</td><td></td><td></td><td></td><td>□武丁</td><td></td><td></td><td>牢</td></tr>
<tr><td>《合》36149</td><td>丙寅</td><td></td><td></td><td>文武宗</td><td></td><td></td><td>牢</td></tr>
<tr><td>《合》36150</td><td>□寅</td><td></td><td></td><td>文武丁宗</td><td>祊</td><td></td><td>牢</td></tr>
<tr><td rowspan="2">《合》36153</td><td>丙戌</td><td></td><td></td><td>文武丁宗</td><td></td><td></td><td>牢</td></tr>
<tr><td></td><td></td><td></td><td></td><td>祊</td><td></td><td>牢</td></tr>
<tr><td>《合》36154</td><td>丙戌</td><td></td><td></td><td>文武丁宗</td><td>祊</td><td></td><td>牢</td></tr>
<tr><td rowspan="2">《合》36155</td><td></td><td></td><td></td><td>□武丁宗</td><td></td><td></td><td>牢</td></tr>
<tr><td>丙戌</td><td></td><td></td><td>文武宗</td><td>祊</td><td></td><td>牢</td></tr>
<tr><td>《合》36156</td><td>丙戌</td><td></td><td></td><td>文武宗</td><td></td><td></td><td>牢</td></tr>
<tr><td>《合》36157</td><td>丙□</td><td></td><td></td><td>文武丁宗</td><td></td><td></td><td>牢</td></tr>
<tr><td>《合》36158</td><td>丙午</td><td></td><td></td><td>文武宗</td><td></td><td></td><td>牢</td></tr>
<tr><td>《合》36159</td><td>丙午</td><td></td><td></td><td>文武宗</td><td></td><td></td><td>牢</td></tr>
<tr><td>《合》36161</td><td></td><td></td><td></td><td></td><td></td><td></td><td>牢</td></tr>
<tr><td>《合》36162</td><td></td><td></td><td></td><td>文□必</td><td>祊</td><td></td><td>牢</td></tr>
<tr><td>《合》36164</td><td>丙戌</td><td></td><td></td><td>文武必</td><td></td><td></td><td>牢</td></tr>
<tr><td>《合》36165</td><td></td><td></td><td></td><td>祖乙必</td><td></td><td></td><td>牢</td></tr>
<tr><td rowspan="2">《合》36166</td><td>丙申</td><td></td><td></td><td>文武必</td><td>祊</td><td></td><td>牢</td></tr>
<tr><td>□辰</td><td></td><td></td><td>□武丁</td><td>祊</td><td></td><td>牢</td></tr>
<tr><td>《合》36167</td><td>甲申</td><td></td><td></td><td></td><td></td><td></td><td>牢</td></tr>
<tr><td>《合》36173</td><td>乙丑</td><td></td><td></td><td>□武帝</td><td>侑</td><td>升</td><td>三牢</td></tr>
</table>

《合》36342				母癸			牢
《合》36351							牢又二牛
							牢又一牛
《合》36354							牢又一牛
《合》36527							牢
《合》36992							牢□牛
《合》37025							牢又一牛
							牢又一牛
							牢又一牛
《合》37026							牢又一牛
							牢勿牛
《合》37027							牢又一牛
							牢□一牛
							牢□一牛
《合》37029							牢又一牛
							牢又一牛
							牢又一牛
							勿牛牢
							牢
							牢□一牛
《合》37030							牢
							牢
							牢又一牛
《合》37031							牢勿牛
							牢勿牛
《合》37032							牢
							牢
							牢勿牛
							牢勿牛
《合》37033							牢又一牛
《合》37034							牢又一牛
							牢又一牛
《合》37035							牢又一牛
《合》37036							牢又一牛
《合》37037							牢勿牛

《合》37038						牢又一牛
						牢又□牛
						牢又一牛
《合》37039						牢□一牛
《合》37040						牢□牛
《合》37064						牢
《合》37066						牢□一牛
						牢□一牛
《合》37067						牢□牛
《合》37068						牢□牛
《合》37070						牢
《合》37071						牢□一牛
《合》37073						牢勿牛
《合》37074						牢□一牛
《合》37075						牢□牛
《合》37076						牢□一牛
《合》37077						牢
						牢勿牛
《合》37078						牢□一牛
《合》37079						牢
《合》37080						牢□一牛
《合》37081						牢□牛
						牢□牛
《合》37082						牢
《合》37083						牢
						牢
《合》37085						牢
						牢又一牛
						牢勿牛
《合》37086						牢
《合》37088						牢
《合》37089						牢
						牢
《合》37090						牢
《合》37093						牢□牛

《合》37094							牢勿牛
《合》37095							牢又牛
《合》37110							牢□牛
《合》37111							牢又一□
							牢□一牛
《合》37112							牢又一□
							牢
《合》37113							牢□一牛
							牢□一牛
《合》37114							牢□一牛
							牢勿牛
《合》37115							牢□一牛
《合》37116							牢
《合》37130							牢又一牛
《合》37131							牢又一牛
《合》37132							牢□一牛
《合》37133							牢又一牛
《合》37135							牢□一牛
《合》37137	□酉						牢
《合》37138							三牢
							五牢
《合》37139					卯		三牢
							五牢
《合》37140	壬子						三牢又□
《合》37143							二牢
《合》37144							牢□牛
							牢
							牢又一牛
《合》37145							牢又一牛
《合》37146							牢又一牛
《合》37147							牢又一牛
《合》37148							牢□一牛
							牢□一牛
《合》37149							牢
							牢□一牛

《合》37150							牢□一牛
《合》37151							牢□牛
《合》37152							牢□一牛
《合》37153							牢□牛
《合》37154							牢□
《合》37155							牢□一牛
《合》37156							牢又一牛
							牢又一牛
《合》37157							五牢
							牢又一牛
《合》37158							牢又一牛
							牢□一牛
《合》37159							牢又一牛
《合》37160							牢又一牛
							牢又一牛
《合》37161							牢
							牢又一牛
《合》37162							牢又一牛
							牢□一牛
《合》37164							牢又一牛
《合》37165							牢□一牛
							牢□一牛
《合》37166							牢又一牛
《合》37167							牢
							牢又一牛
《合》37169							牢□一牛
《合》37170							牢□牛
《合》37171							牢
《合》37172							牢□牛
《合》37173							牢
《合》37174							牢□一牛
《合》37174							牢□一牛
《合》37176							牢又一牛
《合》37178							牢又一牛
《合》37181							牢□一牛

《合》37182							牢□一牛
《合》37183							牢
《合》37184							牢□一牛
《合》37185							牢□牛
《合》37186							牢□一牛
《合》37187							牢又一牛
《合》37188							牢又一牛
《合》37189							牢
							牢又一牛
《合》37190							牢
							牢又一牛
							牢□一牛
《合》37191							牢
							牢又一牛
《合》37192							牢□一牛
							牢□一牛
《合》37193							牢又一牛
《合》37194							牢□一牛
《合》37195							牢又一牛
《合》37196							牢又一牛
							牢□牛
《合》37197							牢又一牛
							牢□牛
《合》37198							牢又一牛
							牢又一牛
《合》37199							牢又一牛
							牢又一牛
《合》37200							牢又一牛
							牢□一牛
《合》37201							牢又一牛
							牢□一牛
《合》37202							牢
							牢又一牛
《合》37203							牢又一牛
《合》37204							牢又一牛

《合》37205							牢又一牛
《合》37206							牢又一牛
《合》37207							牢
							牢
							牢又一牛
《合》37208							牢
							牢□一牛
《合》37209							牢□一牛
							牢□一牛
《合》37210							牢又一牛
《合》37212							牢□牛
《合》37213							牢□一牛
《合》37214							牢□一牛
《合》37215							牢
							牢又一牛
《合》37216							牢
							牢又一牛
《合》37217							牢
《合》37218							牢
《合》37219							牢又一□
《合》37220							牢又一□
《合》37221							牢
							牢又一牛
《合》37222							牢
《合》37223							牢
《合》37224							牢又一牛
《合》37225							牢又一牛
《合》37226							牢
							牢又一牛
《合》37227							牢
							牢又牛
《合》37228							牢
《合》37229							牢□一牛
《合》37231							牢□一牛
《合》37232							牢□一牛

《合》37233							牢□一牛
《合》37234							牢□一牛
《合》37236							牢□牛
《合》37237							牢□牛
《合》37239							牢□一牛
《合》37240							牢又一□
《合》37241							牢□一牛
《合》37242							牢□一牛
《合》37243							牢□一牛
《合》37244							牢□一牛
《合》37245							牢□一牛
《合》37246							牢又一□
《合》37247							牢□一牛
《合》37248							牢□一牛
《合》37249							牢□一牛
《合》37252							牢□一牛
《合》37251							牢□一牛
《合》37252							牢□一牛
《合》37253							牢□一牛
《合》37254							牢□一牛
《合》37255							牢□一牛
《合》37256							牢□一牛
《合》37257							牢□一牛
《合》37258							牢□一牛
《合》37259							牢□一牛
《合》37260							牢□一牛
《合》37261							牢
《合》37262							牢□一牛
《合》37263							牢□牛
《合》37264							牢□牛
《合》37265							牢□牛
《合》37266							牢□牛
《合》37267							牢
《合》37268							牢
							牢

《合》37269							牢
《合》37270							牢
《合》37271							牢
《合》37272							牢
《合》37273							牢
《合》37274							牢
							牢又牛
《合》37275							牢□牛
《合》37277							牢□一牛
《合》37279							牢
							牢
《合》37280							牢
《合》37281							牢□一牛
							牢
《合》37282							牢
《合》37283				兄甲			宰
《合》37295							小宰
《合》37296							小宰
《合》37297							小宰
							小宰
《合》37298							小宰
《合》37299							宰
《合》37300							牢又一牛
							小宰
《合》37301							小宰
《合》37302							小宰
《合》37303							小宰
《合》37304							小宰
《合》37305							小宰
《合》37306							宰
《合》37307							小宰
《合》37310							牢又一□
《合》37311							牢又一牛
							牢□牛
《合》37312							牢又一牛

《合》37313							牢□一牛
《合》37314							牢又一□
《合》37317				□乙	祊		牢
《合》37320							牢
《合》37321							牢
《合》37349							牢
《合》37354							宰
《合》37355							牢
《合》37853	丁未			父丁			牢
《合》38107							牢又一牛
							牢□牛
《合》38233	丙午			武丁			牢
	□申				祊		牢
《合》38235	□寅				祊		牢
《合》38236					祊		牢
《合》38238					祊		牢□羊
《合》38257	丙子				升		牢
《合》38258	丙子				升		牢
《合》38487					祊		牢／牢
《合》38737					升	祊	牢
《合》38738					升		牢
《合》38739					升	祊	牢
《合》38742					升	祊	牢
《合》38743					升	祊	牢
《合》38744					升		牢
《合》38745					祊		牢
《合》38746					祊		牢
《合》38747	□巳				祊		牢
《合》38748	□午				祊		牢
《合》38749	□戌				祊		牢
《合》38750	□亥				祊		牢
《合》38751					祊		牢
《合》38752							牢
《合》38753					祊		牢
《合》38754					祊		牢

《合》41722	丁巳			祖丁	祊		牢
《合》41726							牢
《合》41427	□戌			武丁	祊		牢
《合》41730	丙午			武丁			牢
							牢
《合》41734	□丑			祖甲			牢
《合》41738					祊		牢
《合》41740	甲午			武乙	祊		牢
《合》41787							牢又一牛
《合》41788							牢又一牛
《合》41789							牢
							牢又一牛
							牢又一牛
							牢□牛
《合》41791							牢又一牛
《合》41792							牢
《合》41793							牢又一牛
《合》41794							牢□一牛
《合》41796							牢□一牛
《合》41799							小宰
《合》41800	□巳						小宰
《合補》10977	丙午			武丁	祊		牢
				祖甲			牢
				祖乙宗	祊		牢
《合補》10981	甲寅			祖乙必	祊		牢
《合補》10988				祖丁	祊		牢
《合補》10990				□祖丁	祊		牢羊
《合補》10997				□祖丁			牢
《合補》11011							牢
《合補》11012	丙辰			武丁			牢
《合補》11015	丙子			武丁			牢
							牢
《合補》11019	甲辰			武乙宗	祊		牢
	丙午			武丁	祊		牢
《合補》11021	甲辰			武丁宗	祊		牢
					祊		牢

《合補》11022							牢
《合補》11024	丙午			武丁			牢
	甲寅			武乙	祊		牢
《合補》11027	□寅			武丁			牢
《合補》11042	癸□			祖甲	祊		牢
					祊		牢
《合補》11044	丙戌			武丁	祊		牢
	甲申			武乙宗	祊		牢
	癸巳			祖甲	祊		牢
	甲午			武乙宗	祊		牢
《合補》11045							牢
							牢
《合補》11046	丙戌			康祖丁	劦	祊	牢
《合補》11047	丙辰			康□□			牢
	丙子			武丁必	祊		牢
				武□必			牢
《合補》11050				康祖丁			牢
《合補》11051	甲戌				祊		牢
	丙子			康祖丁	祊		牢
《合補》11054	丙戌			康祖丁	祊		牢
	丙申			康祖丁	祊		牢
《合補》11056	丙寅						牢
							牢
《合補》11058	丙□			康□□	祊		牢
《合補》11062	丙寅			康祖丁	祊		牢羊
	丙申			康祖丁	祊		牢羊
	丙申			康祖丁	祊		牢
	丙辰			康祖丁			牢其羊
《合補》11065	甲申			武乙			〔牢〕
					祊		牢
《合補》11066	甲子			武乙宗			牢
				武丁			牢
《合補》11070	丙戌			文武丁			牢
	甲申			武祖乙必	祊		牢
	甲午			武祖乙	祊		牢
							牢

《合補》11072	甲戌			武乙宗	祊		牢
《合補》11075							牢
《合補》11080	甲戌			武□			牢
《合補》11082	丙戌			文武丁			牢
							牢
《合補》11086				祖乙必			牢
《合補》11379							牢□牛
《合補》11381							牢□一牛
							牢□牛
《合補》11382					祊		牢
《合補》11384				□丁	祊		牢
《合補》11385					祊		牢
《合補》11386	丙辰						牢
《合補》11387							牢□牛
《合補》11388					祊		牢
《合補》11389							牢□一牛
《合補》11390					祊		牢
《合補》11391							牢又一牛
《合補》11392							牢□牛
《合補》11394							牢□一牛
《合補》11395							牢
							牢□牛
《合補》11396							牢□一牛
《合補》11397							牢
《合補》11399							牢
《合補》11400							二牢
《合補》11401							牢又一牛
							牢□牛
《合補》11403							牢
							〔牢〕
《合補》11404							牢
《合補》11406							牢又一牛
《合補》11407							牢□牛
《合補》11408							牢□牛
《合補》11409							牢□牛

《合補》11410							牢□牛
《合補》11411							牢□牛
《合補》11412							牢又一□
《合補》11413							牢□牛
《合補》11414							牢
《合補》11417							牢
《合補》11418							牢又一牛
							牢又一牛
							牢又一牛
《合補》11419							牢又一牛
							牢□一牛
《合補》11421							小宰
《合補》11435					祊		牢
《合補》11436	乙□						牢
《合補》11438					祊		牢
《合補》11445							牢
《合補》11447							牢□一牛
《合補》11461							〔牢〕
《合補》11849							牢□□牛
《合補》11883					祊		牢
《懷》1697	丙申			武丁			牢
《懷》1700	甲□			武祖□			牢
《懷》1701				文□宗			牢
《懷》1702							牢
《懷》1710							牢
《懷》1711				武□宗			牢
《懷》1769							牢□一牛
《懷》1771							牢
							牢又一牛
《懷》1773							牢
《懷》1776							牢□一牛
《懷》1779							牢□牛
《懷》1780							牢□一牛
《懷》1781							牢
《懷》1782							牢□一牛

《懷》1783							牢□一牛
《懷》1784							牢
							牢勿牛
《懷》1787							牢
《懷》1791							牢
《英》2514	甲申			武乙必	祊		牢
	丙戌			康祖丁	祊		牢
	甲午			武乙必	祊		牢
《英》2518	乙未			自武乙			五牢
	丙辰			文武丁			牢
《英》2606							牢又一牛
							牢又一牛
							牢又一□
《英》2607							牢又一牛
《英》2608							牢
《英》2610							牢□牛
《東》781	□午			祖乙			牢
《東》783a	丙辰			文武丁	祊		牢
《東》784					祊		牢
《東》786					祊		牢
《東》789				母庚			三牢
《東》790							牢
							牢又一牛
《東》791							牢
《東》792							牢□牛
《東》793							牢
《東》794							牢又一□
《東》799							牢
《東》800							牢□一牛
《東》801							牢又一□
							牢
							牢□一牛
							牢又一牛
《東》802							牢

王族卜辭

出處	卜日	祭日	貞人	祭祀對象	祭名	祭儀	祭牲
《合》19799	癸卯		自				一宰
《合》19816	甲申	乙酉		大乙	用		四宰
《合》19817					侑		宰
《合》19818		乙巳		大乙	侑		牢
《合》19828	壬申	甲戌		大甲	侑		三十牢
《合》19831	辛未	庚辰		大庚	侑		三牢
《合》19833				大戊	侑		牢
《合》19838	辛酉			祖乙	侑		二十宰
	辛酉			祖乙	侑		三十宰
《合》19839				祖乙	侑		三牢
《合》19849				祖乙	歲		二牢／三小宰
《合》19863	癸丑			祖丁	侑	用	宰
	丙辰			祖丁	侑	用	宰
《合》19867	丙申			祖丁	侑		宰
《合》19868				祖丁	侑		牢
《合》19893					用		宰
《合》19907	丙戌				兄丁		宰
《合》19914	辛亥				弘	侑酉	宰
《合》19917				盤庚	侑		百宰
《合》20045				祖乙			五宰
《合》20699							五百宰
《合》20700	乙丑						二牢
《合》20701							三牢
《合》20702							三宰
《合》20703	甲子						宰
《合》20704							宰
《合》20980 正					禦		十宰
《合》21040							小宰
《合》21099	辛丑			龜載	燎		三牢
《合》21103	□辰			土	燎		一宰
	甲戌			土	燎		宰
《合》21105				土	燎		宰
《合》21106				土			一宰

《合》21114	丙辰		𠂤		酨		宰
《合》21145							羊宰
《合》21170					禦		小宰
《合》21182	辛卯			□乙	𠕋		宰
《合》21184	□辰				侑	𠕋	牢
《合》21204							宰
《合》21216					酒		二宰
《合》21220							宰
《合》21247					酒	禦盟	百宰／三宰
《合》21258					埋		宰
《合》21259	甲申						五牢
							六牢
《合》21260					燎		三牢
							二牢
《合》21261					侑		三牢
《合》21262	乙酉				侑		三牢
《合》21263				□庚	侑		三宰
《合》21264					侑		宰
《合》21287							宰
《合》21537	癸巳			母庚			牢
《合》21538 甲				盤庚			三牢
《合》21538 乙				父庚	禦		三牢
				小辛	禦		三牢
《合》21539	辛亥						三牢
《合》21544				父戊	用		小牢
《合》21545				父戊	用		小牢
《合》21548	甲寅		子	妣己			大牢
《合》21554	□			母庚	酒		牢
《合》21555	癸巳			母庚	禦		牢
《合》21573	□卯	丁	子	伊尹	酒		四牢
《合》21651				妣			十牢
《合》21757	□巳						牢
《合》21774							牢
《合》21803	壬寅		子	妣□	用		宰
	癸卯		子		用		宰

《合》21804	戊辰				酒		小宰
《合》21805	庚子		子	龍母	禦		小宰
	庚子		子	凥司			小宰
	辛丑		子	龍母			小牢
	辛丑		子	凥司	用		小牢
	壬子			母	禦		小牢
				凥司			宰
《合》21920	戊辰				敆		牢
《合》21921	壬午						牢
							牢
				□丙			牢
《合》21922							宰
《合》22045				父戊			牢
				父戊			牢
《合》22046	戊子			兄庚	禦		牢
《合》22047				余母	禦		宰
							宰
《合》22054							牢
				天戊			五牢
《合》22057	癸未			四祖□			大牢
《合》22058							小牢
《合》22062 正				入乙			牢
《合》22063	癸酉		午	入乙			牢
《合》22065	甲子	翌		入乙	侑	升歲	三牢
	甲子			入乙			三牢
《合》22071				妣辛	禦	侑	一牢
《合》22073				父戊			小牢
	己丑	己丑		帝	禦		三十小牢
《合》22074	癸巳			祖戊	侑	歲	牢
	癸巳						牢五
《合》22075	辛亥			帝	侑	歲	牢
				受工	侑		牢
《合》22078							四牢
《合》22085							牢
《合》22091 甲	乙酉			下乙	禦		五牢

<table>
<tr><td>《合》22092</td><td>乙卯</td><td></td><td></td><td>入乙</td><td>侑</td><td>歲</td><td>小宰</td></tr>
<tr><td>《合》22108</td><td></td><td></td><td></td><td></td><td>禦</td><td></td><td>牢</td></tr>
<tr><td>《合》22110</td><td></td><td></td><td></td><td></td><td>歲</td><td></td><td>牢</td></tr>
<tr><td>《合》22111</td><td></td><td>乙巳</td><td></td><td></td><td></td><td></td><td>牢</td></tr>
<tr><td>《合》22112</td><td></td><td>□己</td><td></td><td></td><td>禦</td><td></td><td>牢</td></tr>
<tr><td>《合》22113</td><td></td><td></td><td></td><td></td><td></td><td></td><td>牢</td></tr>
<tr><td>《合》22114</td><td></td><td></td><td></td><td></td><td></td><td></td><td>宰</td></tr>
<tr><td>《合》22115</td><td></td><td></td><td></td><td></td><td></td><td></td><td>牢</td></tr>
<tr><td>《合》22116</td><td>甲寅</td><td></td><td></td><td>石甲</td><td>禦</td><td></td><td>牢</td></tr>
<tr><td>《合》22136</td><td></td><td></td><td></td><td></td><td></td><td></td><td>三十牢</td></tr>
<tr><td>《合》22159</td><td>庚申</td><td></td><td></td><td>自大乙九示</td><td>酒</td><td></td><td>一牢</td></tr>
<tr><td>《合》22164</td><td>己酉</td><td>甲寅</td><td></td><td>大甲</td><td>侑</td><td></td><td>大牢</td></tr>
<tr><td>《合》22175</td><td>甲寅</td><td></td><td></td><td>祖乙</td><td>侑</td><td></td><td>三牢</td></tr>
<tr><td>《合》22181</td><td></td><td>辛卯</td><td></td><td>祖辛</td><td></td><td></td><td>牢</td></tr>
<tr><td rowspan="2">《合》22191</td><td></td><td></td><td></td><td>祖辛祖戊</td><td>禦</td><td></td><td>牢</td></tr>
<tr><td></td><td></td><td></td><td></td><td></td><td></td><td>牢</td></tr>
<tr><td>《合》22195</td><td></td><td></td><td></td><td>父□</td><td></td><td></td><td>小宰</td></tr>
<tr><td>《合》22213</td><td></td><td>戊戌</td><td></td><td></td><td>侑</td><td></td><td>牢</td></tr>
<tr><td>《合》22215</td><td>癸丑</td><td></td><td></td><td></td><td>束</td><td></td><td>小宰</td></tr>
<tr><td rowspan="4">《合》22226</td><td></td><td></td><td></td><td>妣庚</td><td></td><td></td><td>宰</td></tr>
<tr><td></td><td></td><td></td><td>妣庚</td><td>束</td><td></td><td>宰</td></tr>
<tr><td></td><td></td><td></td><td>庚／中妣／子</td><td>禦</td><td></td><td>宰／小宰／小宰</td></tr>
<tr><td>庚申</td><td></td><td></td><td>母庚</td><td>禦</td><td>束</td><td>牢／小宰</td></tr>
<tr><td>《合》22229</td><td></td><td>庚寅</td><td></td><td>妣庚</td><td>酒</td><td></td><td>三十宰</td></tr>
<tr><td>《合》22231</td><td>甲寅</td><td></td><td></td><td>妣庚</td><td></td><td></td><td>三十牢</td></tr>
<tr><td>《合》22237</td><td></td><td></td><td></td><td>母庚</td><td></td><td></td><td>三宰</td></tr>
<tr><td>《合》22246</td><td></td><td></td><td></td><td>三宰</td><td>禦</td><td></td><td>妣庚</td></tr>
<tr><td rowspan="3">《合》22258</td><td>丁亥</td><td></td><td></td><td>妣庚</td><td>酒</td><td>禦</td><td>宰</td></tr>
<tr><td>丁亥</td><td></td><td></td><td>妣庚</td><td>酒</td><td>禦</td><td>宰</td></tr>
<tr><td>辛丑</td><td></td><td></td><td>中母</td><td>禦</td><td></td><td>小宰</td></tr>
<tr><td>《合》22263</td><td>己巳</td><td>庚申</td><td></td><td></td><td>禦</td><td></td><td>牢</td></tr>
<tr><td>《合》22271</td><td></td><td></td><td></td><td></td><td></td><td></td><td>牢</td></tr>
<tr><td rowspan="3">《合》22274</td><td></td><td></td><td></td><td>兄丁</td><td></td><td></td><td>三百牢</td></tr>
<tr><td></td><td></td><td></td><td>兄丁</td><td>侑</td><td></td><td>二牢</td></tr>
<tr><td></td><td></td><td></td><td>兄丁</td><td>侑</td><td></td><td>牢</td></tr>
</table>

《合》22294							小𡧊
	丁巳			妣庚	禦		三牢
	己未			妣庚			三牢
	己未				酒		三牢
《合》22301				母庚			三牢
《合》22309							牢
《合》22364 正							牢／牢／牢
《合》22365							五牢
							二牢
《合》22366							牢
《合》22367		甲戌	祖		侑		牢
《合》22368							𡧊
《合》22369		丁卯					小𡧊
《合》22392							小𡧊
《合》22426	癸巳	庚申			侑	禦	牢
《合》22428	□午		子	妣□	禦		牢
《合》22490							牢
《合》40840	辛酉			祖乙	侑		十五牢
《合補》404				妣〔庚〕	升		小𡧊
《合補》6832	癸巳		子				大牢
《合補》6898				妣庚			𡧊
《合補》6914				妣庚			𡧊六
		□午		妣庚	用		三𡧊
《合補》6919	癸卯			妣庚	用		𡧊
	乙巳			妣庚	酒		𡧊
	丁巳			妣庚			𡧊
《合補》6925	丙戌	丁亥			酒	冊	𡧊
					冊		𡧊
《合補》6927							小𡧊
《合補》13268					酒	歲	三𡧊
《懷》1481	丁亥			大庚／大乙	升	[illegible]	𡧊牝
《懷》1486				大甲			九牢
	癸酉			大甲	侑		十牢
《英》1767	癸亥		𠂤	兄甲			小𡧊
《英》1869	□卯				酒		七𡧊

《英》1907	□辰		子		酒		小宰
《英》1908							五牢
《東》1278							宰
《東》1279					冊		宰
《東》1285	壬寅			龍母	用		宰
	癸卯		子				小宰
《屯》2509	甲寅	乙□		入乙	侑	歲	牢
《屯》2673				母庚	禦		宰
《屯》4344	□寅			祖乙			二牢
《屯》4517	辛酉			祖乙	侑		三十宰
	辛酉			祖乙	侑		二十宰